唐史演義

從馬嵬殞命到勘定西川

蔡東藩 著

翠華搖搖行復止，西出都門百餘里。
六軍不發無奈何，宛轉蛾眉馬前死。
安史之亂後的唐朝元氣大傷，
奸臣當道又使大道蒙塵！

目錄

第五十一回　失潼關哥舒翰喪師　駐馬嵬楊貴妃隕命……007
第五十二回　唐肅宗稱尊靈武　雷海青殉節洛陽……019
第五十三回　結君心歡暱張良娣　受逆報刺死安祿山……031
第五十四回　統三軍廣平奏績　復兩京李泌辭歸……041
第五十五回　與城俱亡雙忠死義　從賊墮節六等定刑……051
第五十六回　九節度受制魚朝恩　兩叛將投降李光弼……061
第五十七回　遷上皇閹寺擅權　寵少子逆胡速禍……073
第五十八回　弒張後代宗即位　平史賊蕃將立功……083
第五十九回　避寇亂天子蒙塵　耀軍徽令公卻敵……093
第六十回　入番營單騎盟虜　忤帝女綁子入朝……103

第六十一回　定祕謀元舅除凶　竊主柄強藩抗命……113
第六十二回　貶忠州劉晏冤死　守臨洺張伾得援……123
第六十三回　三鎮連兵張家覆祀　四王僭號朱氏主盟……133
第六十四回　叱逆使顏真卿抗節　擊叛帥段秀實盡忠……143
第六十五回　僭帝號大興逆師　解賊圍下詔罪己……153
第六十六回　趨大梁德宗奔命　戰貝州朱滔敗還……163
第六十七回　朱泚敗死彭原城　李晟誘誅田希鑑……173
第六十八回　竇桂娘密謀除逆　尚結贊狡計劫盟……183
第六十九回　格君心儲君免禍　釋主怨公主和番……193
第七十回　陸敬輿斥奸忤旨　韓全義掩敗為功……203
第七十一回　王叔文得君怙寵　韋執誼坐黨貶官……213
第七十二回　擒劉闢戡定西川　執李錡蕩平鎮海……223

第七十三回　討成德中使無功　策魏博名相定議……233
第七十四回　賢公主出閨循婦道　良宰輔免禍見陰功……243
第七十五回　卻美妓渡水薄酈城　用降將冒雪擒元濟……253

第五十一回　失潼關哥舒翰喪師　駐馬嵬楊貴妃隕命

卻說玄宗因貴妃哀請，竟為所動，遂將親征命令，停止不行。適監軍宦官邊令誠，自潼關回來，奏稱封常清虛張賊勢，搖動軍心，高仙芝棄陝地數百里，且偷減軍士糧賜，頓時惱動玄宗，即命令誠齎敕馳往，就軍中立斬封高二人。看官閱過前回，應知常清仙芝，原非良將，但令誠所奏卻是多半虛誣，先是常清戰敗，屢遣使表陳賊勢，猖獗可畏，幸勿輕視，玄宗已疑他情虛畏罪，故事張皇，及常清與令誠相見，毫無饋遺，令誠引為恨事；又嘗向仙芝前，有所幹請，仙芝亦未肯照行，為此種種情由，遂輕身詣闕，誣害兩人。至齎敕馳往潼關，先令常清出關聽敕，宣讀未終，即將他一刀殺死；再進關會晤仙芝。仙芝正欲問及朝事，令誠即開口道：「大夫亦有恩命。」仙芝乃下階跪伏，聽宣詔敕。令誠朗聲讀畢，仙芝道：「我遇賊即退，罪固當死，但謂我偷減糧賜，我何嘗有這等事情。上有天，下有地，究竟是冤誣我呢！」令誠瞋目道：「你敢違旨麼？」仙芝道：「我原說是應死，不過死也要死得明白，冤枉事究須宣告。」令誠道：「既已願死，何必多言。」遂將仙芝綁出，斬首了事。綱目書殺不書誅，正因他死非其罪。將士相率呼冤，只因敕命煌煌，不敢反抗，沒奈何含忍過去。

令誠使將軍李承光，暫攝軍纛，過了數日，前隴右兼河西節度使哥舒翰，受命為兵馬副元帥，統兵六萬，來到潼關。翰本因疾入朝，留養京師，玄宗欲借他威名，且聞他與祿山未協，因迫令統軍出征。授御史中丞田良邱為行軍司馬，起居郎蕭昕為判官，蕃將火拔歸仁等，各率部落隨行。翰抱病未痊，不能治事，悉把軍務委任良邱。良邱又不敢專決，使李承光管轄步兵，王思禮管轄騎兵。二人爭長，兵權不一，再經翰用法嚴苛，待下少恩，於是潼關二十萬官軍，統皆灰心懈體了。為下文失關張本。

是時安祿山尚留據東京，僭稱大燕皇帝，改元聖武，用達奚珣為侍中，張通儒為中書令，高尚嚴莊為中書侍郎，分兵四出，威脅大河南北等郡。平陽太守顏真卿，已捕誅祿山部將段子光，收李憕盧奕蔣清首級，編蒲為身，棺殮埋葬，發喪受吊，厲兵討賊（段子光為祿山所遣，事見前回）。景城河間博平諸郡縣，俱殺死偽官，響應真卿。常山太守顏杲卿，與真卿遙為犄角，彼此通書商議，擬連兵斷賊歸路，牽制祿山，免致西軼。賊將高邈何千年至常山，被杲卿擒住，河北十七郡，同時歸附。唯范陽北平密雲漁陽汲鄴六郡，尚屬祿山。杲卿又密使人入漁陽，招降賊將範循，循遲疑未決。鄚城人馬燧，潛勸範循道：「祿山負恩悖逆，終當破滅，君若舉范陽歸國，覆他巢穴，這是最大的功勞，此機不宜坐失哩。」循意亦少動。不料為別將牛潤容所聞，遽報祿山，祿山召循至東京，把他梟首，循若有意歸國，何必赴召，這真叫做該死。遂令驍將史思明蔡希德等，率大兵往攻常山。杲卿正繕城鑿濠，為守備計，猝遇賊兵到來，未免著忙，急發使詣太原，乞請援師。太原尹王承業擁兵不救，累得杲卿勢孤援絕，拒戰數晝夜，終被賊兵攻入。杲卿及長史袁履謙，巷戰力盡，相繼被執，由思明解送洛陽。祿山怒責杲卿道：「汝前為范陽功曹，我薦汝為判官，不到幾年，超至太守，何事負汝，乃敢造反？」杲卿亦張目罵道：「汝本營州牧羊奴，天子擢汝為三道節度使，恩幸無比，何事負汝，乃敢造反？我世為唐臣，祿位皆為唐有，豈因汝奏薦，便從汝反麼？今日為國討賊，不幸被執，恨不能生啖汝肉，怎得謂反？臊羯狗，要殺便殺，毋庸多言。」義聲卓著。祿山大怒，命將杲卿履謙等，縛住柱上，一併磔死。二人罵不絕口，舌被割，脛被截，到死方休。顏氏一門，死義共三十餘人。

思明既克常山，復引兵進擊諸郡，諸郡均不能守，復為賊有。獨饒陽太守盧全誠，始終不受偽命，登陴固守，為思明所圍。朔方節度使郭子儀，方收雲中，拔馬邑，開東陘關，出討逆賊。唐廷命進取東京，子儀表薦兵馬使李光弼，具有將才，可當方面，乃有詔授光弼為河東節度使。子儀分朔方兵萬人，給與光弼，光弼遂領兵出井陘，進攻常山。常山為史思明所陷，留部將安思義居守，思義聞光弼到來，召集團練兵三千人，及部下番兵，登城守禦。光弼射書諭降，為團練兵所得，竟將思義執住，送交光弼軍前。光弼問思義道：「汝自知當死否？」思義不答。光弼又道：「汝久歷行陣，看我此次出兵，能破思明否？汝為我計，應該如何？汝策可取，當不殺汝。」思義道：「大夫遠來疲敝，猝遇大敵，恐未易抵當，不如按兵入守，量勝後進，竊料胡騎雖銳，未能持重，一不得利，氣沮心離，那時方可與戰，不患不勝了。」光弼甚喜，親與解縛，即移軍入城。思義復進言道：「思明今在饒陽，去此不過二百里，昨晚羽書已去，料他必前來相援，公當速行籌備，毋致倉皇。」光弼乃安排弩矢，分弓弩手為二隊，千人乘城，千人在城下待命，自與將士環甲以待，入夜更番守著，天尚未曉，外邊已有鼓角聲，繼而喊聲震地，史思明帶著健騎二萬人，直抵城下；光弼遣步卒五千，開東門出戰，賊鋒銳甚，鏖戰不退。城上一聲鼓響，千矢齊發，射斃賊兵多名，賊勢稍卻。光弼復令城下待命的弓弩手，分作四隊，從東門驅出，接連發矢，與飛蝗相似，思明雖然凶悍，到此也未免驚慌，斂兵退去。未幾有村民告知光弼，謂有賊兵五千，自饒陽來至九門，光弼即遣步騎各二千人，偃旗息鼓，掩擊過去，把賊兵殺得一個不留。思明退入九門，分兵截常山糧道，郭子儀親援光弼，合兵攻思明。思明開城搦戰，大敗虧輸，賊眾齊潰。賊將李立節，中箭斃命，蔡希德遁去。思明自知難支，奔至趙郡去了。

子儀光弼，縱兵追擊，直抵趙郡，思明立腳不住，又轉趨博陵。博陵城堅濠廣，思明集眾固守，子儀光弼，進攻不克，收兵退回。賊將蔡希德又還救思明，范陽賊將牛廷玠，也率萬餘人助思明，思明乃驅兵復出，躡擊唐軍。子儀等方至恆陽，固壘不戰，思明頓兵已久，俱有倦志，乃退至嘉山。哪知子儀光弼，分左右翼殺來，一時堵截不住，紛紛潰走，唐軍大殺一陣，斬首四萬級，捕獲千餘人，連思明都中矢落馬，散發跣足，匆匆走脫，還守博陵。唐軍大振，河北十餘郡，均殺賊守將，奉款乞降。(中興名臣，應推郭李，故起兵討賊，備詳戰事)。是時真源令張巡，方克復雍邱，擊退賊守令狐潮，平原太守顏真卿，時任河北採訪使，進拔魏郡，擊敗賊守袁知泰。北海太守賀蘭進明，與真卿合兵，受職河北招討使，攻克信郡。穎川太守來瑱，前後破賊甚眾，賊呼為來嚼鐵。河南節度使，改任高祖孫嗣號王巨，亦引兵解南陽圍。平盧賊將劉客奴等通書顏真卿，願取范陽自贖。真卿遣判官賈載，助給衣糧，並遣子為質，一面請命朝廷，特授客奴為平盧節度使，賜名正臣。總括一段，簡而不漏。祿山聞各處警信，驚惶的了不得，便召高尚嚴莊入詈道：「汝等教我造反，以為計出萬全，今前阻潼關，兵不得進，北路一帶，盡成敵國，又不得退，尚好說是萬全麼？」高嚴兩人，無詞可答，懷慚而退，好幾日不敢復見。可巧田乾真自潼關退還，入勸祿山道：「自古帝王創業，均有勝負，怎能一舉即成？尚莊皆佐命元勛，一旦嚴譴，諸將誰不懈體，那時進退兩難，真正失計呢。」祿山乃悟，復召入尚莊，置酒款待，和好如初。因復令崔乾祐自陝進兵，又遣孫孝哲安神威等繼進，待再攻潼關不下，才歸范陽。計議已定，仍在洛陽待著。

潼關元帥哥舒翰，曾兩卻賊兵，副使王思禮密語翰道：「祿山造反，以誅楊國忠為名，若公留兵三萬人守關，自率精銳還長安，入清君側，這也是漢挫七國的祕計呢。」（指漢誅晁錯事。）翰搖首道：「若照汝言，是翰造反，並不是祿山造反呢。」此說還是有理。時戶部尚書安思順，與祿山同宗，前曾奏言祿山必反，所以免坐。翰獨與他有隙，偽為賊書，獻諸闕下。書中系結思順為內應，不由玄宗不懼，且因翰疏陳思順七罪，即令賜死。國忠欲營救思順，正苦無法，又聞王思禮密謀，益加恟懼，遂募萬人屯灞上，令親信杜乾運為將，託名禦賊，實是防翰。翰知國忠私意，表請灞上軍撥隸潼關，並誘乾運議事，梟首以徇。於是國忠愈加怨恨，遂日促翰出關討賊。翰上言：「祿山為逆，未得人心，應持重相待，不出數月，賊勢瓦解，一鼓可擒」云云。玄宗頗以為然。偏國忠日進讒言，但說翰逗留不進，坐誤軍機，玄宗乃遣使四出，詗敵虛實，俄有中使返報，賊將崔乾祐，在陝兵不滿四千人，又皆羸弱無備，應急擊勿失。想是國忠授意。於是玄宗遂疑及翰，促他出兵。翰上書道：「祿山用兵已久，豈肯無備？臣料他是羸師誘我，我若往擊，正墮賊計。況賊兵遠來，利在速戰，官軍據險，利在堅守，總教滅賊有期，何必遽求速效？現在諸道徵兵，尚多未集，不如少安毋躁，待賊有變，再行出兵。」這書達到唐廷，又有郭子儀李光弼聯名奏陳，亦請自率部軍，北取范陽，搗賊巢穴，令賊內潰，潼關大軍，但應固守敝賊，不宜輕出等語。郭李所見更是妥當。玄宗迭覽兩疏，意存猶豫。國忠獨進言道：「翰擁兵二十萬，不謂不眾，就使不能復洛，亦當復陝，難道四五千賊兵都畏如蛇蠍麼？若今日不出，明日不戰，老師費財，坐待賊敝，臣恐賊勢反將日盛，官軍且將自敝呢。」這一席話，又把玄宗哄動，一日三使，催翰出關。國忠不忌翰，不致速死，玄宗不促翰，不致出奔。翰窘迫無計，只好引軍東出，臨行時撫膺慟哭，害得全軍喪膽，未戰先慌。這便是敗亡預兆。行至靈寶西原，望見前面已扎賊軍，南倚山，北控河，據險待著。翰令王思禮率兵五萬，充作前鋒。別將龐忠等，引兵十萬接應，自率親兵三萬，登河北高阜，揚旗擂鼓，算做助威。那賊將崔乾祐，帶著羸卒萬人，前來挑戰，東一簇，西一群，三三五五，散如列星，忽合忽離，忽前忽卻，官軍見他行伍不齊，全無軍法，都不禁冷笑起來。先哭後笑，都是無謂。當下麾軍齊進，甫及賊陣，乾祐即偃旗退去。思禮督軍力追，龐忠繼進，漸漸的走入隘道，兩旁都是峭壁，不由的膽顫心驚，正觀望間，只聽連珠炮響，左右山下，統豎起賊旗，木頭石塊，一齊拋下，官軍多頭破血流，相率傷亡。思禮亟令倒退，偏龐忠的後軍，陸續進來，一退一進，頓致前後相擠，變成了一團糟。崔乾祐煞是厲害，又從山南繞至河北，來擊哥舒翰軍。翰在山阜遙望，見思禮龐忠兩軍，未曾退歸，那賊兵又鼓譟而至，料知前軍失手，忙用氈車數十乘，作為前驅，自率軍從高阜殺下，攔截乾祐來路。乾祐見翰軍前擁氈車，不宜發矢，竟用草車相抵，乘風縱火。看官試想！氈是引火的物件，一經燃著，哪裡還能撲滅？並且賊軍據著上風，翰軍碰著逆風，風猛火烈，煙焰飛騰，霎時間天黑如晦，翰軍目被煙迷，自相鬥殺，及至驚悟，又被賊軍搗入，陣勢大亂，屍血模糊。一半棄甲入山，一半拋戈投河。翰率麾下百餘騎，西奔入關，關外本有三塹，闊二丈，深一丈，專防賊兵衝突，自官軍陸續奔回，時已昏夜，黑暗中不辨高低，多半陷入塹中，須臾填滿，後來的敗兵，踐屍而過，幾似乎地。翰檢點兵士，只剩得八千多人，不禁大慟，忽由火拔歸仁入報導：「賊兵將到關下了。」翰惶急道：「現在兵敗勢孤，不堪再戰，我只有到關西驛，收集散卒，再來保關，君且留此禦賊，待我重來協守。」言畢即行。歸仁留居關上，竟通使乾祐，願執翰出降。乾祐乃進屯關下，專待歸仁出來。歸仁竟率百餘騎，至關西驛，入語翰道：「賊兵到了，請公上馬！」翰上馬出驛，歸仁率眾叩頭道：「公率二十萬眾出征，一戰盡覆，尚何面目再見天子？且公不聞高仙芝封常清故事麼？今為公計，只有東行一策，還可自全。」翰嘆道：「我身為大帥，豈可降賊？」說至此，便欲下馬。歸仁喝令隨騎，竟將翰足繫住馬腹，策鞭擁去。餘眾不肯從降，亦被縛住，驅出關外，往降乾祐。適值賊將田乾真，來接應乾祐軍，即因翰等送洛陽。祿山召翰入見，獰笑道：「汝常輕我，今果何如？」翰匍伏道：「臣肉眼不識聖人。」一念貪生，天良盡喪。祿山大喜，命翰為司空，及見火拔歸仁，卻怒叱道：「汝敢叛主，不忠不義，留汝何用？」立命左右將他推出，一刀兩段。祿山此舉，頗快人意，但自問果無愧否？遂令崔乾祐留據潼關，促孫孝哲安神威等西功長安。

玄宗聞潼關緊急，方擬遣將往援，驀聞潼關敗卒，馳走闕下，報稱哥舒翰敗沒狀，不由的魂飛天外，忙召宰相楊國忠等商議。有說宜調兵親征，有說宜徵兵勤王，獨國忠提出幸蜀兩字，稱為上策。原是三十六策的上策。議至日暮，尚未決定，忽又有候吏入報導：「今日平安火不至，莫非有急變不成？」玄宗益覺驚惶。看官道平安火是何物？原來唐朝制度，每三十里設一烽堠，日曉日暮，各放煙一次，叫做平安火。此火不燔，顯見得是不平安呢。玄宗再問國忠，國忠道：「臣嘗兼職劍南節度使，早令副使崔圖，練兵儲糧，防備不測，目下遠水難救近火，且由車駕暫幸西蜀，有恃無恐，然後徵集各道將帥，四面蹙賊，管保能轉危為安呢。」狡兔原善營窟，可惜獵犬不容。玄宗躊躇半晌，方道：「且至明日再議！」國忠等依次散歸。

韓虢兩夫人，聞知消息不佳，已在國忠第中，等待國忠還商，國忠慌慌張張的回來，見了兩妹，便連聲道：「走！走！走！」兩夫人問為何事？國忠道：「潼關失守，賊兵將要入都，此時不走，還待何時！」兩夫人急著道：「走到哪裡去？」國忠道：「我已勸皇上幸蜀，蜀中是我故鄉，饒有家產，且有險可守，不怕賊兵飛至，我等仍然不失富貴，怎奈皇上尚依違兩可，未肯照行。」虢國夫人應聲道：「赴蜀原是上策，皇上不從，何弗令貴妃勸導？」這一句話，把國忠提醒，便要兩夫人乘夜入宮。約至夜半，兩夫人回來，報稱皇上已應允赴蜀，定於明日晚間起程，但事關祕密，囑勿漏洩風聲。國忠道：「這個自然，今夜已遲，彼此安寢，明晨各摒擋行李罷！」兩夫人唯唯而去。

國忠睡了半夜，一聞雞聲，即已起床，命僕役整頓行裝，自己草草盥洗，便即入朝。到了朝堂，寂無一人，待至許久，方有幾個官吏到來，問及軍謀，國忠佯作不知。既而內監出來，召國忠入內殿，國忠奉召進去，密談多時。玄宗乃出御勤政樓，下親征詔，命京兆尹魏方進為御史大夫，兼置頓使。少尹崔光遠為京兆尹，充西京留守。內官邊令誠掌宮闈管鑰。又命劍南道預備儲峙，只說新授節度使潁王璬，將啟節至鎮。一班王公大臣，見了這等詔敕，統私自疑議，未識玄妙。及玄宗還宮，移仗北內，傍晚又有密詔傳出，獨給龍武大將軍陳玄禮，令他整繕六軍，厚賜錢帛，選閑廄馬九百餘匹，夜半待用。外人都莫名其妙。到了翌晨，尚有大臣入朝，至宮門前，漏聲依然，衛仗亦照常陳列。俄而宮門大啟，宮人一擁出來，多半是亂頭粗服，備極倉皇，及問明情由，都說皇上貴妃等不知去向，於是內外搶攘，立時大亂。原來是日黎明，玄宗已率同貴妃，及皇子妃主皇孫，並楊國忠兄妹，同平章事韋見素，御史大夫魏方進，龍武大將軍陳玄禮，宮監將軍高力士等，潛出延秋門，向西徑去。

行過左藏，國忠請將庫藏焚去，免為賊有。玄宗愀然道：「賊若入都，無庫可擄，必屠掠百姓，不如留此給賊，毋重困吾赤子。」及出都行過便橋，國忠又命將橋焚毀，玄宗又道：「士民各避賊求生，奈何絕他去路？」乃回顧高力士道：「你且留此，帶著數人，撲滅餘火，再行趕來。」玄宗尚有仁心，所以得保首領。力士領旨，把火撲滅，仍將橋梁留著，然後西行扈蹕。玄宗行至咸陽望賢宮，令中使馳召縣令，促令供食，哪知縣令早已逃去，沒人肯來供應。日已過午，玄宗以下，均未得食，國忠自購胡餅，獻與玄宗。玄宗乃命人民獻飯，立給價值，人民乃爭進粗糲，雜以麥豆。皇子皇孫等用手掬食，須臾即盡。當由玄宗量給價錢，好言撫慰，大眾皆哭，玄宗亦揮淚不止。有一白髮老翁，曳杖前來，走至御前，伏地陳詞道：「小民郭從謹，敢獻芻言，未知陛下肯容納否？」玄宗道：「汝且說來！」從謹道：「祿山包藏禍心，已非一日，從前陛下誤寵，致有今日，小民尚記得宋璟為相，屢進直言，天下賴以安平，近年朝無良相，諛臣幸進，闕門以外，陛下皆無從得知，小民伏居草野，早知禍在旦夕，所恨區區愚誠，無從得達，今日才得睹天顏，一陳鄙悃，但已自覺無及了。」玄宗太息道：「朕也自悔不明，已追悔無及哩。」隨命從謹起來，遣令歸家。從行軍士，尚未得食，乃令散詣村落，自去求食。待至日昃，軍士復集，乃得再進。夜半始達金城館驛，驛丞早逃，暗無燈火，大眾疲倦得很，席地就寢，也不管什麼尊卑上下了。玄宗本不知尊卑上下，應該有此結局。

次日早起，適王思禮自潼關奔回，報明哥舒翰降賊，玄宗即授思禮為隴右河西節度使，指日赴鎮，收合散卒，徐圖東討。思禮退見陳玄禮，密與語道：「楊氏誤國致亂，奈何尚在君側？我早勸哥舒翰表誅國忠，渠不見從，遂致受擒，將軍何不為國除奸呢？」玄禮點首。思禮遂辭玄宗，仍然東去。玄宗啟行至馬嵬驛，正挈貴妃入驛休息，但聽得驛門外面，喊殺連天，嚇得玄宗面色如土，貴妃更銀牙亂戰，粉臉成青，亟命高力士往外查明。至力士還報，才知楊國忠父子，與韓國夫人，已被禁軍殺死。玄宗大驚道：「玄禮何在？」御史大夫魏方進在側，便道：「由臣出探，究為何事？」言畢趨出，見外面禁軍，已將國忠首級，懸示驛門，並把肢體臠割，不由的憤憤道：「汝等如何擅殺宰相？」道言未絕，那軍士一擁而上，又將方進砍成數段，同平章事韋見素，出視方進，也為亂軍所毆，血流滿地。旋聞有數人出阻道：「勿傷韋相公！」見素方得退入驛中，報知玄宗，玄宗正沒法擺布，那外面仍然喧擾不休。高力士請玄宗自出慰諭，玄宗乃硬著頭皮，扶杖出門，慰勞軍士，令各收隊。軍士仍圍住驛門，毫不遵旨，惹得玄宗焦躁起來，令力士出問玄禮。玄禮答道：「國忠既誅，貴妃不宜供奉，請皇上割恩正法。」力士道：「這恐不便入請。」軍士聽了，都譁然道：「不殺貴妃，誓不扈駕。」一面說，一面有毆力士意。力士慌忙退還，向玄宗陳述。玄宗失色道：「貴妃常居深宮，不聞外事，何罪當誅？」力士道：「貴妃原是無罪，但將士已殺國忠，貴妃尚侍左右，終未能安眾心。願陛下俯從所請，將士安，陛下亦安了。」玄宗沉吟不語，返入驛門，倚杖立著。京兆司錄韋諤，系韋見素子，亦扈駕在側，即趨前跪奏道：「眾怒難犯，安危只在須臾，願陛下速行處決。」玄宗尚在遲疑，外面嘩聲益甚，幾乎要擁進門來。韋諤尚跪在地上，叩頭力請，甚至流血。玄宗頓足道：「罷了！罷了！」道言未絕，力士踉蹌趨入道：「軍士已闖進來了，陛下若不速決，他們要自來殺貴妃了。」一層緊一層，我為玄宗急煞。玄宗不禁淚下，半晌才道：「我也顧不得貴妃了。你替朕傳旨，賜妃自盡罷！」力士乃起身入內，引貴妃往佛堂自縊。韋諤亦起身出外，傳諭禁軍道：「皇上已賜貴妃自盡了。」大眾乃齊呼萬歲。

小子曾記白樂天《長恨歌》中有四語道：

翠華搖搖行復止，西出都門百餘里。
六軍不發無奈何，宛轉蛾眉馬前死。

欲知貴妃死時情狀，待至下回敘明。

哥舒翰之所為，不謂無罪，但守關不戰，待賊自敝，未始非老成慎重之見，況有郭李諸將，規復河朔，固足毀賊之老巢，而制賊之死命者乎。國忠忌翰，促令陷賊，潼關不守，亟議幸蜀，陷翰猶可，陷天子可乎？唯國忠之意，以為都可棄，君可辱，而私怨不可不復，身命不可不保，兄弟姊妹，不可不安。自秦赴蜀，猶歸故鄉，庸詎知王思禮等之竊議其旁，陳玄禮等之加刃其後耶？楊玉環不顧廉恥，競尚驕奢，看似無關治亂，而實為亂階，蠱君誤國，不死何待？歷敘之以昭大戒，筆法固猶是紫陽也。

第五十二回　唐肅宗稱尊靈武　雷海青殉節洛陽

卻說楊貴妃迭聞凶耗，心似刀割，已灑了無數淚痕；及高力士傳旨賜死，突然倒地，險些兒暈將過去，好容易按定了神，才嗚咽道：「全家具覆，留我何為？但亦容我辭別皇上。」力士乃引貴妃至玄宗前，玄宗不忍相看，掩面流涕。貴妃帶哭帶語道：「願大家保重！妾誠負國恩，死無所恨，唯乞容禮佛而死。」玄宗勉強答道：「願妃子善地受生。」說到「生」字，已是不能成語。力士即牽貴妃至佛堂，貴妃向佛再拜道：「佛爺佛爺！我楊玉環在宮時，哪裡防到有這個結局？想是造孽深重，因遭此譴，今日死了，還仗佛力，超度陰魂。」說至此，伏地大慟，披髮委地。力士聞外面嘩聲未息，恐生不測，忙將貴妃牽至梨樹下，解了羅巾，繫住樹枝。貴妃自知無救，北向拜道：「妾與聖上永訣了。」閱至此，也令人下淚。拜畢，即用頭套入巾中，兩腳懸空，霎時氣絕，年三十有八，系天寶十五載六月間事。力士見貴妃已死，遂將屍首移置驛庭，令玄禮等入視。玄禮舉半首示眾人，眾乃歡聲道：「是了是了。」玄禮遂率軍士免冑解甲，頓首謝罪，三呼萬歲，趨出斂兵。玄宗出撫貴妃屍，悲慟一場，即命高力士速行殮葬，草草不及備棺，即用紫褥裹屍，瘞諸馬嵬坡下。適值南方貢使，馳獻鮮荔枝，玄宗睹物懷人，又淚下不止，且命將荔枝陳祭貴妃，然後啟行。先是術士李遐周有詩云：「燕市人旨去，函關馬不歸。若逢山下鬼，環上系羅衣。」第一句是指祿山造反，第二句是指哥舒翰失關，第三句是指馬嵬驛，第四句是指玉環自縊，至此語語俱驗。國忠妻裴柔，與虢國夫人母子，潛奔陳倉，匿官店中，被縣令薛景仙搜捕，一併誅死，這且不必絮述。

且說玄宗自馬嵬啟蹕，將要西行，命韋諤為御史中丞，充置頓使，甫出驛門，前驅又逗留不進。玄宗復吃一大驚，遣韋諤問明情由，將士齊聲道：「國忠部下，多在蜀中，我等豈可前往，自投死路？」韋諤道：「汝等不願往蜀，將到何處？」將士等議論不一，或雲往河隴，或雲往靈武，或雲往太原，或竟說是還都。諤還白玄宗，玄宗躊躇不答。諤進言道：「若要還京，當有禦賊的兵馬，目今兵馬稀少，如何東歸？不如且至扶風，再定行止。」玄宗點首。諤因傳諭眾人，頗得多數贊成，乃扈駕前進。不意一波才平，一波又起，沿途人民，東湊西集，都遮道請留，提出「宮殿陵寢」四大字，責備玄宗。玄宗且勸且行，偏百姓來得越多，一簇兒擁住玄宗，一簇兒攔住太子，且譁然道：「至尊既不肯留，小民等願率子弟，從殿下東行破賊，若殿下與至尊，一同西去，試問偌大中原，何人作主？」玄宗乃傳諭太子，令暫留宣慰，自己策馬徑行。保全老命要緊，連愛子也不及顧了。眾百姓見太子留著，乃放玄宗自去。

太子尚欲上前隨駕，語百姓道：「至尊遠冒險阻，我怎忍遠離左右？且我尚未面辭，亦當往白至尊，面稟去留。」眾百姓仍攔住馬頭，不肯放行。太子擬縱馬前驅，衝出圈外，忽後面有兩人過來，竟將太子馬韁挽住，且同聲道：「逆胡犯闕，四海分崩，不順人情，如何恢復？今殿下從至尊西行，若賊兵燒絕棧道，中原必拱手授賊了。人心一離，不可復合，他日欲再至此地，尚可得麼？不如招集西北邊兵，召入郭子儀李光弼諸將，併力討賊，庶或能克復二京，削平四海，社稷危而復安，宗廟毀而復存，掃除宮禁，迎還至尊，才得為孝，何必拘拘定省，徒作兒女子態度呢。」唐室不亡，幸有此議。太子聞言瞧著，一個是第三子建寧王倓，一個是東宮侍衛李輔國，正欲出言回答，又有一人叩馬諫道：「倓等所議甚是，願殿下勿違良策，勿拂眾情。」太子又復注視，乃是長子廣平王俶，乃語俶道：「你等既欲我留著，亦須稟明至尊，你可前去奏聞。」俶應聲前行，馳白玄宗。玄宗嘆道：「人心如此，就是天意。」遂命將後軍二千人，及飛龍廄馬，分與太子，且宣諭道：「太子仁孝，可奉宗廟，汝等善事太子便了。」又語俶道：「汝去返報太子，社稷為重，不必念我。我前待西北諸胡，多惠少怨，將來必定得用，我亦當有旨傳位呢。」俶叩謝而退，歸語太子。太子即宣慰百姓，留圖規復，百姓歡然散去。看看天色將暮，廣平王俶道：「日薄西山，此地怎可久駐？應擇定去向，方可依居。」建寧王倓道：「殿下嘗為朔方節度大使，將來按時致啟，倓尚略記姓名，今河隴兵民，多半降賊，未便輕往，不若朔方路近，士馬全盛，河西行軍司馬裴冕，曾在該處，他是衣冠名族，必無二心，若前去依他，徐圖大舉，方為上策。」大眾統以為然，遂向北進行。途次遇著潼關敗卒，誤認為賊，竟與他交戰起來，及彼此說明，兩下已死傷了若干。乃收集殘卒，策馬渡過渭水，連夜馳三百餘里。士卒器械，亡失過半。道出新平安定，守吏統已遁去，不便休息。及馳至彭原，太守李遵開城出迎，獻上衣服及糗糧，撥助兵士數百人。太子不欲入城，復北行至平涼，閱監牧馬，得數百匹。又募兵得五百餘名，眾心少定，乃發使往候玄宗。

玄宗已至扶風，士卒饑怨，語多不遜，陳玄禮不能制。玄禮曾教猱升木，無怪其不能制馭。適成都貢入春彩十餘萬匹，到了扶風。玄宗命陳列庭中，召將士入諭道：「朕近年衰老，任相非人，以致逆胡作亂，勢甚猖狂，不得已遠避賊鋒，卿等倉猝從行，不及別父母妻孥，跋涉至此，不勝勞苦，這皆為朕所累，朕亦自覺無顏。今將西行入蜀，道阻且長，未免更困，朕多失德，應受艱辛，今願與眷屬中官，自行西往，禍福安危，聽諸天命，卿等不必隨朕，盡可東歸。現有蜀地貢彩，聊助行資，歸見父母及長安父老，為朕致意，幸好自愛，無煩相念！」語至此，那龍目內的淚珠，已不知流落多少。將士均不禁感泣，且齊聲道：「臣等誓從陛下，不敢有貳。」玄宗哽咽良久，方道：「去留聽卿！」乃起身入內，命玄禮將所陳貢彩，悉數分給將士。將士乃相率效死，各無異言。雖是玄宗權術，但亦可見人心向背之由來。

玄宗即於次日動身，離了扶風，向蜀出發。行至散關，使潁王璬先行，壽王瑁繼進。輾轉到了河池，劍南節度副使兼蜀郡長史崔圓，奉迎車駕。且陳蜀土豐稔，兵馬強壯等狀。玄宗大喜，面授崔圓同平章事，相偕入蜀。到了普安，才接到平涼來使，由玄宗問明情形，即面諭道：「朕早欲傳位太子，一切舉措，但教擇當而行，朕自不為遙制。且朕在蜀平安，你可歸報太子，勿勞記念！」來使領旨自去。忽由侍郎房琯，馳入謁見，伏地泣奏道：「京城已被陷沒了。」玄宗長嘆數聲，又問陷沒後情形。琯對道：「自陛下出都，京內無主，非常擾亂，臣與崔光遠邊令誠等，日夜彈壓，秩序少定。過了十日，賊兵入都，臣等赤手空拳，如何對敵？本擬一死報恩，但念陛下入蜀，未知安否，所以奔赴行在，來見陛下一面，死也甘心。」（都城情事，略借房琯口中敘過）。玄宗道：「如何卿只自來？」琯又道：「崔光遠邊令誠等，聞有通賊消息，餘人亦首鼠兩端，無志遠行。」玄宗道：「張均兄弟，奈何不來？」琯答道：「臣曾邀與俱來，他也心存觀望，不願來此。」玄宗見力士在側，便顧語道：「汝說驗否?」力士不禁慚赧，俯首無言。原來玄宗出奔，朝臣多未與聞，當奔至咸陽時，玄宗與力士測議，何人當來?何人不來?力士道：「張均張垍，世受厚恩，且連戚裡，料必先來（垍尚玄宗女寧親公主，已見前文）。房琯為祿山所薦，且素系物望，陛下不令入相，未免怏怏，恐未必肯來呢。」玄宗搖首不語。至房琯馳謁，所以顧語力士，駁他前說，嗣復語力士道：「汝只知其一，不知其二。從前陳希烈罷相，朕嘗有相垍意，嗣由國忠薦入韋見素，乃令垍仍原職，朕已料他陰懷怨望，無意前來了。」力士愧謝。玄宗即進房琯同平章事。

琯請玄宗下詔討賊，玄宗乃令太子為天下兵馬元帥，領朔方河北河東平盧節度使，規復東西二京。永王璘充山南東道嶺南黔中江南西道節度都使，盛王琦充廣陵大都督，領江南東路，及淮南河南等路節度都使。豐王珙充武威都督，領河西隴右安西北庭等處節度都使。琦珙皆玄宗子，後皆不行，唯永王璘出鎮江陵，招兵買馬，侈然自豪。暗伏下文。那太子亨（太子凡四易名）且不待命至，竟先做起皇帝來了。語中有刺。太子至平涼後，朔方留後杜鴻漸，六城水陸運使魏少遊，節度判官崔漪，支度判官盧簡金，鹽池判官李涵，相與謀議道：「平涼散地，不足屯兵，唯靈武兵食完富，可以有為，若迎請太子到此，北收諸城兵，西發河隴勁騎，南向收復中原，確是萬世一時的機會呢。」謀議既定，乃使涵奉箋太子，並將朔方士馬兵糧總數，列籍以獻。河西司馬裴冕，馳抵平涼，正值李涵到來，遂同見太子，共勸他移節朔方。太子大喜，留冕為御史中丞，令涵轉報杜鴻漸等，率兵來迎。鴻漸得報，遂留少遊葺治行轅，自與崔漪率兵千人，馳抵平涼，進見太子，面陳機要，請太子即日啟節。太子乃與裴冕鴻漸等，同至靈武，但見宮室帷帳，俱仿禁中，膳食服御，備極富麗。太子慨然道：「祖宗陵寢，悉被蹂躪，皇上又奔波川峽，我何忍安居耽樂呢?」遂命左右撤除重帷，所進飲食，概從減省。即此一念，已足致興。軍吏等盛稱儉德，相率悅服。既而裴冕杜鴻漸等，復聯名上箋，請太子遵馬嵬命，即皇帝位，玄宗在馬嵬時，雖有傳位之言，並非正式下詔，裴冕等貪佐命功，因有此請，不足為訓。太子不許。冕等一再上箋，尚不見允，乃同謁太子道：「將士皆關中人，豈不日夜思歸？今不憚崎嶇，從殿下遠涉沙塞，無非攀龍附鳳，圖建微功。若殿下只知守經，不知達權，將來人心失望，不可復合，前途反覺日危了。乞殿下勉徇眾請，毋拘小節！」語雖近是，究竟勉強。太子乃即於七月甲子日，就靈武城南樓，即位稱尊。群臣舞蹈樓前，齊呼萬歲，是謂肅宗皇帝。遙尊玄宗為上皇天帝，大赦天下，即改本年為至德元年，即日改元，何其急急。命裴冕為中書侍郎，同平章事。杜鴻漸崔漪，並知中書舍人事，改關內採訪使為節度使，徙治安化，令前蒲關防禦使呂崇賁充任，陳倉令薛景仙，升授扶風太守，兼防禦使，隴右節度使郭英乂，調任天水太守，兼防禦使。朝局草創，諸事簡率，廷臣不滿三十人，武夫卻驕慢異常，大將管崇嗣入朝，背闕踞坐，談笑自若。監察御史李勉，上章彈劾，始將崇嗣系治，肅宗特旨宥免，且語左右道：「我有李勉，朝廷始見尊重了。」

越數日，方接玄宗制敕，令充天下兵馬元帥，肅宗不便遵行，乃遣使齎表入蜀，奏陳即位情形。至此才行奏聞，毋乃太遲。靈武距蜀千里，往返需時，肅宗既已稱尊，也不管玄宗允否，當然親裁大政，且特召故人李泌，入備諮詢。泌字長源，世居京兆，幼時即以才敏著名，及長，上書言事，洞中時弊。玄宗欲授泌官職，泌固辭不受，乃令與太子游，聯為布衣交。太子常稱為先生，不呼泌名，偏楊國忠專相，恨他書詞激切，奏徙蘄春，歷久得歸，隱居潁陽。此次肅宗北行，已發使敦請，泌義無可辭，乃應徵就道，到了靈武，肅宗已是即位了。泌入見時，只好稱臣，肅宗歡顏相待，令他旁坐，彼此問答多時，即欲任為右相。泌又固辭道：「陛下屈尊待臣，視如賓友，比宰相更貴顯得多了，臣有所知，無不上達，何必定要受職呢。」肅宗乃待以客禮，一如為太子時，出與聯轡，寢與對榻，每事必諮，所言皆從，彷彿與劉備遇孔明，苻堅遇王猛相類（特敘此以志得人）。泌遂替肅宗擬草，頒詔四方，說得非常痛切。

河西節度副使李嗣業，發兵五千。安西行軍司馬李棲筠，發兵七千，陸續馳達靈武。郭子儀李光弼顏真卿等，前聞潼關失守，俱引兵退還。平盧節度使王元臣敗死，常山趙郡，又復失守，賊將令狐潮再圖雍邱，還虧張巡控御有方，才得卻敵。顏真卿聞肅宗新立，用蠟丸藏表，從間道遣達靈武。肅宗授真卿工部尚書，兼御史大夫，仍領河北採訪使，亦用蠟丸傳達，附以赦書。真卿頒下諸郡，又遍傳河南江淮，諸道方知肅宗嗣位，漸有固志。郭子儀率兵五萬入衛肅宗，留李光弼居守井陘，肅宗見了子儀，喜出望外，立授子儀為靈武長史，同平章事。又命李光弼留守北都，亦加同平章事官銜。靈武威聲，自是漸振。到了九月初旬，韋見素房琯崔渙等，自蜀中奉傳國寶，及傳位詔冊，來至靈武，由肅宗出城恭迎。原來玄宗自頒詔討賊後，即由普安赴巴西，太守崔渙迎謁，奏對稱旨，立命為同平章事。繼由巴西赴成都，正值靈武使至，玄宗問明使人，欣然喜道：「我兒應天順人，我復何憂？」當下令改制敕為誥，所有臣僚章奏，俱稱太上皇。軍國重事，先取皇帝進止，然後上聞。俟克復兩京，當不預政。隨命韋見素房琯崔渙三相，為禪位奉詔使。三相見了肅宗，宣敕傳位，且奉上寶冊。肅宗辭謝道：「近因中原未靖，權總百官，豈敢趁著患難，即思承襲帝統？」諸臣固請領受，乃將冊寶奉置別殿，朝夕拜謁，如定省禮。未免虛文。留韋見素等輔政，待遇房琯，特別從厚。琯詞氣激昂，好似有絕大才識，肅宗視為奇才，竟欲把收復兩京的責任，盡委琯身。這也所謂以言取人，未免多失呢。也為後文伏筆。

且說賊將孫孝哲等，奉安祿山偽命，由潼關進陷長安，崔光遠邊令誠等，開門納賊，孝哲入都，收捕妃主皇孫數十人，及百官內侍宮女數百人，悉數囚繫，乃遣人馳報祿山。祿山大喜，遣張通儒為西京留守，仍命崔光遠為京兆尹，使安忠順率兵屯苑中，歸孝哲節制，並特授孝哲二札，一是唐室大臣，若肯歸降，當酌量授官；二是查明楊貴妃兄妹下落，若得收捕，立送洛陽。這二札去後，隔日即得復報，唐故相陳希烈，及張均張垍等，一律投誠。楊氏家眷，自貴妃國忠以下，統在馬嵬驛伏誅，祿山聽了，不禁悲憤交集道：「楊國忠是該死的，但如何害我阿環姊妹？我此來奪了長安，滿擬將她姊妹數人，盡行充入後房，俾我得暢意取樂，不意將她屠戮，此恨何時得消呢？」又忽憶著愛子慶宗，前被賜死，益發憤怒，遂傳命孝哲，除陳希烈張均兄弟已經投降，應即令來洛授官外，所有在京皇親國戚，無論皇子皇孫，郡主縣主，及駙馬郡馬等，悉行處斬，致祭愛子慶宗。孝哲本是一個殺星，既接祿山命令，遂把拘住的妃主皇孫，並搜得駙馬郡馬數人，統牽至崇仁坊，設起安慶宗靈位，將妃主等人，一一剖心致祭，慘無人道。再把楊國忠高力士餘黨，捉一個，殺一個，還有王公將相，扈駕出奔，留有家眷在京，盡行捕戮，連襁褓嬰兒，也殺得一個不留。這場慘劫，統是楊氏一門釀成。一面掠取左藏，得了許多金帛，大為滿意，因日夕縱酒，不願西出。祿山命陳希烈張均張垍，並為同平章事，自己也無心西進，樂得居住東京，恣情聲色，圖個眼前快活，所以玄宗父子，一西一北，安然過去，並沒有什麼追兵。大是幸事。

祿山且想著那梨園子弟，教坊樂工，及馴象舞馬等物，前時曾供奉玄宗，此刻正好取至洛陽，自備玩賞，因即遣使至長安，令孝哲等如數取到。祿山遂在凝碧池旁，大張筵飲，宴集百官。凝碧池在洛陽苑中，也是一個名勝地，時當仲秋，金風拂地，玉露横天，池水不波，碧漪如畫。祿山興高采烈，居然服了袞冕，由文武官員，擁至席間，高踞上坐。慶緒慶恩兩子，侍坐兩旁，各官員左右分席，依次坐下。先命樂工大吹大鼓，奏過一番軍樂，然後餚醴上陳，飛觴痛飲。祿山連盡數大觥，乃令各樂工各自奏技，於是鳳簫龍笛、象管鸞笙、金鐘玉磬、羯鼓琵琶、箜篌方響、手拍等一齊發聲，或吹或彈，或敲或擊，真個是繁音縟節，悅耳動人。祿山用箸擊案道：「奏得好！奏得好！」恐怕是對牛彈琴。各官員趁勢貢諛，起座說道：「臣等想天寶皇帝，不知費著多少心力，教成此曲，今日卻留與主上受用，這真是洪福齊天呢。」反襯雷海青之罵。祿山掀髯笑道：「我當年入宮侍宴，也曾聽過好幾次雅樂，只是前番尚受拘束，不比今日這般快意，可惜李三郎有美人兒陪著，我卻還不及他哩。」各官員又道：「主上要選美人兒，很是容易，況且段娘娘德容兼備，也是一個賢內助，比那楊家姊妹，更好得多了。」祿山搖首道：「未必未必。」看官聽著！祿山嬖妾段氏，頗有姿色，為祿山所寵愛，少子慶恩，便是段氏所出，因此各偽官樂得奉承。插此數語，無非為下文伏線。祿山語雖如此，心中卻是甚喜，便要梨園子弟，及舞馬馴象等，相繼歌舞。驀聽得一片泣聲，傳入耳中，不由的驚訝道：「何處來的哭聲？」言未已，竟有一人大哭起來。祿山怒甚，便令衛軍當場查明。衛軍查得樂工中人，多半帶著淚痕，有一人執著琵琶，卻俯首大慟，便將他抓至席前，聽祿山發落。祿山張目道：「朕在此開太平盛宴，你這樂工，敢無故啼哭，真正可惡！」那樂工竟抗聲道：「安祿山！你本是失機邊將，罪應斬首，幸蒙聖恩赦宥，拜將封王，你不思報效朝廷，反敢稱兵作亂，屠戮神京，逼遷聖駕，眼見得惡貫滿盈，不日就遭天戮了，還說什麼太平筵宴？」說罷，將手中的琵琶，擲將過去。當被祿山親軍一格，砰然落地。那樂工向西再哭，已被那衛軍縛住，用刀亂砍，霎時間血肉模糊，肢體解散，把一個大唐忠魂，送入地府中去了。看官道此人何名？原來就是雷海青。畫龍點睛。

小子記得古詩云：

昔年只見安金藏，此日還看雷海青；
一樣樂工同氣烈，滿朝愧此兩優伶。

雷海青既被殺死，祿山尚怒氣未息，竟憤然起座，大踏步走出去了。各偽官掃興而散。當時感動了一個文士，也賦詩誌悼云：

萬古傷心生野煙，百官何日再朝天？
秋槐葉落空宮裡，凝碧池頭奏管絃。

欲知此詩為何人所作，試看下回便知。

肅宗未奉父命，遽爾即位，後來宋儒多嚴詞駁斥，謂其乘危篡位，以子叛父，語雖未免太過，但肅宗亦未免太急。靈武之與劍南往返不過兩月，何勿因裴冕杜鴻漸等之勸進，遣使請命，待冊嗣位？況玄宗出發馬嵬，已有傳位之言，不過因途次倉猝，未曾決定，當時若稟命而行，當然允准，豈一二月間之時期，竟不及待耶？況古來嗣君承統，大都越歲改元，肅宗草率即位，即改稱至德元年，而入蜀之使，遲遲後發，是其居心之僭竊，不問可知。綱目直書即位，本回且特書稱尊，示無父也。雷海青一樂工耳，長安之陷，不聞有一烈士，獨海青奮不顧身，甘心殉國，忠肝義膽，自足千古，寧得以樂工少之耶？《唐書·忠義傳》，置諸不錄，實為一大闕文，得此篇以彰之，其庶足揚名而示後歟？閱者於此等處著眼，方不負著書人苦心。

第五十三回　結君心歡暱張良娣　受逆報刺死安祿山

卻說唐朝一代，專用詩賦取士，所以詩人輩出，代有盛名。玄宗年間，第一個有名詩人，要算李太白（見前文）。李白以下，就是杜甫及王維。甫字子美，系襄陽人，著作郎杜審言孫，曾獻《郊天》《饗廟》及《祭太清宮賦》三篇，玄宗嘆為奇才，命為參軍。至祿山造反，避走三川，肅宗繼立，羸服奔行在，為賊所得，同時與太原人王維，並陷賊中。杜甫乘隙先逃，走往鳳翔，維服藥下痢，佯作喑疾，不受偽命。祿山重他才名，硬迫為給事中，他仍寓居古寺中，託詞養痾。既聞雷海青盡忠，很是悼痛，所以作詩記感，後來賊亂蕩平，維隸名賊籍，幾不免死，虧得這一首詩，傳達肅宗，肅宗說他不忘故主，情有可原，更兼維弟王縉，已受職侍郎，情願舍官贖兄，乃將維赦罪授職，累遷至尚書右丞，這真是仗詩救命哩。不沒王維，並插入杜甫，即善善從長之意。

閒文少表。且說肅宗既正名定位，做了大唐天子，便定計討賊，擬授建寧王倓為元帥。李泌入諫道：「建寧王素稱英毅，不愧將才，但廣平是兄，建寧是弟，若建寧功成，難道使廣平為吳太伯麼？」肅宗道：「廣平原是冢嗣，名義自在，豈必以元帥為重？」泌答道：「廣平未正位東宮，今天下艱難，眾心所屬，都在元帥。若建寧大功得成，陛下雖欲不為儲貳，那時幫輔建寧的功臣，尚肯袖手旁觀麼？太宗上皇，已有明證，請陛下三思？」肅宗點頭道：「先生言是，朕當變計。」及李泌退出，建寧王倓迎謝道：「先生所奏，正合我心。」泌卻步道：「泌只知為國，不知植黨，王不必疑泌，亦不必謝泌，但能始終孝友，便是國家的幸福了。」言已自去。越日有詔傳出，令廣平王俶為天下兵馬元帥，統率諸將東征。俶既受命，表請簡選謀臣，肅宗屬意李泌，因恐泌不肯受，躊躇了好多時，乃召泌入語道：「先生白衣事朕，志節高超，朕亦深佩，唯日前與先生同出視軍，曾聞軍士竊議，黃衣為聖人，白衣為山人，朕方待先生決謀定策，豈可令軍士滋疑？還請先生暫服紫袍，藉杜眾惑。」泌不得已受命。肅宗即親賜金紫，由泌接受而出，肅宗復取過紙筆，寫了數語，蓋上國寶，藏入袖中，俟泌服紫入謝，不禁微笑道：「既已服此，豈可無名？」遂從袖中取出手敕，遞與李泌。泌接敕審視，乃是授職侍謀軍國元帥府行軍長史，當即拜辭道：「臣不敢任職，請陛下另委！」肅宗道：「朕本不敢相屈，但時艱方亟，全仗大才匡濟，待亂事平定，任行高志便了。」泌乃拜受。嗣是肅宗呼泌為卿，有時仍呼為先生，以示優寵，肅宗任用李泌，也可謂煞費苦心。遂就禁中置元帥府。俶入侍，泌留府中。泌入侍，俶留府中。軍書旁午，毫不積壓。泌又入請道：「諸將畏憚天威，在陛下前敷陳軍事，或不能暢達意見，萬一小差，為害甚大，自後諸將奏請，乞先令與臣及廣平熟議，然後上聞，免致錯誤。」肅宗准奏，遇有文牘關係軍情，悉令送府。泌隨到隨閱，看系急報，雖夜間禁門已閉，亦必隔門通進，稍緩乃待天明，禁門鑰契，統委俶與泌掌管，宮府聯繫，政令一新。

肅宗命豳王守禮子承寀為敦煌王，與蕃將僕固懷恩，出使回紇，借兵入援。又懸賞招徠朔方番夷，令從官軍討逆。泌乃勸肅宗轉幸彭原，預待西北援師。肅宗依言移蹕，既至彭原，廨舍狹隘，裡面作為行宮，外面即作為元帥府。當時肅宗有一侍妾，母家姓張，系睿宗皇后胞妹的孫女，肅宗為太子時，納為良娣，因韋堅一案，與韋妃絕婚，(見前文。)張良娣遂得專寵。玄宗西奔，肅宗挈良娣隨行，輾轉到了靈武，良娣日侍左右，夜寢必居前室。肅宗與語道：「暮夜可虞，汝宜在後，不宜在前。」良娣道：「近方多事，倘有不測，妾願委身當寇，殿下可從帳後避難，寧可禍妾，不可及殿下。」未幾產生一男，才閱三日，即起縫戰士衣。肅宗以產後節勞為戒，良娣道：「今日不應自養，殿下當為國家計，毋專為妾憂。」看似忠義過人，及閱到後文，才知她小忠小信，都為固寵乞憐起見，婦人之可畏如此。看官試想！似張良娣之靈心慧舌，哪得不動人愛憐？況且良娣姿色，也是一時無兩，更兼與肅宗患難相依，事事能先承旨意，無怪肅宗特別鍾情，恩愛得了不得呢。又是一個禍根。及玄宗遣使傳位，並賜張良娣七寶鞍，良娣大喜，偏李泌入見肅宗，乘間進諫道：「今四海分崩，當以儉約示人，良娣不應乘此，請撤除鞍上珠玉，付庫吏收藏，留賞有功。」肅宗正倚重李泌，沒奈何依著泌言。驀聞廊下有哭泣聲，當即驚問何人？但見建寧王倓，趨至座前，叩首答道：「禍亂未已，臣方引為深憂，今陛下從諫如流，眼見承平有日，陛下可迎還上皇，同入長安，臣不禁喜極而悲呢。」事親有隱無犯，倓未免太露鋒芒。肅宗不答。倓與泌先後趨出，只張良娣好生不樂，對著肅宗，未免怏怏。肅宗瞧破良娣心思，再三慰諭，並與良娣飲博為歡，替她解恨，此後飲博兩事，幾成慣習，至移蹕彭原，往往日夕縱博，聲達戶外。所有四方奏報，多致停壅。泌在元帥府中，與行宮只隔一牆，當然聞知，免不得入宮切諫。肅宗雖然面允，卻恐良娣失歡，潛令干樹雞為子，(樹雞即木菌，亦名木縱，南楚人，謂雞為樅，故轉語稱樅為雞。)不令有聲。既而肅宗語泌道：「良娣祖母，就是朕祖母昭成太后的妹子，上皇亦頗愛良娣，朕欲使她正位中宮，卿意以為可否？」

泌對道：「陛下在靈武時，因群臣公同勸進，不忍違反眾情，乃踐登天位，並非為一身一家計。若冊后事宜，應俟上皇迎歸，親承大命，方為合禮。」肅宗乃止。張良娣竭力侍奉，滿望肅宗指日冊封，得正后位，偏偏李泌常來唐突，恨不得力加擯逐，拔去那眼前釘，平時侍居帷闥，輒有微言冷語，譏評李泌，還幸肅宗信泌尚深，君臣得無嫌隙，相好如初。

李泌以外，要算房琯最得主眷。會北海太守賀蘭進明，遣參軍第五琦入蜀白事，琦主張理財濟餉，由玄宗特旨拔擢，命為江淮租庸使，創榷鹽法，充作軍用，且至彭原面奏肅宗，請將江淮租賦，購易輕貨，溯江沿漢，運給軍需，肅宗很是獎勉。獨房琯劾琦聚斂，不應重任。肅宗怫然道：「軍需方急，無財必散，卿欲黜琦，財從何出？」說得房琯無詞可對。賀蘭進明，也從北海入覲，肅宗命為嶺南節度使，兼御史大夫。琯獨加一攝字，進明探悉情形，並聞第五琦為琯所劾，未免恨上加恨，遂乘入謝肅宗時，力斥琯大言無當，非宰相才，一或誤用，必蹈晉王衍覆轍。肅宗頗以為是，漸與房琯相疏。琯本意氣自豪，怎肯受人奚落？當下拜表陳詞，慷慨願效，請自將兵收復兩京。肅宗覽到琯疏，也覺得眉飛色舞，即日批准，特加琯招討西京，兼防禦蒲潼兩關兵馬節度使，一切參佐，准他自選。琯使用者部侍郎李椲為司馬，給事中劉秩為參謀，剋日起行。椲與秩皆白面書生，未嫻軍旅，琯獨視為奇才，嘗語人道：「賊軍裡面，雖有許多曳落河（見五十回），我有一個劉秩，已足抵敵，況更有李椲呢？」想兩人亦素好大言，所以與琯投契。於是分部兵為三軍，使裨將楊希文將南軍，從宜壽出發，劉貴哲將中軍，從武功出發，李光進將北軍，從奉天出發。琯居中軍，兼程前進，到了便橋，憩宿一宵。北軍亦倍道趨至，兩軍同進陳濤斜，與賊將安守忠相值，兩陣對圓，琯用牛車二千乘，作為前驅，兩旁用步騎夾著，往突敵陣，總道是無堅不破，無銳不摧，哪知賊軍中卻擁出許多勁卒，手中統執著火具，順風拋來，霎時間塵焰蔽天，咫尺莫辨，各牛未經戰陣，驟睹此狀，不禁大駭，紛紛倒退。步馬各兵，禁遏不住，反被牛車蹴踏，陸續傾跌，眼見得人畜大亂，未戰先奔，賊兵趁勢殺入，官軍或死或傷，共四萬餘人。琯收集敗兵，不滿萬人，悔憤的了不得。可巧南軍到來，遂欲督軍再戰，聊報前敗。南軍統將楊希文，見兩軍敗績，已先奪氣，部下兵弁，亦相率驚心。琯全未覺察，反嚴申軍令，有進無退，違令立斬。前愚後憤，怎得成功。楊希文與劉貴哲，面面相覷，暗生異心，等到兩軍對仗，不上數合，已相率披靡。賊兵一擁而進，頓將房琯困在垓心，琯麾軍衝突，都被殺退。李楫劉秩，到此都無謀無勇，只是據鞍發顫，束手待斃。琯自己也是文人，但能揮動令旗，不能運動刀斧，一著錯誤，四面楚歌，也只好拚死了事。正在危急萬分，突有一將跨馬殺入，帶著若干殘軍，來救房琯，琯改憂為喜，乃招呼部眾，隨著來將，殺出重圍。看官道來將為誰？原來就是北軍統將李光進。光進保護房琯，且戰且行，奔走了好幾十里，方得脫離險地，後面才不見賊兵。房琯檢點殘卒，只北軍尚有數千人，南軍中軍，多已不知去向，便驚問光進道：「楊劉二將，到哪裡去了？」光進冷笑道：「他兩人已解甲降賊，還要說他做甚？」叫房琯如何對答？琯懊喪異常，沒奈何率同光進等，回至彭原，此時也管不得肅宗詰責，只好趦趄入見，肉袒請罪。

肅宗接到敗報，本已憤怒得很，還是李泌先為緩頰，才算特別包容，特加恩宥。臨行時問了數語，囑令招集散兵，再圖進取。琯意外得免，始謝恩出去。言不顧行，實不副名，曾自覺汗顏否？肅宗正要退朝，忽由吳郡太守兼採訪使李希言，遣吏呈入軍報，乃是永王璘起兵江淮，公然造反了。肅宗嘆道：「璘為朕弟，自幼失母，母為郭順儀，早歿。經朕撫養成人，奈何背朕造反呢？」乃一面表奏上皇，一面敕璘歸蜀，覲見上皇。看官！你想璘已決計造反，還肯斂兵赴蜀麼？璘出鎮江陵時，諫議大夫高適，曾諫阻玄宗，玄宗不從。及璘至江陵，見租賦山積，頓蓄異圖。有子名瑒，曾受封襄成王，好剛使氣，勸父潛據江南，如東晉故事。璘遂引私黨薛鏐等為謀主，季廣琛等為將軍，潛募勇士數萬人，分襲吳郡及廣陵。吳郡太守李希言，偵知消息，立遣使馳報彭原，自率軍出屯丹陽，防璘襲擊，璘接到還蜀詔敕，擲置地上道：「我兄未奉上命，僭號河北，我難道不好稱帝江東麼？」演述璘語，見得肅宗即位，兄弟尚且不服，何況天下？遂領兵進擊丹陽。李希言聞警，忙遣副將元景曜等，前往攔截。景曜與戰失利，反去降璘，江淮大震。希言再向彭原告急，肅宗即召高適計議，命為淮南節度使，且調前潁川太守來瑱，為淮南西道節度使，令與江東節度使韋陟，合軍討璘。江南事甫經調將，河北諸郡，又報陷沒。賊將尹子奇史思明，先後攻陷河間景城。河間太守李奐被殺，景城太守李暐，投水自盡。顏真卿遣將往援，復遭陷沒。賊將康沒野坡，且進攻平原，真卿力不能支，也棄郡南走。樂安清河博平諸郡，均為賊有。唯饒陽太守李系，及裨將張興，死守孤城，賊不能克，思明召集各郡兵士，併力合攻。張興力舉千鈞，尚迭抛巨石，壓斃賊兵數百，惱得思明督眾猛撲，接連數晝夜，尚自守住，及至糧盡援窮，太守李系，窘迫自焚，城中無主乃亂，始被攻入。張興力屈被擒，思明勸他歸降，興慨然道：「我是大唐忠臣，萬無降理，但為汝等計，亦應去逆效順。試思主上待遇祿山，恩如父子，何人可及？祿山不知報德，反且興兵指闕，塗炭生民，大丈夫不能翦除凶逆，乃北面為叛賊臣，自居何等？譬如燕巢幕上，怎能久安？若能乘間取賊，轉禍為福，長享富貴，豈非上策？」思明哪裡肯從，反叱興不明順逆。興始痛詈思明，思明大怒，把興鋸死，不略張興，具見闡揚。因還踞博陵。

尹子奇率五千馬賊，渡河略北海，意欲南取江淮，適敦煌王承寀，到了回紇，得回紇優待，並妻以可敦女妹，令與僕固懷恩，先行反報，願為援助（回應本回前文）。隨即遣部將葛邏支，領二千騎兵，奄至范陽城下。尹子奇乃引兵北返，還救范陽。這時候的安祿山，也發兵攻入潁水，執住太守薛願，長史龐堅，送至洛陽，不屈遇害。肅宗迭聞警耗，很是憂懼，便召問李泌道：「賊勢如此，何時可定？」泌從容答道：「臣觀賊勢雖強，並無大志，依臣所料，不過二年，便可削平。」肅宗驚喜道：「有這般容易麼？」泌又答道：「賊中驍將，不過史思明安守忠田乾真張忠志阿史那承慶數人，今陛下若令李光弼出井陘，郭子儀入河東，臣料思明忠志二賊，不敢離范陽常山，守忠乾真二賊，不敢離長安，我用兩帥，足縶四賊，祿山灒據洛陽，隨身只有承慶，若陛下出軍扶風，與子儀光弼，互出擊賊，賊救首，我擊賊尾，賊救尾，我擊賊首，使賊往來奔命，自致勞頓，我常以逸待勞，賊至暫避，賊去尾追，不攻城，不遏路，待至來春天暖，命建寧王為范陽節度，與光弼南北犄角，直取范陽，覆賊巢穴，賊退無所歸，留不得安，然後大軍四面蹙賊，祿山雖狡，恐亦必為我所擒了。」確是妙算，不比房琯大言。肅宗大喜，即命建寧王倓職掌禁兵，李輔國為司馬，預備北征，用一李輔國助倓，倓其死乎？令郭子儀李光弼分道行事，自己在彭原過年，擬於來春即往扶風，且改稱扶風為鳳翔郡。

時光易過，臘盡春回，至德二載元日，肅宗在行宮中，向西遙覲上皇，然後親御行幄，草草受賀。過了數日，正擬啟駕南行，忽接了一個極大的好音，安祿山被李豬兒刺死了。祿山自盤踞洛陽，縱情酒色，累得兩目昏眊，不能視事，身又病疽，因致煩躁異常。左右使令，稍不如意，即加鞭撻。閹豎李豬兒，被撻尤多，幾乎不保性命。嬖妾段氏見祿山多病，恐有不測，意欲趁祿山在日，立親生子慶恩為太子，將來可以專政，免受嫡子慶緒壓制，愁眉淚眼，容易動人，祿山竟為所惑，竟有廢嫡立庶的意思。祿山負恩忘義，宜有殺身之禍，但禍源亦起自內變，可見小星專寵，必致危亡。慶緒頗有所聞，很覺危懼，便與嚴莊密商，求一救死的良策。莊卻故意說道：「君要臣死，不得不死，父要子亡，不得不亡，叫我如何相救？」慶緒越發著忙，便道：「我是嫡子，應該承立，難道慶恩奪我儲位，我便束手就死麼？」嚴莊冷笑道：「從古以來，廢一子，立一子，那被廢的能有幾個保全性命，這也是沒奈何的事情。」慶緒急得淚下，又道：「如兄說來，竟是沒法了。」莊又道：「死中求生，亦並非一定沒法。」慶緒道：「兄快教我！」莊遂與附耳道：「束手就死，死是定了，若要不死，這手是萬不可束的。試思主子與唐朝皇帝，名是君臣，實同父子，為何興動干戈，以臣逐君，以子攻父？可見天下到了萬不得已的事情，總須行那萬不得已的計策，時不可失，幸勿再自束手了。」即將祿山行為，引作一證，這便叫做眼前報。慶緒聽著，低頭一想，便道：「兄為我計，敢不敬從！」莊又道：「不行便罷，欲行還須從速。機會一失，便是死期。」慶緒遲疑道：「可惜一時覓不到能手。」莊復道：「欲要行事，何勿召李豬兒？」慶緒喜甚，便密召豬兒入室，自與嚴莊同問道：「汝受過鞭撻，約有幾次？」豬兒泣道：「前後受撻，記不勝記了。」莊又逼入一步道：「似你說來，不死還是僥倖的。」豬兒道：「怕不是嗎？」莊遂召豬兒入耳廂，與他私語多時，豬兒竟滿口承允，便出來別過慶緒，一溜煙似的走了。

是夕就去行事，也是祿山該死，因為心中煩躁，屏退左右，兀自一人睡著。豬兒懷著利刃，奮然徑入，寢門外雖尚有人守住，都已坐著打盹，況豬兒是祿山貼身侍監，向來自由進出，就是模糊看見，也不必盤詰。豬兒挨開了門，悄步進去，可巧外面更鼓鼕鼕，他即趁聲揭帳，先將祿山枕畔的寶刀，抽了出來。祿山忽覺驚醒，將被揭開，口中喝問何人？豬兒心下一急，轉念他雙目已盲，何如立刻下手，便取出亮晃晃的匕首，直刺他大腹中。祿山忍痛不住，亟伸手去摸枕畔寶刀，已無著落，遂搖動帳竿道：「這定是家賊謀逆呢。」國賊為家賊所殺，是應該的。道言未絕，那肚腸已經流出，血漬滿床，就在床上滾了幾轉，大叫一聲，頓時氣絕。豬兒已經得手，剛要趨出，門外的侍役，已聞聲進來，雙手不敵四拳，正捏了一把冷汗。忽見嚴莊與慶緒，帶兵直入，來救豬兒，豬兒喜甚，便語侍役道：「諸位欲共享富貴，快快迎謁儲君，休得妄動！」大眾乃垂手站立，嚴莊命手下抬開臥榻，就在榻下掘地數尺，用氈裹祿山屍，暫埋穴中，且戒大眾不得聲張。「一朝權在手，便把令來行」，捏稱主子病篤，立慶緒為太子，擇日傳位，一面密迫段氏母子，一同自盡。越日又傳出偽諭，太子即位，尊祿山為太上皇，重賞內外諸將官，大小各賊，怎知嚴莊等詭計，總道是事出真情。慶緒嗣位，在洛的偽官，統來朝賀，各處亦爭上賀表。又越日方說祿山已死，下令發喪。那時從床下掘出屍身，早已腐爛，草草成殮，喪葬了事。相傳祿山是豬龍轉世，從前侍宴唐宮，醉後現出豬身龍首，玄宗雖是驚詫，但以為豬龍無用，無殺害意，終致釀成一番大亂，幾乎亡國。祿山僭稱偽號，一年有餘，也徒落得腹破腸流，斃於非命。小子有詩嘆道：

天公假手李豬兒，剚刃胸前血肉糜；
臣敢逐君子弒父，誰云冥漠本無知？

祿山死信，傳達彭原，肅宗以下，還道天下可即日太平，遂無意北征，竟演出一出殺子戲來了。欲知詳情，請閱下回。

楊貴妃之後，復有張良娣，唐室女禍，何迭起而未有已也。顧楊妃以驕妒聞，一再忤旨，而仍得專寵，王之不明，人所共知。若張良娣則寢前禦寇，產後縫衣，幾與漢之馮婕妤、明之馬皇后相類，此在中知以上之主，猶或墮其彀中，況肅宗且非中知乎？愛之憐之，因致縱之，陰柔狡黠之婦寺，往往出人所不及防，否則楊妃禍國，覆轍不遠，肅宗雖愚，亦不應復為良娣所惑也。安祿山惑於內變，猝致屠腸，雖由逆報之相尋，亦因婦言而啟釁。傳有之曰：「謀及婦人，宜其死也。」觀唐事而益信矣。

第五十四回　統三軍廣平奏績　復兩京李泌辭歸

卻說肅宗既寵張良娣，又因良娣在靈武時，產下一兒，取名為佋，即封興王，子以母貴，也得肅宗鍾愛，與他子不同。張良娣恃寵生驕，竟欲把兩三歲的小兒，作為將來的儲貳，第一著欲陷害廣平王，第二著欲陷害建寧王。府司馬李輔國，本是飛龍廄中的閹奴，以狡猾得幸，及見良娣專寵，復曲意奉承，討好良娣。良娣正好引為幫手，構陷二王。建寧王倓，素性任俠，看不上良娣等人，嘗私語李泌道：「先生舉倓掌兵，俾盡臣子微忱，倓很是感激。但君側有一大害，不可不除。」泌問為誰？倓說是張良娣。泌搖首道：「此非人子所宜言，願王忍耐為是。」倓不以為然，有時入見肅宗，必勸肅宗勿信內言，並請速立太子。別人可請，倓不宜請。肅宗聽過了好幾次，乃乘李泌入見，便垂問道：「廣平為元帥踰年，今欲命建寧專徵，又未免名分相等，朕欲即立廣平為太子，卿意以為何如？」泌答道：「軍事倥傯，應即區處，若陛下家事，總須稟命上皇，否則陛下即位的苦心，何從分說呢？」肅宗道：「卿言亦是，容朕三思後行。」泌退回元帥府中，轉告廣平王俶。俶即入謁，湊便陳請道：「陛下尚未奉晨昏，臣何敢入當儲貳？」肅宗慰諭數語，乃將建儲事暫行擱起。李泌奏阻建儲，或謂儲位未定，因啟張李狡謀，然試問從前已立之太子，亦如何廢死？以此咎泌，殊非正論。

至祿山已死，肅宗以首逆既殄，大亂可平，索性把建寧專徵的問題，也擱著不提。倓有志靖亂，一再進諫，且直陳道：「陛下若聽信婦寺，恐兩京無從收復，上皇無從迎還了。」語太激烈，適致殺身。看官！你想這數句言論，叫肅宗如何忍受得住？還有張良娣李輔國二人，得聞此言，怎能不恨到極點，互肆毒謀？當下由良娣先入，輔國繼進，一倡一和，只說倓時有怨言，嘗恨不得為元帥，謀害廣平。此時的肅宗，正將倓叱退，餘怒未息，怎禁得火上添油？憑著一腔怒氣，立下手諭，把倓賜死。倓是個傲氣的人，要死就死，竟仰藥自盡。至李泌得知此事，意欲入諫，已是無及，可惜一個賢王，死得不明不白，含冤地下。廣平王俶，懷了兔死狐悲的觀念，密與李泌商量，欲去輔國及良娣，泌勸阻道：「王不懲建寧的覆轍麼？能盡孝道，自足致福。良娣婦人，不足深慮，但教委曲承順，包管前途無礙了。」始終勸人以孝，李長源不愧正人。俶聞言乃止。

只肅宗信讒殺子，尚未覺悟，忽由太原遞到賊警，史思明自博陵，蔡希德自太行，高秀巖自大同，牛廷玠自范陽，共引賊十萬名，入寇太原，肅宗才驚訝道：「我道祿山已死，可無後患，哪知賊勢越發猖獗哩。」說罷，急召泌入議。泌奏道：「太原有李光弼，才足拒賊，請陛下勿憂！但陛下宜速幸鳳翔，示意進取，方能振作士氣，馴致中興。」肅宗點首道：「朕當擇日起程了。」言未已，又接睢陽警報，偽河南節度使尹子奇，受安慶緒命，率嬀檀二州賊兵，及同羅奚眾，共十三萬人，進逼睢陽，肅宗又驚慌起來，泌又道：「睢陽太守許遠，忠義過人，當能死守，且張巡方移守寧陵，巡遠親如兄弟，寧陵睢陽，相隔不遠，互相援應，諒可支持，俟郭子儀收復河東，再去援他未遲。」肅宗道：「兩處無虞，朕即當往幸鳳翔，勞卿整頓軍裝，待朕下令啟行。」泌乃退出。越數日，報稱軍裝已備，請即啟蹕，肅宗逐日延宕，專候兩路消息，藉決行止。

已而太原馳入捷書，李光弼用詐降計，令賊緩攻，暗中窟道地至賊營，出賊不意，內外攻擊，俘斬萬餘人，思明退去，餘賊可無慮了。肅宗方決幸鳳翔，啟行詔下，又接睢陽捷報，張巡自寧陵援睢陽，與許遠合兵，共得六千八百人，遠守巡戰，連擒賊將六十餘，殺賊二萬，賊將尹子奇夜遁，睢陽已解圍了（本回宗旨，在收復兩京，此外戰事，只可用虛寫法，否則賓主不分，如何醒目）。肅宗大喜，遂啟駕至鳳翔。隴右河西西城安西各兵士，依次來會。江淮租賦，也陸續解到。原來永王璘叛亂後，經廣陵太守李成式，招降叛將季廣琛，叛黨解散。永王璘潰走鄱陽，為江西採訪使皇甫侁擒住，誅死了事（了過永王璘）。江淮復安，運道無阻。

李泌遂請如前策，北攻范陽。肅宗道：「大兵已集，正應搗賊腹心，卿反欲迂道西北，往攻范陽，豈非忽近圖遠麼？」泌答道：「現時所集各兵，統是西北戍卒，及諸胡部落，性多耐寒畏暑，若用他銳氣，克復兩京，原是易事，但賊率餘眾，遁歸巢穴，關東地熱，春氣已深，各軍必睏倦思歸，賊卻得休兵秣馬，靜俟各軍去後，再行南來，豈不可慮？所以臣請先行北伐，用兵寒鄉，掃除賊穴，永絕禍根，賊進退失據，一鼓聚殲，不但兩京可取，天下也從此太平了。」當時肅宗若用泌言，不致有思明之亂。肅宗道：「朕非不從卿計，唯朕定省久虛，急欲先復西京，迎還上皇，聊申子道，不能再待北伐，幸卿原諒！」泌乃趨出。

適郭子儀遣使奏捷，逐去賊將崔乾祐，平定河東。肅宗遂進子儀為司空，兼天下兵馬副元帥，出攻西京。子儀即遣子郭旰，及兵馬使李韶光，大將軍王祚濟河，進破潼關賊兵，斬首五百級，正擬乘勝入關，忽由安慶緒遣到援兵數萬，截擊郭旰。旰與戰大敗，死亡萬餘人。李韶光王祚先後戰死，蕃將僕固懷恩，保旰渡渭，退守河東。天下不如意事，重迭而來，節度使王思禮，調鎮關內，賊將安守忠等入寇，思禮遣將出戰，為賊所敗，退保扶風。守忠追躡至太和關，去鳳翔僅五十里，鳳翔大駭，飛詔郭子儀入援。子儀星夜奔赴，中途遇著賊將李歸仁，奮力殺退，至西渭橋，與王思禮合軍，進屯潏西。賊將安守忠李歸仁，也聯兵駐清渠，彼此相隔裡許，相持七日。子儀等持重不戰，守忠想了一個誘敵計，假意退兵，那時子儀亦墮賊計中，督兵追擊，約行數裡，才見賊騎倚山背水，擺成一字長蛇陣，子儀令攻賊中堅，不意賊兵首尾，分作兩翼，夾擊官軍，官軍不能相顧，四散奔逃。子儀亟率僕固懷恩等，斷住後路，讓敗軍先走，自己隨戰隨退，還保武功。為子儀留身分，故不肯大書敗狀。隨即單身詣闕，乞請自貶，乃降為左僕射。

是時山南東道節度使魯炅，困守南陽，屢為賊將田承嗣等所圍，糧盡援絕，突圍走襄陽。河東節度副使，兼上黨長史程千里，出擊賊將蔡希德，馬蹶被擒。靈昌太守許叔冀，為賊困住，拔眾走彭城，睢陽數次卻賊，數次受圍，賊將尹子奇誓破此城，城中兵少食盡，勢亦垂危（再作總括語，均見筆法）。肅宗屢聞敗警，焦灼的了不得，且因賊兵逼近，無暇他顧，只好委任郭子儀，決計再攻西京，當下大饗將士，一一慰勉。且特語子儀道：「功成與否，在此一舉，願卿竭忠盡智，無負朕望。」子儀道：「此行不捷，臣必捐生。但有兩大要事，請陛下施行。」肅宗問是何事？子儀一一說出，一是請元帥廣平王俶，親自督師，一是請徵兵回紇，同往擊賊。肅宗准如所請，遂令廣平王調集朔方西域等軍，大舉出征，一面馳使回紇，乞即發兵入援。

回紇懷仁可汗子磨延啜，嗣父登位，號葛勒可汗，有意和唐，立遣太子葉護等，率精兵四千餘人，馳至鳳翔。當由肅宗引見，厚禮款待。且令廣平王俶，與葉護相見，約為兄弟。葉護大喜，稱俶為兄，於是共得兵十五萬人，號稱二十萬，出指長安。到了城西香積寺旁，連營為陣。李嗣業統前軍，王思禮統後軍，郭子儀統中軍，長安賊亦傾寨出戰，共約十萬人，與官軍南北對壘。賊將李歸仁撥馬舞刀，出來挑戰，前軍各奮力接仗，戰不多時，那歸仁故態復萌，佯作敗退狀，馳回本陣。官軍乘勝追上，直薄賊壘，誰料歸仁翻身出來，把刀一麾，賊陣中有名悍卒，統持著大刀闊斧，惡狠狠的截殺官軍。官軍猝為所乘，自相驚亂。李嗣業在後督戰，見部下逐漸潰退，不禁大憤道：「今日不委身餌賊，我軍尚有生望麼？」說著，即將鐵甲卸去，持了一柄純鋼鑄的長刀，縱馬向前，大呼奮擊，刀光過處，賊頭紛紛落地。歸仁舞刀來迎，嗣業刀長手快，亂劈過去，喝一聲著，已將歸仁頭盔劈落。歸仁披髮逃回，賊亦隨卻。嗣業再接再厲，身先士卒，殺入賊陣。回紇葉護，也率眾隨上，趁勢搗賊，賊眾遂亂。力寫嗣業。郭子儀知賊多詐，令僕固懷恩帶領銳卒，防護輜重，果然賊後軍抄至官軍陣後，前來掩襲。懷恩驅軍殺出，一陣橫掃，好似風捲殘雲，立將賊兵驅盡。子儀思禮兩軍，一齊出擊，那嗣業帶著前軍，與回紇健卒，已洞穿賊壘，從前面殺到後面，會集全師，再行夾攻。自午至酉，斬首六萬級，安守忠李歸仁等，到此也不能再戰，棄甲曳兵，逃回城中。入夜尚囂聲不止。廣平王俶，見全師大勝，鳴金收軍。僕固懷恩叩馬進言道：「賊今夜必棄城出走，請元帥下令窮追。」俶搖首道：「軍力已疲，不宜輕進。」懷恩又道：「戰尚神速，可進即進，大帥如慮各軍勞苦，懷恩願率三百騎，追縛賊首，歸獻麾下。」餘勇可賈。俶復道：「將軍戰了一日，也未免吃力，且回營休息，明日再議！」懷恩不便再爭，快快而退。

各軍俱歸宿營中，到了次日，俶正升帳發令，已有偵騎來報，賊將安守忠李歸仁，與張通儒田乾真等，均已棄城遁去。俶乃整軍入城，百姓扶老攜幼，爭來迎接，夾道歡呼，喜極而泣。至俶入城安民，回紇葉護，向俶請求，欲如前約。原來肅宗召見葉護時，曾與面約，謂克復西京，土地人民歸唐，金帛子女歸回紇。回紇援兵只有四千，何足平賊，況欲借外力以平內亂，後患亦多，肅宗遽以是為約，何其憒憒？葉護見京城已復，當然如約要求，俶無法推辭，只好向葉護下拜道：「今始得京師，若遽行俘掠，東京必望風生怖，為賊固守，不可復取了。願至東京後，始遵前約。」說亦謬誤。葉護下馬答拜道：「當為殿下徑往東京。」言已，復上馬出城，駐營待命。俶留京撫閱三日，軍民胡羌，羅拜道旁，相率嘆美道：「廣平王真華夷共主呢。」亦屬過譽。

捷報到了鳳翔，肅宗大喜，百官入賀，即日遣中使啖庭瑤入蜀，奏白上皇，表請東歸。一面命左僕射裴冕入西京，祭告郊廟，宣慰百姓。且調嗣虢王因留守西京，令廣平王俶東出平洛，唯行軍長史李泌，召還行在，不必東行。泌馳還鳳翔，入謁肅宗，肅宗慰勞數語，即接說道：「朕已表請上皇東歸，朕當退居東宮，仍循子職。」泌忙答道：「上皇未必東來了。」肅宗驚問何因？泌答道：「陛下正位改元，已經二載，今忽奉此表，轉使上皇心疑，怎肯即歸？」肅宗爽然道：「朕知誤了，今且奈何？」泌從容道：「陛下放心，臣當另草大臣賀表，請上皇東歸便了。」肅宗即命左右取過紙筆，囑泌草表。泌不假思索，一揮即就，捧呈肅宗過目。肅宗瞧著，系是群臣署名，略說：「自馬嵬請留，靈武勸進，及今收復京師，皇上無日不思定省，請上皇即日迴鑾，以就孝養」云云。結末數語，尤說得情詞迫切，悱惻動人。肅宗不覺泣下，立命中使奉表入蜀，且留泌宴飲，同榻寢宿。泌乘間乞歸道：「臣已略報聖恩，今請許作閒人。」肅宗道：「朕與先生同憂，應與先生同樂，奈何思去？」泌答道：「臣有五不可留，願陛下聽臣歸去，賜臣餘生。」肅宗問道：「何謂五不可留？」泌答道：「臣遇陛下太早，陛下任臣太重，寵臣太深，臣功太高，跡亦太奇，有此五慮，所以不可復留。」這也是知彼知己之論。肅宗笑道：「夜已深了，先生且睡，緩日再議。」泌又道：「陛下與臣同榻，臣且尚不得請，況異日在御案前呢。陛下若不許臣去，便是要殺臣了。」語足驚人，然確是閱歷有得之言。肅宗驚詫道：「先生何疑朕至此？朕非病狂，何至妄殺先生？」泌淒然道：「陛下不欲殺臣，臣尚得求去，否則臣何敢再言？且臣恐殺身，並非疑及陛下，就是這五不可呢。臣思陛下待臣甚厚，臣且未得盡言，他日天下既安，臣未必常邀聖眷，那時還好盡言麼？」肅宗道：「朕知道了。先生屢欲北伐，朕不肯從，所以介意。」泌答道：「非為此事，乃是建寧一事哩。」肅宗道：「建寧過聽小人，謀害乃兄，欲奪儲位，朕不得已賜死，先生豈尚未聞麼？」泌又道：「建寧若有此心，廣平王當必懷怨，今廣平每與臣言，痛弟含冤，一再淚下，且陛下前日，欲用建寧為元帥，臣請改任廣平王，建寧果欲奪嫡，應恨臣切齒，為什麼視臣為忠，益加親善呢？」肅宗聽到此語，也忍不住淚，且泣且語道：「先生言是，朕亦知悔了。但事成既往，朕不願再聞。」泌又道：「臣非咎既往，乃欲陛下警戒將來。從前天後錯殺太子弘，次子賢內懷憂懼，作《黃臺瓜》詞，中有二語云：『一摘使瓜好，再摘使瓜稀。』陛下已經過一摘了，幸勿再摘！」肅宗愕然道：「朕不至再有此事。先生良言，朕當書紳。」泌又說道：「陛下能時常留意，何必多存形跡，此事已蒙俞允，臣願畢了，只請陛下准臣還山。」肅宗道：「且待東京收復，朕還都再議。」泌乃無言。看官聽著！這番密陳，雖是泌明哲保身，但也為廣平王起見，他恐張李再行構難，誣害廣平，所以殷勤陳情，啟沃主心，這真是苦心調停，保全不少哩。應該讚揚。

轉眼間由秋經冬，睢陽急報，似雪片相似。肅宗促鄰郡速援，且特飭同平章事張鎬，出任河南節度使，馳援睢陽。幸喜平洛大軍，沿途順手，屢獻捷音，華阻弘農，次第平復，並獻入俘囚百餘人，肅宗命一律斬首。監察御史李勉入諫道：「今元惡未除，海內梟桀，多半為賊所脅汙，聞陛下龍興，方思革面洗心，沭浴聖化，若概從駢戮，恐反驅令從賊，誅不勝誅了，願陛下三思！」肅宗乃下詔特赦，遠近聞風歸附。賊將張通儒等，敗奔至陝，安慶緒悉發洛陽兵眾，令嚴莊為統帥，往援通儒，步騎合計十五萬，共拒官軍。郭子儀等長驅直進，到了新店，前面正遇著大隊賊兵，依山列營，氣勢頗盛。子儀頗以為憂，即與回紇葉護商議，令率回紇兵繞出山後，襲擊賊背。葉護依計而行，子儀乃麾兵攻賊，賊仗著銳氣，由高趨下，猛撲官軍。官軍前隊多傷，逐步倒退。驀聞得山上鼓響，有數十支硬箭，射入賊中。賊眾回首驚顧道：「回紇兵到了！」隨即駭走，子儀與回紇葉護，先後夾攻，殺得賊兵東倒西歪，屍骸遍野。嚴莊張通儒等，落荒東走，連陝城也不及顧了。子儀遂請廣平王俶，乘勝入陝城，再命僕固懷恩等，分道追賊，如入無人之境。嚴莊奔入洛陽，狼狽得很，慶緒本視酒如命，每日深居簡出，狂飲不休，一切軍務，全靠嚴莊主持。莊既敗還，慶緒當然驚惶，急與莊商議對敵。莊已垂頭喪氣，想不出什麼法兒，好多時獻上一策，乃是一個「走」字。慶緒依計而行，遂聚集黨羽，夤夜出奔，唐將哥舒翰程千里等，從前陷入賊中，至此一併殺死，便匆匆出後苑門，逃向河北去了。

捷書到陜，廣平王俶，率大軍馳入東京，回紇兵爭先擁進，肆行劫掠，可憐洛陽城內的百姓，前次已遭賊蹂躪，此番復遇夷掠奪，兒啼女散，家盡財空，騷擾了兩晝夜。回紇兵心尚未足，縱掠如故，郭子儀看不過去，請命廣平王，召入父老，募集羅錦萬匹，酬謝回紇，才算休兵。這皆是肅宗父子貽害百姓，可嘆！肅宗日夜望捷，既得好音，便擬啟蹕回京。李泌又固請還山，肅宗不許。適值啖庭瑤自蜀馳歸，呈上上皇手詔，竟欲終老劍南，不願東歸，肅宗未免憂慮。越數日，齎奉群臣賀表的使臣，亦自成都遣還，報稱上皇覽表，甚是喜慰，命食作樂，下誥定行期。肅宗遂召語李泌道：「使我父子重見，全出先生大力，曷勝感慰！」泌下拜道：「兩京收復，上皇歸來，臣報德已畢了。但望陛下加恩，賜臣骸骨！」肅宗尚欲挽留，經泌伏地力請，乃愴然道：「先生請起！朕暫允先生歸山。」泌乃起身趨出，草草整裝，便即陛辭。肅宗親送出城，灑淚而別。一肩行李，兩袖清風，飄然南行去了。到了衡山，地方官已經奉敕為泌築室山中，並送給三品俸祿，泌乃山居自樂，不問世事。小子有詩嘆道：

范蠡沼吳甘隱去，張良興漢託仙遊；
功成身退斯為智，唐室更逢李鄴侯。

李泌去後，肅宗即遣韋見素入蜀，奉迎上皇，一面啟蹕還都。臨行時接得張鎬急報，又未免觸動悲懷，究竟為著何事？且至下回說明。

本回事實，最為雜沓，若一一分敘，便如斷爛朝報相等，毫無趣味。著書人以廣平出征，及李泌歸隱為綱，而此外各事，俱隨筆銷納，既不病繁，亦不嫌略。蓋廣平出征，兩京始得收復，此為最大要件，不得不特別從詳。李泌之出，關係甚大，不特收復兩京，出自泌之參贊，即如迎還上皇，保全廣平，何一非泌之力乎？外有郭子儀，內有李泌，而肅宗始得中興，故敘述武事，處處注重郭子儀，敘述文謨，處處注重李泌，握其要而眾具畢張，閱此可以知行文之法焉。

第五十五回

與城俱亡雙忠死義　從賊墮節六等定刑

卻說河南節度使張鎬，曾奉敕往援睢陽，因調集各軍，不免稍需時日。當時嘗飛檄譙郡太守閭邱曉等，星夜往援，哪知閭邱曉等，均不奉命，坐聽睢陽失守，張巡許遠，先後殉義，及鎬率軍至睢陽城下，城已被陷三日了。鎬召閭邱曉至軍，嚴詞詰責，捶斃杖下，當即遣使飛報鳳翔。肅宗未免痛悼，因登程還京，一切贈恤，俟到京後再議，但遙敕鎬查明張許家屬，速即奏報。看官欲知張許殉義情事，待小子本末敘明。闡揚忠義，應從詳敘。

張巡南陽人，夙諳武略，登進士第，出為縣令。祿山亂起，陷入河南，譙郡太守楊萬石降賊，脅巡為長史，使西迎賊軍。巡至真源，率吏哭玄元皇帝廟中，起兵討逆，得壯士千人，西詣雍邱。適雍邱令令狐潮出迎賊眾，遂入城拒守。令狐潮引賊兵四萬，來奪雍邱，巡孤軍出戰，殺退賊兵。潮與巡有舊交，屢誘巡降，巡以大義相責，始終不從。潮連番進攻，城中矢盡，巡縛草為人，被服黑衣，夜縋城下，共計千餘。潮因暮夜昏皇，不便出戰，但令射箭，巡將草人扯起，得矢十餘萬，得復射賊。嗣令壯士縋城出襲，服飾如草人，賊笑不裝置，竟被壯士突入，大破賊寨。潮屢退屢進，巡使郎將雷萬春，登陴守禦，賊用飛弩迭射，連中雷頰，共計六箭。雷直立不動，賊疑為木人，譁然躁動，但聽城上大聲道：「黠賊，認得我雷將軍否？」彷佛《三國演義》中之張翼德。賊大驚駭。巡乘勢殺出，擒賊將十四人，斬首百餘級，潮乃遁去。

既而河南節度使嗣虢王巨，出駐彭城，命巡為先鋒使。巡聞寧陵圍急，移軍往援，始與睢陽太守許遠相見。遠系許敬宗曾孫，天性忠厚，曉明吏治。頗能為乃祖幹蠱。既見巡，恍如舊識，互敘年齒，乃同年所生，遠長數月，巡因呼遠為兄，誓相援應。還有城父令姚訚，亦與聯合，賊將楊朝宗率馬步二萬，襲擊寧陵，巡遠合軍與戰，殺賊萬餘人，投屍汴水，河為不流。有詔擢巡為河南節度副使。至德二載，祿山刺死，慶緒遣將尹子奇，帶領蕃胡各騎兵，猛撲睢陽。巡率軍援遠，血戰二十餘日，銳氣不衰。遠以材不及巡，專治軍糧戰具，一切攻守事宜，均歸巡主張。巡連敗子奇，所獲車馬牛羊，悉分給兵士，秋毫不入私囊，詔拜巡為御史中丞，遠為侍御史，訚為吏部郎中。子奇三戰三北，益兵進攻，巡不依古法，臨危應變，奇出不窮，嘗欲射死子奇，苦不能識，乃削蒿為矢，射入賊營。賊以為城中矢盡，喜白子奇，子奇遂親自督攻，巡將南霽雲，覷定子奇，抽矢搭弓，射將下去，正中子奇左目。子奇痛不可忍，伏鞍而逃。巡自城中殺出，殺賊無算，餘賊保護子奇，又復遁去。

巡因將士有功，遣使白嗣虢王巨，請給賞物。巨只給空白告身三十紙，還統是營中末職，經巡遺書責巨，巨全然不睬，且命將睢陽積穀，運去三萬斛，轉給濮陽濟陰。遠遣使固爭，終不見從，反說遠不受節制，靜候嚴參。遠拗他不過，只好眼睜睜的由他運去。濟陰得糧即叛，接應子奇，子奇目創已癒，遂徵兵遠近，得悍賊數萬，再攻睢陽。此次來報前恨，百方攻撲，迭用雲梯鉤車木驢等物，俱為巡破毀，毫不見效。子奇乃不敢復攻，但穿壕立柵，困住孤城。城中守兵，本來只數千人，自經子奇迭攻，或死或傷，減去十成之八，只有六百人尚能防禦。更因積糧被巨運去，無食可依，起初每人每日，給米一勺，後來米已食盡，但食茶紙樹皮，不得已遣南霽雲等，突圍出去，或飛報行在，或告急鄰郡，時許叔冀在譙郡，尚衡在彭城，俱不肯出援。霽雲乞師不應，憤投臨淮，御史大夫賀蘭進明，正代任河南節度使，在臨淮駐著，霽雲入見，備述睢陽苦況，請速濟師。進明道：「今日睢陽已不知存亡，兵去何益？」霽雲道：「睢陽若陷，霽雲當以死謝大夫，且睢陽既拔，即及臨淮，唇齒相依，怎得不救？」進明道：「事從緩商，君遠來疲乏，姑且留宴。」霽雲尚望進明出師，忍氣待著。少頃，堂上陳筵，堂下奏樂，進明延霽雲入座，霽雲不禁流涕道：「睢陽兵士，不食月餘，霽云何忍獨食？食亦何能下嚥？大夫坐擁強兵，不願分兵救患，忠義何存？願大夫熟察！」說至此，竟將指插入口中，忍痛嚙下，呈示進明道：「霽雲奉命乞援，不能代伸主將苦衷，抱歉何似！願留一指示信，方可歸報。」旁座見霽雲忠憤，也為泣下。獨進明麻木不仁，奈何？進明道：「我亦知君忠勇，但往救睢陽，勢已無及，不如留在我處，徐圖立功。」霽雲道：「霽雲若忍負張公，便是不忠不義，大夫留我何益。」言畢，竟酹酒地上，向各座拱手，搶步下堂，上馬徑去。路過佛寺，見浮屠矗立（浮屠即塔），抽矢射中上層甎瓦，且指誓道：「我若破賊，必滅賀蘭，這矢就是記恨哩。」還至寧陵，與城使廉坦，同率步騎三千人，冒圍入城。賊因霽雲突圍外出，日夜防有援兵，至是悉眾阻截，由霽雲拚死衝突，殺開一條血路，馳入睢陽，回顧手下，已僅得千人。巡見霽雲，知進明等俱不肯發兵，也未免惶急，將吏無不痛哭，且議突圍東奔。巡語許遠道：「睢陽為江淮保障，若棄城他去，賊必乘勝南下，是江淮將盡為賊有了。況我眾饑羸，未能遠走，在城固死，出城亦死，我想行在雖遠，去使諒可達到，將來總有複音，不如堅守待命。」遠亦贊成巡議，可奈滿城無糧，嗷嗷待哺，米盡食茶紙，茶紙盡食馬，馬盡食雀鼠，雀鼠又盡，至煮鎧弩皮以食。巡妾霍氏，情願殺身餉士，巡聽令自刎，烹屍出陳，指語大眾道：「諸君累月乏食，忠憤曾不少衰，我恨不割肉啖眾，怎肯顧惜一妾，坐視士饑？」將士等相向淚下，巡強令噉食，遠亦殺奴僮哺卒，區區數人，不足一飽，以連日餓殍枕藉，所餘只四百人，亦皆餓病不支，巡西向再拜道：「臣力竭了，生不能報陛下，死當為厲鬼殺賊。」賊眾見城守寥寥，即四面登城，陷入城內，巡遠及姚誾南霽雲雷萬春等，陸續受擒，各被推至子奇面前。子奇問巡道：「君每戰必眥裂齒碎，究為何意？」巡憤然道：「我志吞逆賊，怎得不裂眥碎齒？」子奇怒道：「你存齒幾何？」遂用刀抉視巡齒，只存三四枚，也不覺失聲道：「可敬可敬！君能從我，當共圖富貴。」巡罵道：「我為君父而死，死何足恨？爾等甘心附賊，賊彘不如，寧能長存人世麼？」子奇尚欲存巡，用刀置巡項，迫令快降，巡終不屈。又脅降南霽雲，霽雲未應。巡呼道：「南八（霽雲小字）男兒，一死罷了，豈可為賊屈？」霽雲笑道：「我不欲遽死，思有所為，公素知我，我敢不死麼？」乃與姚誾雷萬春等三十六人，同時遇害。許遠被解送洛陽，洛陽已為唐軍所破，轉送偃師，亦以不屈見殺。睢陽稱為雙忠，建祠屍祝，號為雙忠廟，至今尚存。大節千秋！肅宗聞進明等，不肯出援，乃改任張鎬，兼江南節度使，閭邱曉為譙郡太守，卒以道遠不及，且為閭邱曉所誤，終致雙忠畢命，徒自流芳，這也是可悲可嘆呢。

肅宗自鳳翔入西京，百姓歡躍，爭呼萬歲。御史中丞崔器，令前時從賊諸官，均免冠徒跣，至含元殿前，頓首請罪，就是東京降賊諸官吏，如陳希烈張均張垍達奚珣等，亦均由廣平王收送西京，俱至朝堂聽候懲處，肅宗命改系獄中。唯汲郡人甄濟，武功人蘇源明，屢經祿山脅迫，始終不受偽命，有詔特擢濟為祕書郎，源明為考功郎中，兼知制誥。回紇太子葉護，自東京還師，入覲宣政殿，面陳軍中馬少，願留兵沙苑，自歸取馬。再來助討范陽，掃清餘孽。肅宗大喜，即封他為忠義王，所有回紇部兵，各賜錦繡繒器，並願歲給絹二萬匹，使就朔方軍領受，葉護拜辭而去。已而廣平王俶郭子儀皆還西京，肅宗封子儀為代國公，食邑千戶，且面加慰諭道：「國家再造，皆由卿力。」子儀頓首拜謝，詔令再往東都，經略北討。張鎬與魯炅來瑱嗣吳王只李嗣業李奐五節度，出略河東河南各郡縣，大半平定。賊將嚴莊，料知無成，背了安慶緒，潛行來降。肅宗命為司農卿。尹子奇為張鎬所敗，敗走陳留，陳留人襲殺子奇，舉城降官軍。肅宗很是喜慰，乃修復宗廟，整繕宮殿，專待上皇還都。

至十二月間，上皇已到咸陽，由肅宗備齊法駕，帶同百官，往望賢宮迎接上皇。上皇在宮南樓，開軒俯矚，肅宗改服紫袍，下馬趨進，拜舞樓下。上皇降樓撫慰，父子相對泣下，因見肅宗服紫，即向索黃袍，親披肅宗身上。肅宗頓首固辭，何必做作。上皇道：「天數人心，已皆歸汝，使朕得保養餘年，就是汝的孝思了，何必多辭。」肅宗乃受，請上皇登殿，受百官朝賀畢，命尚食進膳，嘗而後進。是夕侍宿行宮，翌晨奉上皇啟駕，肅宗親自執靮，前行數步，經上皇諭止，方乘馬前導，不敢自當馳道。上皇顧左右道：「我為天子五十年，不足言貴，今為天子父，才算是真貴了。」慢著！尚有張氏在內。既至西京，御含元殿慰撫官民，尋詣長樂殿九廟神主，慟哭多時，恐是哭楊貴妃。乃往幸興慶宮，就此居住。肅宗再請避位，退居東宮，還要如此，多令人笑。上皇不許，出傳國璽授與肅宗。肅宗涕泣受寶，始出御丹鳳樓，頒詔大赦。唯與祿山同反，及李林甫王鉷楊國忠子孫，不在免例。立廣平王俶為楚王，加郭子儀司徒，李光弼司空，其餘扈駕立功諸臣，俱進階賜爵有差。追贈死節諸臣，如李憕盧弈蔣清張介然顏杲卿袁履謙張巡許遠姚誾南霽雲雷萬春等，各依原官增階，子孫賜蔭。郡縣來年租庸，三分減一。近時所改郡名官名，一律復舊。以蜀郡為南京，鳳翔為西京，西京為中京，冊封張良娣為淑妃，皇子南陽王系以下（肅宗有十四子，次子名系），各令遷封。拜李輔國為殿中監，晉封成國公。時韋見素裴冕房琯等，均已罷相，改用苗晉卿為侍中，王嶼為中書侍郎，李麟同中書門下三品，內外騰驩，翕然同聲。唯張巡得追封揚州大都督，許遠亦追封荊州大都督。巡子亞夫，遠子玫，一併授官。當時頗多異議，有說巡死守睢陽，殺身無補，有說巡忍殘人命，與其食人，寧可全人。不責奸臣，但責忠臣，是何居心？巡友李翰，乃為巡作傳，且附表上呈，略云：

巡以寡擊眾，以弱制強，保江淮以待陛下之師，師至而巡死，巡之功大矣。而議者或罪巡以食人，愚巡以守死，善遏惡揚，錄瑕棄功，臣竊痛之！巡所以固守者，待諸軍之救，救兵不至而食盡，食既盡而及人，乖其素志，設使巡守城之初，已有食人之計，捐數百生命以全天下，臣猶曰功過相掩，況非其素志乎？今巡死大難，不睹休明，唯有令名，是以榮祿。若不時紀錄，恐遠而不傳，使巡生死不遇，可悲孰甚？臣敬撰《巡傳》一卷獻上，乞遍列史官，以昭忠烈而存實跡，則不勝幸甚！

此外尚有張澹李紓董南史張建封樊晃朱巨川等，亦皆為巡辯白，群議始息。既又訾及許遠，謂遠不與巡同死，有幸生意。巡季子去疾，亦為所惑，後來上書斥遠，謂：「遠有異心，使父巡功業隳敗，負憾九泉，臣與遠不共戴天，請追奪遠官以刷冤恥」等語。虧得尚書省據理申駁，略言：「遠後巡死，即目為從賊，他人死在巡前，獨不可目巡為叛麼？且賊人屠城，嘗以生擒守吏為功，遠為睢陽守吏，賊不遽殺，便是為此，有何可疑？當時去疾尚幼，事未詳知，乃有此議，其實兩人忠烈，皎若日星，不得妄評優劣。」議乃得寢。前敘兩人詳跡，此更述及當時正論，無非闡表雙忠。這且擱下不提。

且說御史中丞崔器，既令兩京從賊諸官，請罪系獄，又與禮部尚書李峴，兵部侍郎呂諲，奉制按問。器與諲俱主張嚴辦，上言從賊諸臣，皆應處死。獨李峴用侍御史李棲筠為詳理判官，擬酌量輕重，分等治罪。三人爭議累日，請旨定奪。肅宗從李峴議，乃定罪名為六等，最重處斬，次賜自盡，次杖一百，次三等流貶。張均張垍列在處死條內。肅宗意欲宥此二人，轉奏上皇，擬降敕特赦。上皇道：「均垍世受國恩，乃甘心從賊，且為賊盡力，毀我家事，怎可不誅？」肅宗叩頭再拜道：「臣非張說父子，哪有今日，若不能保全均垍，倘他日死而有知，何面目再見張說？」語至此，俯伏流涕。上皇命左右扶起肅宗，復與語道：「我看汝面，饒了張垍死罪，流戍嶺外。張均逆奴，無君無父，定不可赦，汝不必申請了。」肅宗乃涕泣受命。看官道肅宗何故要赦此二人？肅宗系楊良媛所出，當楊氏初孕時，正值太平公主用事，專與玄宗為仇，時張說正官侍讀，得出入東宮，玄宗密語說道：「良媛有孕，恐太平公主聞知，又要當做一樁話柄，說我內多嬖寵，在父皇前搬弄是非，不如用藥墮胎，免得他來藉口。」張說道：「龍種豈可輕墮？」玄宗道：「欲全一子，轉害自身，實屬不值，我意已決，幸為我覓一墮胎藥，勿洩勿忘。」說乃趨出，自思此事實為難得很，墮了胎有損母子，不墮胎有礙儲君，現只好取藥二劑，一安胎，一墮胎，送將進去，由他取用，聽憑天數罷了。便是他狡猾處。計劃已定，遂挾藥二劑以入，但說統是墮胎藥。玄宗接藥後，趁那夜靜無人的時候，在密室親自取煎，給楊氏服了下去，腹中毫無動靜，反安安穩穩的睡了一宵，次日也不見什麼變動，原來所服的是那劑安胎藥了。玄宗哪裡曉得，只道是一劑無效，須進二劑，因再照昨夜辦法，仍在夜間密煎。他因連夜辛苦，就隱幾假寐，朦朧睡去，忽見有一金甲神，就藥爐前環繞一周，用戈撥倒藥爐，不由的突然驚寤，急起身看時，藥爐果已傾翻，炭火亦已澆滅，益覺驚異不置。次日又密告張說，說拜賀道：「這便是天神呵護哩！臣原說龍種不宜輕墮，只恐有妨尊命，因特呈進二藥，取決天命，不瞞殿下說，一劑是安胎藥，一劑是墮胎藥，想前日所服的是安胎藥了。昨夜所煎的是墮胎藥，天意不使墮胎，乃遣神明撥傾此藥。殿下能順天而行，不特免禍，且足獲福呢。」玄宗乃止。果然肅宗生後，太平公主以謀逆賜死，玄宗即得受禪。楊良媛進位貴嬪，復生一女，即寧親公主。及年已長成，下嫁說子張垍，這便是肅宗母子暗中報德的意思。

肅宗生平所最恨的是李林甫，所最親的是張說父子，即位後嘗欲發林甫墓，焚骨揚灰，還是李泌極諫，謂恐上皇疑及韋妃絕婚，特地修怨，反滋不安，肅宗方才罷議（補敘張說父子關係，因插入李林甫事，筆法聰明）。獨想念均垍兄弟，嘗欲拔出賊中，仍令復官，且追痛生母已歿，只遺自己及女弟二人，女弟寧親公主，既嫁與張垍，越應該設法保全，俾得夫婦完聚，可巧玄宗在蜀，已稱上皇，並令百官共議楊貴嬪尊稱，得追冊為元獻皇后（肅宗生母，得冊為後，亦就此補敘）。肅宗因上皇顧念生母，勢必兼及張氏一家，所以均垍擬闢，特向上皇前從寬，偏是上皇不許，但只赦張垍一人，仍然長流，那時愛莫能助，只好付諸一嘆罷了。後來垍死流所，寧親公主竟改嫁裴潁，唐朝家法，原是不管名節，毋庸細表。單說當時從賊諸官，罪名已定，斬達奚珣等十八人，賜陳希烈等七人自盡，張均列入在內。此外或杖或流貶，分別處分，一班寡廉鮮恥的官吏，至此才知懊悔，但已是無及了。嗣有人從賊中自拔來降，謂安慶緒奔鄴郡，尚有唐室故吏隨著，初聞陳希烈等遇赦，統自恨失身賊庭，及聞希烈等被誅，乃決計從賊，不敢歸唐。肅宗聽說，悔嘆不已。後儒以為背主事賊，行同梟獍，不殺何待，有什麼可悔呢？小子有詩嘆道：

犬馬猶存報主恩，胡為人面反無知？
大廷賞罰應持正，怎得拘拘顧爾私。

肅宗既核定賞罰，再擬調兵討賊，忽報賊將史思明高秀巖等，遣使奉表，情願挈眾投誠，究竟是否真降？容小子下回續敘。

張巡許遠，為唐室一代忠臣，不得不詳敘事實，為後世之為人臣者勸。南霽雲雷萬春等，皆忠義士，一經演述，鬚眉活現，所謂附驥尾而名益顯者歟？張均張垍，喪心附逆，死有餘辜，此而不誅，何以對死事諸臣於地下乎？玄宗不許末減，尚知彰善癉惡之義，而肅宗乃以張說私恩，必欲保全均垍，為私廢公，殊不足取。況均垍為唐室叛臣，即不啻為張說逆子，說不忠唐則已，說而忠唐，即起地下而問之，亦以為必殺無赦。信賞必罰，乃可圖功，為國者可以知所鑑矣。

第五十六回　九節度受制魚朝恩　兩叛將投降李光弼

卻說史思明自圍攻太原，被李光弼擊退後，還守范陽（應五十四回），慶緒封他為嬀川王，兼范陽節度使。范陽本安氏巢穴，凡祿山所得兩京珍寶，多半運往，堆積如山。思明恃富生驕，便欲取范陽為己有，不服慶緒節制。慶緒又失去洛陽，走保鄴郡，李歸仁等有眾數萬，潰歸范陽，沿途剽掠，人物無遺。思明乘勢招徠，並將他所掠各物，一一截住，勢益富強。慶緒在鄴，四面徵兵，蔡希德田承嗣武令珣等，先後趨集，復得六萬人，獨思明不發一卒，亦不通一使，慶緒知他懷貳，特遣阿史那承慶安守忠李立節三人，率五千騎詣范陽，借徵兵為名，囑令偵襲。思明聞兩人入境，已料他不懷好意，即與部下密商。一個乖似一個。判官狄仁智道：「大夫為安氏臣，無非憚他凶威，勉承奔走，今安氏失勢，唐室中興，大夫何不率眾歸唐，自求多福呢？」裨將烏承玭亦道：「慶緒似葉上露，不久必亡，大夫奈何與他同盡？不如歸款唐廷為是。」思明也以為然，遂設伏帳外，自率眾數萬出迎。既見承慶守忠，即下馬行禮，握手道故，備極殷勤。承慶等如何下手，只好隨入城中。思明即引承慶等入廳，張樂設宴，飲至半酣，擲杯為號，伏兵突入，竟將承慶等三人拿下，一面收截來騎甲兵，給貲遣散。乃令部將竇子昂奉表唐廷，願將所部十三郡，及兵十三萬人歸降。並令偽河東節度使高秀巖，亦拜表投誠。肅宗大喜，召見子昂，慰撫交至，即敕封思明為歸義王，仍兼范陽節度使，子七人皆除顯官。封賞太急。授秀巖雲中太守，諸子亦得列職。且遣內侍李思敬，與前信都太守烏承恩，馳往宣慰，使率部眾討慶緒。思明受了冊封，立斬安守忠李立節兩人，表明誠意。只阿史那承慶與有舊交，釋置不問。承恩遍歷河北，宣布詔旨。滄瀛安深德棣等州皆降，唯相州尚屬安氏，河北大勢，也統算平復了。

未幾為至德三載，上皇加肅宗尊號，稱為光天文武大聖孝感皇帝。肅宗也加奉上皇尊號，稱為聖皇天帝。父子天性相關，何必虛名施報。大赦改元，仍以載為年，稱至德三載為乾元元年。立淑妃張氏為皇后，命李輔國兼太僕卿，兩人內外勾結，勢傾朝野，且屢引子以母貴的成語，諷示肅宗。肅宗以興王佋雖為後出，究竟年幼序卑，不便立儲，嘗語考功郎中李揆道：「朕意欲立俶為太子，卿意何如？」揆再拜稱賀道：「這是社稷幸福，臣不勝大慶呢。」肅宗乃改封楚王俶為成王，越數日即立為太子，更名為豫。

同平章事張鎬，素性簡澹，不事中要，後與輔國，皆不喜鎬，嘗有讒言。會鎬上言：「史思明因亂竊位，人面獸心，萬不可恃。新任滑州刺史許叔冀，狡猾多詐，臨難必變。」肅宗以為過慮，不切事機，遂罷為荊州防禦使，所有兼任河南節度使一缺，易委崔光遠接任。崔曾將西京獻賊，奈何不誅，反加重任？不到半年，史思明逆跡昭著，竟復叛唐自主，且稱起大聖燕王來了。自張鎬罷去後，接連是李光弼奏請，謂：「思明凶狡，必將叛亂，應令烏承恩就便預防。」肅宗還是未信。光弼又上第二次密奏，勸肅宗用承恩為范陽副使，且賜阿史那承慶鐵券，令圖思明。肅宗乃依計照行。看官！你道光弼何故要重用承恩？原來承恩父名知義，曾任平盧節度使，思明嘗居知義麾下，感他厚待，因此承恩守信都，城為思明所陷，承恩陷入賊中，思明待以客禮，縱令南還。及承恩奉敕宣慰，思明特別恭敬，視若上賓。承恩有所陳請，思明多曲意相從。光弼偵知情事，因欲就承恩身上，誘取思明。肅宗從光弼言，授承恩為范陽節度副使，且令轉賜阿史那承慶鐵券。

承恩祕而未發，但出私財聯繫部曲，且數著婦人衣，詣諸將營，勸令效忠唐室。諸將或轉告思明，思明當然生疑，遂延承恩入宴，留宿府中，陰令心腹二人，伏住床下，一面命承恩少子，夜入省父，承恩私語少子道：「我受命除此逆胡，當授我為節度使。」語尚未畢，那床下即衝出兩人，大呼而去，承恩自知謀洩，慌得腳忙手亂，門外已有胡兵擁入，立將承恩父子拿下，並搜承恩行囊，得鐵券及光弼文牒，一併獻與思明。思明責承恩道：「我有何負汝，乃欲害我？」承恩無詞可答，只好說是李光弼主謀。思明乃集將佐吏民，西向大哭道：「臣率十三萬眾歸降朝廷，何事負陛下，乃欲殺臣？」隨即喝令左右，榜殺承恩父子，並索得承恩黨與二百餘人，盡行殺死。獨承恩弟承玼，為思明部下裨將，得脫身走太原，思明遂囚住中使李思敬，且令狄仁智張不矜草表，請誅光弼。表既草就，不矜持示思明，及將入函，復由仁智削去。不料事又被洩，由思明召入二人，詰問罪狀，且顧語仁智道：「我用汝垂三十年，今日罪當斬首，乃汝負我，非我負汝。」仁智厲聲道：「人生總有一死，得盡忠義，死也值得。若從大夫造反，不過虛延歲月，將來死且遺臭，何如速死為愈呢！」久居賊中，不染賊習，卻是個好男兒。思明怒起，喝令侍從將仁智捶死，不矜亦隨斃杖下，另遣他人草表，傳達唐廷。肅宗乃頒敕慰諭，統推在承恩一人身上，謂非朝廷與光弼意。看官！你道史思明是個小兒，肯聽唐朝皇帝的誑言嗎？益使悍賊輕視。更可笑的，是命九節度出討安慶緒，反差一個宦官魚朝恩，去做觀軍容使，監製這九節度，這真是越弄越錯了。一折便下，筆如潮流。

九節度使為誰？就是朔方節度郭子儀，河東節度李光弼，澤潞節度王思禮，淮西節度魯炅，興平節度李奐，滑濮節度許叔冀，鎮西兼北庭節度李嗣業，鄭蔡節度季光琛，河南節度崔光遠，這九節度麾下的馬兵步兵，合將攏來，差不多有五六十萬。肅宗本擬令子儀為統帥，只因光弼與子儀功業相等，難相統屬，所以不置元帥，特捌一個觀軍容使的名目，令宦官魚朝恩充職。朝恩曉得什麼兵法，不知他如何運動，得此美差，赫赫威靈的九節度使，竟要這閹奴前來監督，叫他們如何服氣呢？評論得當。子儀先引兵至河東，至獲嘉縣，破賊將安太清，太清走保衛州，安慶緒盡發鄴中部眾，親自帶領，往救太清。子儀用埋伏計，誘賊近壘，呼起伏兵，一陣攢射，頓將慶緒擊走，遂拔衛州。慶緒奔還鄴城，子儀乃會集九節度兵馬，陸續圍鄴，慶緒大懼，急向思明處求援，情願把位置讓與思明。思明遂自稱大聖燕王，出兵陷魏郡，留駐觀變。光弼在軍中倡議道：「思明既得魏郡，尚按兵不進，明明是待我懈弛，恰好來掩我不備呢。為今日計，且由我軍與朔方軍，同逼魏城，與他一戰，我料他鑑嘉山覆轍，必不敢輕出（嘉山事見五十一回）。這邊尚有七路大軍，足下鄴城，鄴城拔，慶緒死，再合全師攻思明，思明雖狡，也無能為了。」確是萬全計策。偏魚朝恩硬來作梗，定要他同攻鄴城，說是兵多易下，再擊思明不遲。各節度又多模稜兩可，沒一個出來作主，徒落得你推我諉，勢若散沙。自乾元元年十月圍鄴，直至二年正月，尚未得手。鎮西節度李嗣業，忍不住一腔煩惱，遂親自撲城，城上箭如雨下，突將嗣業臂上，射中一箭。嗣業不以為意，把箭拔去，哪知箭鏃有毒，侵入肌骨，霎時間暴腫起來，痛不可忍，乃收兵回營，越宿竟致謝世。

兵馬使茘非元禮，代統士卒，仍然留軍圍城，郭子儀等築壘再重，穿塹三重，且決漳水灌入城中，城中井泉皆溢。賊兵多遷居高處，更因糧食已盡，一鼠且值錢四千，並淘馬矢以食馬，急得慶緒不知所措，但日望思明進援。思明煞是厲害，聞鄴城危急萬分，乃引兵趨救，卻又一時不到城下，但遣輕騎挑戰，官軍出擊，便即散歸，官軍回營，又復趨集，鬧得官軍日夜不安。思明更選壯士數隊，扮作官軍模樣，四處攔截官軍糧運，每見舟車運至，即上前焚掠，官軍防不勝防，遂致各營乏食，均有歸志。實是號令不專之弊。思明乃引眾直抵城下，與官軍決戰。李光弼王思禮許叔冀魯炅四路兵馬，先出交鋒，鏖戰了兩三時，殺傷相當。魯炅中流矢退還，子儀等乃出兵繼進，甫經布陣，忽覺大風捲至，拔木揚沙，霎時天昏地暗，咫尺不辨，兩軍互相驚詫，彼此駭散，賊兵北潰，官軍南奔，甲仗輜重，拋棄無算。子儀走回河陽，忙將橋梁拆斷，保住東京，哪知東京留守崔圓，河南尹蘇震等，已經遁去。士民駭奔山谷，途中如織，那諸節度的潰兵，反乘勢剽掠，吏不能止，唯李光弼王思禮整軍退歸，沿途無犯，但百姓已吃苦得夠了。子儀入東京，已剩了一座空城，幸諸將繼至，得數萬人，大眾以東京空虛，必不可守，不如退保蒲陝。獨都虞侯張用濟道：「蒲陝薦饑，不若守河陽，河陽得守，東京自無虞了。」子儀乃使都遊奕使韓遊環，率五百騎趨河陽，用濟以步卒五千繼進，協同守禦，果然思明遣偽行軍司馬周摯，來奪河陽，被用濟率兵殺退。更築南北兩城，分兵戍守，賊兵始不敢進窺了。九節度上表請罪，肅宗一律赦免，唯削奪崔圓蘇震官階，且令子儀為東畿山東河東諸道元帥，權知東京留守，主持戰守事宜。

子儀因新遭敗衄，未敢急進，那史思明得收整士卒，駐紮鄴南，安慶緒因官軍潰去，遣將出搜官軍各營，得餘粟六七萬石，遂與孫孝哲崔乾祐等，謀拒思明。偏張通儒等以慶緒負義，各有違言。思明復遣使責慶緒，慶緒窘蹙，只好向思明乞和，甚至上表稱臣。思明封還表文，願各略去君臣禮節，改稱兄弟。慶緒大悅，因請歃血同盟。思明狡黠得很，陽為允許，即邀慶緒至營設誓。慶緒便冒冒失失的帶著四弟，及騎兵三百，出城詣思明營。思明盛張軍備，高踞胡床，傳慶緒入見。慶緒才知有變，奈已不能退回，只好低首趨入，屈膝下拜道：「臣不能負荷先業，棄兩都，陷重圍，幸蒙大王憶念上皇，遠垂救援，使臣應死復生，臣雖摩頂至踵，尚難報德。」說至此，驀聽案上猛拍一聲，且厲叱道：「失去兩都，還是小事，爾為人子，敢殺父奪位，神人共憤，天地不容，我為太上皇討賊，豈受爾諂媚麼？」強盜也講正理麼？但祿山之死，假手於子，慶緒之死，假手於臣，逆報昭彰，千古不爽。慶緒聽著，魂已出殼，又聞思明一聲呼叱，即有數壯士走近身前，把自己抓了出去。俄見四個阿弟，也被他陸續牽至，還有孫孝哲崔乾祐高尚諸人，一古腦兒綁縛起來，正是懊悔不及。忽又有人傳出號令，慶緒兄弟賜死，孫孝哲崔乾祐高尚處斬，當由似虎似狼的兵役，應聲動手，一面用繩勒項，一面開刀梟首，不到一刻，那慶緒以下的逆魂凶魄，仍做了同幫，向森羅殿上對簿去了。全力寫照，為大逆不道者戒。統計祿山父子僭位，三年而滅。

思明即勒兵入鄴城，授張通儒等官階，收降安氏遺眾，留子朝義統兵居守，自率眾還至范陽，僭稱大燕皇帝，建元順天，立妻辛氏為皇后，子朝義為懷王，周摯為相，李歸仁為將，改范陽為燕京，稱州為郡。郊天遇暴風，不得成禮，鑄順天通寶錢，僅得一文，餘皆無成。思明不肯罷休，復分軍四出，渡河南下。這時候的唐肅宗，方寵暱張皇后，信任李輔國，輔國入司符寶，出掌禁兵，所有制敕，必經輔國押署，然後施行。宰相百司，有事陳請，必須先白輔國，後達肅宗。輔國驕橫專恣，無人敢違。苗晉卿王璵李麟等，皆不合輔國意，相繼罷去，改用京兆尹李峴，中書舍人李揆，戶部侍郎第五琦，同平章事。揆見輔國，執子弟禮，尊為五父（輔國排行第五）。唯李峴入白肅宗調制敕應由中書頒行，且劾輔國專權亂政，須加裁抑。肅宗疑信參半，但令制敕歸中書掌管，已是得罪輔國。峴入相才經匝月，即被輔國誣害，貶為蜀州刺史。魚朝恩與李輔國，本是同黨，自鄴還京，屢譖郭子儀，輔國也從旁慫慂，不由肅宗不信，因將子儀召還，改任李光弼為朔方節度使兵馬元帥。子儀待下，寬而有恩，光弼卻務從嚴整，接任後整肅軍紀，壁壘一新。寬嚴各有利弊，但不能用寬，毋寧尚嚴。當下持節出巡，遍閱河上諸營，尚未告畢，接到河北賊警，史思明留子朝清守范陽，自率眾從濮陽入寇，思明子朝義出白皋，偽相周摯出胡良，賊將令狐彰出黎陽，四路渡河，擬會集汴州。光弼急馳至汴，語節度使許叔冀道：「大夫守住此城，以十五日為期，我當調兵急救，幸勿有誤。」叔冀許諾，光弼即去。

及思明進攻汴州，叔冀與戰不利，竟豎起降旗，投順思明。也不出張鎬所料。思明乘勝西進，直抵鄭州。光弼正在東京調兵，迭接警耗，便與留守韋陟商議。陟請暫棄東京，退守潼關。光弼道：「賊乘勝前來，勢必甚銳，東京原不易守，但無故棄地五百里，賊勢不益張麼？不若移軍河陽，北連澤潞，可進可退，表裡相應，使賊不敢西侵，這便是猿臂的形勢哩。公好辨禮，我好談兵，今日為拒賊計，公卻遜我一籌，直言莫怪。」陟不能答，乃令陟率東京官屬，西行入關，牒河南尹李若幽，使率吏民出城，至陝避賊，自領軍士運油鐵諸物，徑詣河陽。道經石橋，天已昏暮，望見前面已有賊騎遊弋，光弼步步為營，秉炬前進，賊騎不敢馳突，便即引去。夜半入河陽城，有眾二萬，芻粟僅支十日，經光弼按閱守備，部分士卒，才及天曉，均已辦就。即此已見長才。思明陷鄭州逾滑州，徑抵東京城，城內虛無一人，遂引兵攻河陽，令驍將劉龍仙，至城下挑戰。光弼登城俯視，見龍仙坐在馬上，舉足加鬣，滿口嫚罵，乃旁顧諸將道：「何人敢取此賊？」僕固懷恩挺身請行，光弼道：「公系大將，近且受封大寧郡王，區區草寇，何必勞公！」（懷恩最近加封，即藉此敘過。）言未已，有裨將白孝德應聲道：「末將願往！」光弼問須帶兵若干？孝德道：「何必帶兵，看孝德一人一騎，即可往取賊首。」光弼道：「來賊雖是輕躁，卻頗勇悍，總須用兵為助。」孝德道：「多兵轉不易取了。待孝德先出，大帥選精騎五十名為後應，且在城上鼓譟助威，管教賊首取獻。」已有成算。光弼大喜，撫孝德背道：「好壯士！好壯士！」孝德搶步下城，躍馬徑出，兩手持著兩矛，越濠而前。龍仙見只一人一騎，毫不在意，俟孝德將近，方欲動手，孝德即搖手相示，龍仙疑非與敵，乃持刀不動，嫚罵如故。孝德復馳上數步，與龍仙相距，不過十步左右，便即停住，瞋目問道：「來將可識我麼？」龍仙問是何人？孝德道：「我乃大唐將官白孝德。」龍仙道：「是何狗彘？」道言未絕，孝德已躍馬突進，口中大呼殺賊，手中雙矛並舉，向龍仙腦前刺入。龍仙急忙閃避，脅下已經受創，忍痛返奔。城上鼓聲驟起，城下五十騎，亦渡濠繼進，龍仙越覺著忙，環走堤上，被孝德驟馬追上，用矛猛刺，貫入龍仙胸中。龍仙墮落馬下，孝德即下馬梟取首級，復騰身上馬，舉首示賊道：「何人再來受死！」賊眾辟易。孝德卻從容攬轡，與五十騎返入城中，獻上首級。光弼慰勞有加，記上首功。

思明既失了龍仙，一時不敢攻城，但出良馬千餘匹，每日在河渚洗澡，循環不休。光弼卻命索軍中牝馬，得五百匹，縱浴河旁，賊馬為牝馬所引，渡河而來，被官軍盡驅入城。思明又失了千餘匹良馬，叫苦不迭。乃另生一計，移軍河清縣，斷截光弼糧道。光弼也出軍至野水渡，抵制思明，相持一日，光弼夜還河陽，留兵千人，使部將雍希顥守柵，且囑道：「賊將高庭暉李日越，皆萬人敵，今夜必來劫營，汝只守著，不必與戰，他若請降，汝可與俱來。」語真奇突。言畢即行。希顥莫名其妙，只好遵令固守。往至天曉，果見一賊將縱馬前來，帶著數百騎馳近柵前。希顥顧語左右道：「來將不是高庭暉，必是李日越，我等應奉元帥令，從容待著，看他如何？」於是裹甲息兵，吟笑相視。來將到了柵下，瞧著官軍非常整暇，不禁奇異起來，便喝問官軍道：「司空在否？」希顥答道：「昨夜已回城了。」來將又問道：「留兵若干？統將何人？」希顥道：「留兵千人，統將是我雍希顥。」來將沉吟不答。希顥卻問道：「汝系姓李，還是姓高？」來將答言李姓。希顥笑道：「想是李日越將軍了。司空有命，知將軍夙抱忠心，不過暫為賊迫，今特令我待著，迎接將軍。」來將躊躇半晌，顧語左右道：「今失李光弼，得雍希顥，我若回去，必死無疑，不如歸順唐朝罷。」從騎均無異言。來將便即請降，希顥開柵相見，問明名號，正是李日越，當下引見光弼。光弼喜甚，特別優待，任以心腹。日越甚是感激，願作書招降高庭暉。光弼道：「不必不必，他自然會來投誠的。」又是奇語。諸將聞言，越覺驚疑。連日越亦暗暗稱奇，不知他葫蘆裡賣什麼藥。哪知過了數日，高庭暉果率部眾來降，光弼待遇甚優，與日越相同，俱為奏給官階。諸將見光弼收降二人，概如所料，還道他與有密約，遂入帳問明光弼，欲釋所疑。光弼道：「我與高李素不相識，何來密契？不過揆情度理，容易招降。我聞思明嘗囑部下，謂我只能憑城，不能野戰，今我出野水渡，以為我已失計，必遣日越等襲我。日越不得與我戰，勢不敢歸，自然請降。庭暉才勇，出日越上，聞日越得我寵任，也必前來投誠，謀占一席，今果如我所料，也算是僥倖成功哩。」說來似無甚奇異，但非知彼知己，烏能得此？諸將統是拜服。及問明高李二人，所言適符，自是諸將益敬服光弼，唯命是從。將帥能服眾心，全仗才智。

思明憤激得很，復進攻河陽。光弼令鄭陳節度使李抱玉守南城，自屯中潬。偽相周摯攻南城，被抱玉用誘敵計，出奇兵擊退，改攻中潬。光弼令鎮西行營節度使荔非元禮，用勁卒拒戰，元禮出守柵中，坐視賊眾填塹，按兵不動。光弼瞧著，即馳問元禮道：「賊兵已近，奈何坐視？」元禮道：「司空欲戰呢，還是欲守呢？」光弼道：「自然欲戰。」元禮道：「如果欲戰，賊已為我填濠，何必出去攔阻呢？」光弼不覺省悟道：「甚善甚善，我一時見不到此，願公努力！」為將者能獨出己意，又能善用人謀，方為良將。言訖自去。元禮俟塹已填就，即開柵縱兵，鼓譟奮擊，殺賊無數。周摯見不可敵，復改趨北城，思明又派兵益摯，自攻南城，遙為聲援。光弼登城遙望，見賊眾如牆前進，旁顧左右道：「賊兵多而不整，不足畏慮，待至日中，保為諸君破賊哩。」乃命諸將出戰，兩下裡搏擊多時，看日色已將亭午，尚是勝負不分。光弼召問諸將道：「賊陣何方最堅？」諸將答稱西北隅。光弼即令驍將郝廷玉往擊，又問次為何方？諸將答稱西南隅。光弼又令蕃將論廷貞往擊。兩將奉命前去，光弼親出督陣，下令軍中道：「視我令旗進軍，我颭旗若緩，任爾擇利。否則有進無退，違者立斬。」又用短刀置靴中，語諸將道：「戰是危事，我為國三公，不可死諸賊手，萬一不利，諸君死敵，我亦自剄，不令諸君獨死哩。」於是搖旗指麾，再出搏戰。忽見廷玉奔還，即命左右往取廷玉首級，廷玉語使人道：「馬適中箭，非敢擅退。」使人返報，光弼即命易馬再進。有頃，復見僕固懷恩父子，倒退下來。復飭使人往取首級，懷恩見使人提刀馳來，乃與子瑒硬著頭皮，大呼向前。光弼把手中令旗，連颭不休，諸將拚命齊進，再接再厲，十蕩十決。這一場鏖戰，有分教：

上將功成歌虎拜，賊軍膽落效狼奔。

賊眾大潰，周摯遁去。官軍斬得賊首千餘級，俘虜五百人，驅示南城，思明亦倉皇竄走。光弼再進攻懷州，究竟懷州能否得手，請看官再閱下回。

祿山思明，狡黠相等，祿山且負唐廷，何論思明？叛而來歸，萬不足恃，為肅宗計，亟宜召他入朝，誘離巢穴，思明來則姑留京以羈縻之，否則責其抗命，仍加撻伐可也，九節度中，郭李最為忠智，若令郭攻鄴城，李攻范陽，餘七節度分隸兩人，則號令既專，責成有自，安慶緒似釜底遊魚，不亡何待？史思明雖較強盛，以光弼制之，亦覺有餘，何致有相州之潰耶？乃內寵李輔國，外任魚朝恩，輿屍失律，理有固然。藉非然者，河陽一役，光弼僅有眾二萬人，糧食亦第支十日，卒之擊退賊軍，大獲勝仗，是可知分聽生亂，專任有成，何肅宗之始終不悟也？本回敘九節度之潰，及史思明之敗，兩兩相對，餘蘊曲包，而安慶緒之見殺於思明，尤為形容盡致，賊黨相殘，逆報不爽，作者之寓意，固深且遠矣。

第五十七回　遷上皇閹寺擅權　寵少子逆胡速禍

卻說懷州守將，便是安慶緒部下的安太清。慶緒被思明殺斃，他乃投降思明，思明令為河南節度使。光弼督兵攻懷州，途次接得詔敕，進光弼為太尉，兼中書令，光弼受詔，遣還中使，仍進薄懷州城下。太清出戰敗退，告急思明。思明率眾來援，由光弼留兵圍城，自率兵逆擊，至沁水旁，與思明相遇，鏖軍奮鬥，殺賊三千餘人。思明遁去，轉襲河陽城，又為光弼偵知，還兵截殺，斬賊首千五百餘級。思明復遭一挫，只好退回洛陽。光弼乃得專攻懷州。安太清系百戰餘生，頗有能耐，拒守至三月有餘，尚是無懈可擊。光弼決丹水灌城，仍不能拔，再命郝廷玉潛挖道地，穿入城中，內應外合，方將懷州攻破，生擒太清，獻俘闕下。肅宗祭告太廟，改乾元三年為上元元年，大赦天下。增光弼實封千五百戶，前敵各官，進秩有差。一面奉上皇至大明宮，稱觴上壽，且邀上皇妹玉真公主，及上皇舊嬪如仙媛，一併侍宴，並召梨園舊徒，奏樂承歡。哪知上皇反觸景生悲，暗暗墮淚，勉強飲了數杯，便即託詞不適，返駕興慶宮。為這一事，遂令宮中又生出許多糾葛來了。文似看山不喜平。

先是上皇奔蜀，時常悼念楊妃，樂工張野狐隨駕同行，輒進言勸解。上皇淚眼相顧道：「劍門一帶，鳥啼花落，水綠山青，無非助朕悲悼，叫朕如何排解呢？」及行斜谷口，適霖雨兼旬，車上鈴聲，隔山相應，留神細聽，彷彿是三郎郎當，郎噹啷噹的聲音，玄宗特採仿哀聲，作了一出《雨霖鈴曲》，聊寄悲思。後來自蜀東歸，道過馬嵬，至楊妃瘞葬處，親自祭奠，流淚不止。既還居興慶宮，即命肅宗下敕改葬，偏李輔國從中阻撓，說是亡國婦人，倖免戮屍，何足賜葬，乃遣李揆入奏上皇，但託稱龍武將士，深恨楊氏，今若改葬故妃，恐反令將士反側不安。上皇乃止，唯密遣高力士往馬嵬坡，具棺改葬。力士就原坎覓屍，肌膚俱已消盡，只剩了一副骷髏，兩語足喚醒世人痴夢。獨胸前所佩的錦香囊，尚屬完好，乃將囊取留，拾骨置棺，另埋別所。又因當時有一驛卒，曾拾楊妃遺襪一隻，歸付老母，老母嘗出襪示人，藉此索錢，已賺得好幾千緡。力士聞知，也向她贖出，攜襪與囊，一併歸獻。上皇得此兩物，越加唏噓，特命畫工繪楊妃肖像，懸置寢室，朝夕相對，終日諮嗟。嗣又憶及梅妃江採蘋，飭內外一體訪查，且特懸賞格，如覓得梅妃，授官三秩，賜錢百萬，不意亦竟無下落。有內侍進梅妃肖像，上皇即題詩像上：

憶昔嬌妃在紫宸，鉛華不御得天真。
霜綃雖似當時態，爭奈嬌波不顧人。

題畢，命模像刊石。嗣因暑月晝寢，彷彿見梅妃到來，含涕語道：「昔陛下蒙塵，妾死亂軍中，有人哀妾慘死，埋骨池東梅株旁。」語尚未畢，突被外面三分鐘熱風聲，驚醒夢魔，便起床往太液池邊，令高力士等檢尋屍骨，終無所得。繼思梅亭外面，曾有湯池，莫非瘞在此處，乃移駕過視，尚存梅花十餘株，命中使啟視，果然得屍，裹以錦裀，盛以酒糟，附土三尺許，屍骨脅下，刀痕尚在。上皇忍不住大慟，左右亦莫能仰視，當下命以妃禮易葬，由上皇自制誄文，哭奠一番，方才回宮（美人薄命，江楊同轍，事俱依曹鄴《梅妃傳》中，嘗見《隋唐演義》，謂梅妃復會上皇，意欲為美人洩忿，反至荒謬不經）。

嗣是上皇閒居宮中，不是追悼梅妃，就是追念楊妃，肅宗頗曲體親心，時往省視，凡從前扈從諸人，仍令隨侍，就是歌場散吏，曲部遺伶，也一律召還，供奉上皇，俾娛老境。怎奈上皇只是不樂，即如大明宮中的慶宴，一場喜事，變作愁城，肅宗亦未免介意。張皇后與李輔國，平素不為上皇所喜，遂乘此互進蜚言，謂上皇別有隱衷，不可不防，惹得肅宗亦將信將疑。會張後子興王佋病歿，後因悲生怨，反歸咎上皇，說他老而不死，無故哀泣，遂致殃及我兒，彷彿村婦口角，虧作者摹仿出來。如是與輔國日夜籌商，嘗欲設法洩恨。可巧上皇御長慶樓，父老經過樓下，仰見上皇，都拜伏呼萬歲，上皇命賜酒食，且召將軍郭英乂等，上樓賜宴。李輔國藉端發難，遂入白肅宗道：「上皇居興慶宮，日與外人交通，陳玄禮高力士等，謀不利陛下，今六軍將士，皆靈武功臣，均因是生疑，臣多方曉諭，彼皆未釋，不敢不據實奏聞。」肅宗沉吟良久，萬道：「上皇慈仁，不應有此。」輔國又道：「上皇原無此意，恐群小矇蔽上皇，或致生事，陛下為天下主，當思為社稷計，防患未萌，豈可徒徇匹夫愚孝？且興慶宮逼近民居，垣牆淺露，亦非至尊所宜安養，不若大內深嚴，奉居上皇，既可遠避塵囂，尤足杜絕小人，熒惑聖聽。」自己是小人，反說人家是小人，想是以己之腹，度人之心。肅宗不禁淚下，且徐徐道：「上皇愛居興慶宮，奈何遽請遷居？」言未已，突見張後出來，即從旁接口道：「妾為陛下計，亦是奏遷上皇，可免後慮，願陛下採納良言！」肅宗仍然搖首。

尚有父子情，但不能正言折服，終太優柔。張後忿然道：「今日不聽良言，他日不要後悔。」潑悍之至。說罷，即返身入內，肅宗依然未決。輔國退出，遍嗾六軍將士，令他伏闕籲請，乞迎上皇居西內。肅宗只是下淚，不答一詞。堂堂天子，反效兒女子態，專知哭泣，是何意思？輔國反出語將士道：「聖上自知從眾，汝等且退。」將士等乃起身散去。

肅宗為了此事，乃憂悶成疾。輔國竟詐傳詔敕，把興慶宮的廄馬三百匹，取了二百九十匹，只剩十匹，然後令鐵騎五百人，待著睿武門外，自趨入興慶宮，矯稱上語，迎上皇遊西內。上皇馳馬出宮，高力士後隨，至睿武門，忽見鐵騎滿布，露刃而立，上皇驚問何事？那騎士卻應聲道：「皇上以興慶宮湫隘，特迎上皇遷居西內。」上皇尚未及答，輔國即走近上皇駕前，來持御馬。惹得上皇大駭，險些兒墜下馬來。高力士趕前一步，向輔國搖手道：「今日即有他變，亦須顧全禮義，怎得驚動上皇？」輔國回叱道：「老翁太不解事。」力士不禁大怒道：「李輔國休得無禮！五十年太平天子，輔國意欲何為？」這三語駁斥輔國，那輔國才覺禁受不起，慢慢兒的走開。力士又代上皇宣誥道：「太上皇勞問將士，無事且退，不必護駕。」各騎士見輔國氣餒，也不敢倔強，便各納刃下拜，三呼萬歲而退。力士復叱輔國道：「輔國可為太上皇引馬！」輔國只好上前，與力士相對執轡，導上皇入西內，居甘露殿中，輔國乃退。殿中蕭瑟得很，但剩老太監數人，器具食物，都不甚完備，塵封戶牖，草滿庭除。比華清宮何如？上皇不覺唏噓，執力士手道：「今日若非將軍，朕且為兵死鬼了。」力士從旁勸慰，上皇復道：「我兒為輔國所惑，恐不得終全孝道，但興慶宮是我王地，我本欲讓與皇帝，皇帝不受，我乃暫住，今日徙居，還是我初志呢。」無聊語，聊以自慰。待至午餐，膳人進食，多是冷胾殘羹，不堪下箸。上皇命膳人撤肉，且囑：「自今日始，不必進肉食，我當茹素終身。」

憤極。草草食罷，直至酉刻，始有老宮婢數人，撥來侍奉，且將上皇隨身衣物，搬取了來，既見上皇，相向號泣。上皇亦流涕道：「不必如此，我聞皇帝有疾，想此事非他主使哩。」嗣是與高力士閒步庭中，看侍婢掃除塵穢，芟薙草木，粗粗整理，才得少安。

輔國因矯旨移徙上皇，也恐肅宗見責，先託張後奏聞，再率六軍將士，趨入內殿，素服請罪。肅宗被他挾迫，反用好言撫慰道：「卿等為社稷計，防微杜漸，亦何必疑懼。」上皇處尚可任權閹矯制，對諸他人將如何？輔國等歡躍而出。時顏真卿已入任刑部尚書，卻不忍坐視無言，遂率百僚上表，請問上皇起居。輔國竟誣為朋黨，奏貶為蓬州長史，且把高力士陳玄禮等，一齊劾奏，說他潛謀叛逆，私引凶徒。裡面又有張皇后浸潤，竟勒令陳玄禮致仕，流力士至巫州，遣如仙媛至歸州安置，迫玉真公主出居玉真觀，另選後宮百餘人，侍奉西內，令萬安咸宜二公主，(皆上皇女。)入視服膳。看官！你想上皇至此，安心不安心呢？肅宗為張後輔國所制，竟不向西內問安，但遣人侍候上皇起居，只傳言上疾未癒，就是對外事件，本令郭子儀出統諸道兵馬，北攻范陽，又被魚朝恩阻撓，事不果行。

到了仲冬時候，淮西節度副使劉展，竟造起反來，大擾江淮。江淮一帶，雖經永王璘變亂，不久即平，尚無大害。乾元二年，襄州將康楚元張嘉延，及張維瑾曹玠等先後作亂，影響延及江淮，但也迭起迭亡，無礙大局。至劉展一反，竟橫行江淮間，所過殘破，蹂躪數州。溯源竟委。展初為宋州刺史，與御史中丞王銑，同領淮西節度副使。銑貪暴不法，展剛愎自用，節度使王仲銑，奏銑不法，將他誅死，並使監軍邢延恩入陳展罪，亦請捕誅。延恩以展有威名，恐不受命，特向肅宗獻策，請除展江淮都統，俟他釋兵赴鎮，中道逮捕云云。肅宗乃命延恩賚敕授展，哪知展已瞧破機關，謂須先得印節，然後啟程。延恩沒法，馳至江淮都統李峘處，說明原委，令峘暫交印信，轉給與展。展乃上表謝恩，即帶宋州兵七千，馳赴廣陵。延恩無從下手，計劃全然失敗，天子無戲言，怎得為欺人計？延恩固誤，肅宗尤誤。急忙奔回廣陵，聯繫李峘，並約淮東節度使鄧景山，發兵拒展。展說峘反，峘說展反，彼此移檄州縣，弄得大眾疑惑，無所適從。但江淮都統的符節，已入展手，反似展奉敕赴任，理直氣壯。兵民多不直李峘，未曾與展接仗，先已潰奔。峘奔宣城，延恩奔壽州，展長驅入廣陵，遣將攻鄧景山。景山覆敗，部兵亦潰。展乃連陷升潤蘇湖濠楚等州，江淮幾無乾淨土。景山與延恩，惶急得很，一面奏請調平盧兵援淮南，一面遣使促平盧節度田神功，願以淮南子女玉帛，作為酬勞。神功正屯兵任城，立選精騎南下，到了彭城，才接詔敕，令他討展，卻名正言順，與展開仗。展連戰皆敗，棄城東走，神功得入廣陵及楚州，縱兵大掠，復遣將分道追展，且約景山延恩等三面夾攻。展窮蹙至金山，為神功部將賈隱林追及，一箭中目，趁手殺死。三路兵搜剿餘黨，依次蕩平。只平盧軍沿途擄掠，計十餘日，飽載而歸。兵亦與強盜相等，苦哉南人！當時北方糜爛，南方本尚寧謐，至此百姓始受荼毒，前遭劉展，後遇神功，兩次掠劫，當然十室九空了（劉展亂事，貽害不小，故敘述特詳）。還有陰忮貪賊的魚朝恩，與李輔國狼狽為奸，鎮日裡蠱惑肅宗，范陽當攻不攻，是為朝廷所誤，東京尚不可攻，偏朝恩定要肅宗下敕，催李光弼即速進兵。光弼上言賊鋒尚銳，未可輕進，偏魚朝恩責他逗撓，日遣中使督促。光弼不得已，會集朝恩等攻東京，擇險列營。僕固懷恩自恃功高，因光弼屢加裁抑，有不滿意，獨引部下出陣平原，光弼使語懷恩道：「依險列陣，可進可退，若列陣平原，敗且立盡，思明未可輕視哩。」懷恩不從，正齟齬間，史思明驟馬出城，悉眾來犯，懷恩立足不住，便即退後。頓時牽動後軍，連光弼也支持不住，只好返奔。思明乘勢進擊，殺死官軍數千人，軍資器械，多被奪去。光弼渡河，走保聞喜，河陽懷州，復為賊陷，唐廷聞得敗狀，上下震驚，忙增兵屯陝。神策節度使衛伯玉，自東京敗還，到了陝城，急收集潰卒，與新軍協力固守，不到數日，即有賊兵進攻，統將就是史朝義。伯玉引軍出擊，大破賊兵，朝義再卻再進，伯玉三戰三勝。思明聞朝義屢敗，不禁憤憤道：「豎子何足成大事？不如令他速死！」當下命朝義築三角城，欲貯軍糧，限一日告畢。到了傍晚，思明親往按視，見城雖築就，尚未泥堊，更痛詈朝義，叱他延緩，並令工役立刻加泥，須臾竣事，思明乃返，還是怒氣勃勃，且行且語道：「俟克陝州，定斬此賊。」看官！你道思明欲殺朝義，果止為攻陝一事麼？說來也有一段隱情，差不多與祿山相似。

思明除夕生，祿山元日生，兩人生年，只隔一日，又是同種同鄉，同投軍伍。祿山漸貴，思明尚未顯達，土豪有女辛氏，尚未字人，偶見思明面目魁梧，暗生羡慕，便請諸父母，願嫁思明。不去私奔，還算貞女。父母以思明微賤，不欲相攸，偏該女拚生覓死，硬欲嫁他，也只得聽女自便。思明既娶得辛女，當然歡愛，唯前時已有私遇，懷妊未產，未幾即生一子，取名朝義。思明得祿山薦舉，積功至將軍，辛氏亦生子朝清，思明因自負道：「自我得辛氏為妻，官得累擢，又慶添丁，想是我妻福命過人，所以有此幸遇哩。」嗣是益寵辛氏，並愛朝清，漸漸的嫉視朝義。只朝義素性循謹，待士有恩，朝清淫酗好殺，士卒多樂附朝義，怨恨朝清，所以思明僭稱帝號，已立辛氏為後，獨至建儲一事，始終未決。及朝義攻陝屢敗，遂決議除去朝義，立朝清為太子。三角城竣，即於次日下令，再命朝義攻陝，閱日未克，便當斬首，並在鹿橋驛待報，這令一下，朝義原是自危，就是朝義部下，亦皆恐懼。部將駱悅蔡文景，密白朝義道：「陝城豈一日可下？悅等與王，明日就要駢首了。」朝義道：「奈何奈何？」悅復道：「主子欲廢長立幼，所以藉此害王，今日只好強請主子，收回成命，或可求生。」朝義俯首不答。悅與文景齊聲道：「王若不忍，我等將降唐去了。」好似嚴莊之說慶緒，唯口吻卻是不同。朝義急得沒法，不得已語二人道：「君等須好好入請，毋驚我父！」

悅等遂率部兵三百，待夜入驛，託言有要事稟報，徑入思明寢所，四顧不見思明，便叱問寢前衛士。衛士已縮做一團，不敢遽答。悅與文景，立殺數人，才有人說他如廁，指示路徑。悅等馳入廁所，仍然不見思明，忽聞牆後有馬鈴聲，亟登牆瞭望，見有一人牽馬出廄，正在跨鞍。悅部下周子俊，彎弓發矢，正中那人左臂，墮落馬下。子俊即逾垣出視，悅等亦相繼躍出，到了馬前，仔細一瞧，正是思明。當將他兩手反剪，捆綁起來。隨筆敘來，確是夜景。思明受傷未死，便問由何人倡逆。悅大聲道：「奉懷王命！」思明道：「我早晨失言，應有此事，但為子豈可弒父？為臣豈可弒君？爾等難道未知麼？」悅復道：「安氏子為何人所殺？況足下殺人甚多，豈無報應？」答語妙甚。思明太息道：「懷王懷王，乃敢殺我麼？但可惜太早，使我不得至長安。」悅不與多言，竟牽思明至柳泉驛，令部兵守著，自還報朝義道：「大事成了。」朝義道：「驚動我父否？」悅答言未曾，遂令許季常往告後軍。季常即許叔冀子，叔冀正與周摯駐軍福昌，一聞季常入報，叔冀卻不以為意，既可叛唐，何妨叛思明。摯驚僕地上，也是個沒用傢伙。季常馳還，悅即勸朝義道：「一不做，二不休，大義滅親，自古有的。」弒父也足稱大義嗎？朝義已不知所為，支吾對答，悅遂至柳泉驛，縊殺思明，借氈裹屍，用橐駝載還東京。路過福昌，託思明命，召周摯出見，摯還疑思明未死，貿然出迎，甫至悅軍中，即由悅指麾部兵，把他拿下，一刀兩段。當下遣使奉迎朝義，共至東京。朝義即日稱帝，改元顯聖，令部將向貢阿史那玉，率數百騎往范陽，令圖朝清。朝清尚未知思明死耗，既見貢玉，便問及思明安否？貢偽說道：「聞主上將立王為太子，特令貢等促王入侍，請王即日啟行！」朝清大喜，即命治裝。貢與玉退出後，密令步騎入牙城，專俟朝清出來，便好動手。偏朝清得微察密謀，竟擐甲登城樓，召貢詰問。貢潛伏隱處，但遣玉陳兵樓下，與相辯答。朝清怒起，拈弓在手，射斃玉軍數人，玉返馬佯奔，那朝清不識好歹，下樓出追，才經百餘步，貢在朝清背後，驟馬發箭，立將朝清射倒。玉還馬再戰，殺退朝清左右，便將朝清擒住，復與貢突入城中，揭示朝義檄文，一面搜獲朝清母辛氏，與朝清一併殺訖。辛氏願嫁思明得為皇后，當時似具慧眼，哪知卻如是收場。朝清本不得志，見了朝義榜示，及貢玉各軍，或俯首迎降，或袖手避去。獨張通儒聞變，召集部下，前來拒戰，終因士卒離心，為亂軍所殺，范陽乃定。朝義遣部將李懷仙為幽州節度使，留守燕京。但朝義所部節度使，多系祿山舊將，思明僭號時，已多是陽奉陰違，此次朝義嗣立，更不願受命，眼見得勢處孤危，不久將滅了。

肅宗仍令各道節度使，進攻朝義，且加李輔國為兵部尚書，執掌全國軍務。看官！你想國家軍政，何等重大？豈可為閹奴所玩弄嗎？那肅宗還是昏憒糊塗，在大明宮建設道場，諷經禱福，號宮人為佛菩薩，北門武士為金剛神王，召大臣膜拜圍繞，一面去尊號及年號，以建子月為歲首，子月朔日，受百官朝賀，如元日儀。會張後生一嬰女，肅宗非常鍾愛，暇輒懷抱。山人李唐入見，肅宗正抱弄幼女，顧語唐道：「朕頗愛此女，願卿勿怪！」唐答道：「太上皇思見陛下，想亦似陛下垂愛公主呢。」因機諷諫，唐頗懷忠。肅宗不覺泣下，但尚憚著張後，不敢詣西內，直至殘臘相近，方往朝一次。越年，河東軍亂，殺死節度使鄧景山，自推兵馬使辛雲京為節度使。未幾，絳州行營又亂，前鋒將王元振，又殺死都統李國貞。鎮西北庭行營兵，復殺死節度使荔非元禮，自推裨將白孝德為統帥。警報絡繹不絕，肅宗乃封郭子儀為汾陽王，知諸道節度行營，兼興平定國等副元帥。子儀奉命至絳州，召入王元振，數罪正法。辛雲京聞風生畏，也查出亂首數十人，一併按誅，河東諸鎮始皆奉法。肅宗得子儀奏報，心下稍慰，但為張後李輔國所使，反害得無權無柄，一切舉動，不得自由，免不得憂鬱寡歡，時患不豫。上皇寂居西內，種種悵觸，尤覺得少樂多憂，淒然欲盡。曾記上皇嘗自吟道：

刻木牽絲作老翁，雞皮鶴髮與真同。
須臾舞罷寂無事，還似人生一世中。

是時上皇已七十八歲了，年力衰邁，禁不住憂病相侵。忽有一方士從西方來，自言能覓楊太真，欲知他如何覓法，且至下回再表。

先聖有言，身修而後家齊，家齊而後國治，國治而後天下平，此實千古不易之至論，試證諸本回而益恍然矣。玄宗納子婦為妃，便生出許多禍亂，後來且受制於子婦，不能修身齊家者，寧能治國平天下乎？肅宗孌悍妻，任權閹，為子不孝，為夫不義，為君不明，是亦一不能修齊，即不能平治之明證也。即如安史之亡，雖由逆報昭彰，萬不能避，然安祿山之死，死於婦人，史思明之死，亦未始不死於婦人。廢長立幼之議起，而揕胸擊頸之禍作。身不修，家不齊，必至殺身覆家而後止，遑問治國平天下耶？

第五十八回　弒張後代宗卽位　平史賊蕃將立功

卻說西蜀來一方士，入見上皇，自言姓楊名通幽，法號鴻都道士，有李少君術（李少君系漢武時人），能致亡靈來會。上皇大喜，即命在宮中設壇，焚符發檄，步罡誦咒，忙亂了好幾日，杳無影響。通幽入稟上皇道：「貴妃想是仙侶，不入地府，待臣神遊馭氣，窮幽索渺，務要尋取仙蹤，才行返報。」上皇自然照允。通幽乃命壇下侍役，不得妄動，亦不得喧譁，自己俯伏壇前，運出元神，往覓芳魂，約閱一日，並不見他醒悟，仍然伏著，又閱一日，還是照舊，直至三日有餘，方霍然起身，自覺精力尚疲，又盤坐了一歇，始從袖中摸了一摸，然後趨至壇下，入謁上皇。上皇即問他有無覓著？通幽道：「臣已見過貴妃了，取有信物，可以作證。」說至此，即從袖中取出兩物，乃是金釵半支，鈿盒半具，呈與上皇。上皇接過一瞧，乃是初召楊妃時，作為定情的賜物，但不過缺了一半，便問從何處取來？通幽道：「說來話長，待臣詳奏。」從通幽口中，敘出情事，方有來歷，不然，有誰見通幽四覓耶？上皇賜他旁坐，通幽謝座畢，乃坐談道：「臣運出元神，遊行霄漢，遍覓上界仙府，並無貴妃蹤跡，轉入地府中，又四覓無著，再旁求四虛上下，東極大海，逾蓬壺島，才見仙山飄渺，仙闕迷離，下有洞戶東向，雙扉闔住，門上恰署有『玉妃太真院』五字。臣因貴妃生時，曾號太真，正好叩門入見，當有雙鬟啟戶出視，問明由來，再行入報。俄有碧衣侍女，出導臣入，再詰所從。臣答言為太上皇傳命，碧衣女卻說是：『玉妃方寢，令臣少待。』言已自去。是時雲海沉沉，洞天日晚，瓊戶重闔，悄然無聲。臣靜候多時，才由碧衣女傳宣，命臣入謁。但見侍女七八人，擁一仙子登堂，冠金蓮，披紫綃，佩紅玉，曳鳳舄，雲鬟半嚲，睡態猶存，臣料她定是貴妃，便上前致命。貴妃亦向臣答揖，且問上皇安否？次問及天寶十四載後時事，臣一一答訖，貴妃嘆息數聲，令碧衣女取出金釵鈿盒，折半授臣，且語臣道：『為謝太上皇，謹獻是物，聊尋舊好。』臣接受釵鈿，復問貴妃在日，與太上皇有無密詞？貴妃乃徐徐道：『天寶十載，侍駕避暑，曾於七夕夜間，在長生殿中乞巧，與上皇對天密誓，有「世世願為夫婦」一語，此語只有上皇知曉，可作憑信。』」上皇聽到此言，不禁泫然道：「確有此事，此外尚有他語否？」通幽復道：「貴妃又說為此一念，恐再墮下界，重結後緣。唯上皇為孔升真人後身，不久即當重聚，好合如初。幸為轉達聖躬，毋徒自苦。」上皇流涕道：「我情願速死，如貴妃言，且得重聚，真是早死一日好一日了。」通幽起拜道：「臣恐蹈新垣平覆轍（新垣平亦漢武時人），故不避嫌疑，依言詳述。」上皇道：「這有何妨，不過卿為朕勞苦了。」遂命左右取出金帛，賜給通幽。通幽謝賞而退，仍還西蜀去了。

究竟此事是真是假，也無從辨明。恐未必全真。唯上皇自遷居西內，久不茹葷，及經通幽奏陳後，更闢穀服氣，累日不食。看官試想！一個肉骨凡胎，哪能時常絕粒？闢穀不過美名，祈死實是真相。況且老病纏綿，悲懷莫訴，形同槁木，心如死灰，眼見得是要與世長辭了。臨崩前一日，尚吹紫玉笛數聲，調極悲咽，相傳有雙鶴下庭，徘徊而去。次日已氣息奄奄，召語侍兒宮愛道：「我本孔升真人，降生塵世，今將重皈仙班，當與妃子相見，亦復何恨。」又指示紫玉笛道：「此笛非爾所寶，可轉給大收（系代宗豫小字），爾可為我具湯沐浴，俟我就枕，慎勿驚我。」宮愛乃奉上香湯，侍上皇沐浴更衣，安臥榻上，方才退出。是夕宮愛聞上皇有笑語聲，尚不敢入視，黎明進見，上皇雙目緊閉，四肢俱僵，已嗚呼哀哉了。統計玄宗在位四十三年，居蜀二年有餘，還居大內又五年，壽七十八歲而崩，後來尊謚為大聖大明皇帝，所以後世沿稱為唐明皇（補語斷不可少）。

肅宗已好幾月不朝上皇，驀聞上皇升遐，不免悲悔交集，號慟不食，病且轉劇，乃只在內殿舉哀，令群臣臨太極殿，奉梓宮至殿中治喪。蕃官追懷上皇遺德，剺面割耳，多至四百餘人，越日，命苗晉卿攝行塚宰，且詔太子豫監國。適楚州獻上寶玉十三枚，群臣表賀，且上言太子曾封楚王，今楚州降寶，宜應瑞改元，乃改上元三年為寶應元年，仍以建寅為正月，下詔特赦，放還流人。高力士自巫州遇赦，還至朗州，聞上皇已崩，悲不自勝，甚至嘔血數升，不久即歿。享年亦七十九歲。力士雖是宦官，還算瑕瑜互見，特書死以表其忠。肅宗病篤，宮中又發生內亂，原來張後輔國，本是內外勾結，互相為援。後來輔國專權，連張後也受他挾制，以此積不能容，致成嫌隙。女子小人，往往如是。後見肅宗疾亟，召太子入語道：「李輔國久典禁兵，制敕皆從彼出，且擅事逼遷上皇，為罪尤大。自己本與同謀，至此反欲抵賴。他心中所忌，只有我與太子，今主上彌留。輔國連結程元振等，陰謀作亂，不可不誅。」太子流涕道：「皇上抱病甚劇，不便入告。若驟誅輔國，必致震驚，此事只好緩議罷。」後乃答道：「太子且歸！待後再商。」太子趨出，後更召越王系入議，且與語道：「太子仁弱，不能誅賊臣，汝可能行否？」系是肅宗次子，初封南陽，後徙封越（曾見五十五回），本來是痛恨輔國，至是聽著後言，竟滿口承認下去。乃即命內監段恆俊，就閹寺中挑選精壯，得二百人，授甲殿後。欲以閹奴除閹奴，已是失策。不料為程元振所聞，竟告知輔國。元振曾為飛龍廄副使，與輔國同類相關，聯為指臂，當下號召黨徒，至凌霄門探聽消息。適值太子到來，意欲入門，輔國元振，即上前攔住道：「宮中有變，殿下斷不可輕入。」太子道：「有什麼變端？現有中使奉敕召我，說是皇上大漸，我難道就畏死不入嗎？」元振道：「社稷事大，殿下還應慎重。」說著，即指麾黨羽，擁太子入飛龍殿，環兵守著。自與輔國詐傳太子命令，號召禁兵，闖入宮中，搜捕越王系段恆俊等，將他系獄。張後聞變，忙奔至肅宗寢室內，冀避兵鋒。不意輔國膽大妄為，竟帶兵數十人，突入帝寢，逼後出室。後哪裡肯行，哀乞肅宗救命。肅宗已死多活少，經此一急，頓時氣壅，喘吁吁的說不出話。可恨輔國目無君上，遽將張後兩手扯住，拖出寢門，比曹阿瞞，還要厲害。一面捕張後左右，共數十人，同牽至冷宮中，分別拘禁，內侍宮妾，相率駭散。肅宗第六子兗王僴，聞亂入宮，巧巧碰著李輔國，問為何事起變？輔國誣言皇后謀逆。僴止駁斥數語，又被輔國麾兵執住。更可憐那在位七年，改元四次，享壽五十二歲的肅宗皇帝，獨自臥在床上，又驚又駭，又悲又惱，喘急多時，無人顧問，竟就此了結殘生。寵任婦寺，應該如此。輔國自往探視，見肅宗已是死去，遂出來囑託黨徒，分頭行事，勒斃張皇后，殺死張後左右數十人。外如越王系兗王僴段恆俊等，一古腦兒牽出開刀，不留一人，張後尚有一子，年僅三齡，取名為侗，已封定王，輔國欲斬草除根，復親往搜捕，哪知這身在襁褓的小兒，因無人照管，已是駭死，不勞顧問了。全屍而死，還算幸事。

輔國乃與元振同入飛龍殿，請太子素服，出九仙門，與宰相等相見，述及肅宗晏駕事。攝塚宰苗晉卿，年逾七十，素來膽小，不能有為。新任同平章事元載，由度支郎中升任，專知刻剝百姓，趨媚權要，當然不敢發言。彼此唯唯諾諾，一聽輔國處分。於是至兩儀殿，發肅宗喪，奉太子即位柩前。越四日始御內殿聽政，是為代宗。輔國竟自命為定策功臣，越加專恣，且語代宗道：「大家（注見前）但居禁中，外事自有老奴處分。」代宗聽了，也覺心下不平，但因他手握兵權，不便指斥，只好陽示尊禮，呼為尚父，事無大小，俱就諮詢，就是群臣出入，亦必先詣輔國處所。輔國侈然自大，呼叱任情，未幾且加職司空，兼中書令。程元振亦升任左監門衛將軍。追尊生母吳氏為皇后，加謚章敬。吳氏幼入掖庭，得侍肅宗，當代宗懷妊時，曾夢金甲神用劍決脅，醒後顧視脅下，尚隱隱有痕。後生代宗，玄宗因得生嫡皇孫，親視洗澡，保母因兒體孿弱，另取他宮兒以進。玄宗諦視，有不悅狀，保母乃叩頭實陳。玄宗道：「快取本兒來！」及見嫡孫，欣然道：「你等以為體弱，我看他福過乃父哩。」遂召入肅宗，一同歡宴，且顧語高力士道：「一日見三天子，也可為樂事了。」唯吳氏有德無壽，歿時年止十八，至此始追冊為後，且追復玄宗廢後王氏位號，並玄宗子瑛瑤琚三人，皆復故封。廢肅宗後張氏，及越王系兗王僩皆為庶人，封長子適為魯王，次子邈為鄭王，三子回為韓王。適為代宗侍女沈氏所出，自安祿山陷入長安，沈氏不及出奔，被擄至東京。及東京克復，得與代宗相見，仍留居行宮，未及西歸。至史思明再入東京，沈氏竟不知去向。代宗遣使四訪，仍無下落，乃將后位虛懸，但冊韓王回母獨孤氏為貴妃，所有肅宗舊侍，如知內省事朱光輝，內常侍啖庭瑤，及山人李唐等三十餘人，均遠流黔中。李輔國素恨禮部尚書蕭華，因貶華為峽州司馬。程元振暗忌左僕射裴冕，因出冕為施州刺史。唐廷只知有李程，不知有代宗。

既而李程兩人，亦互爭權勢，程元振密白代宗，請裁製輔國，乃解輔國行軍司馬，及兵部尚書兼職，且把他遷居外第。輔國始有戒心，上表遜位，有詔罷輔國兼中書令，進爵博陸王。宦官封王，曠古未聞。輔國入謝，憤咽陳詞道：「老奴死罪，事郎君不了，願從地下事先帝。」竟稱代宗為郎君，彼心目中豈尚有天子耶！代宗雖聽不下去，表面上尚虛與周旋，好言慰諭。輔國乃悻悻出去。後來與元振商得一策，密遣牙門將杜濟，入輔國第，刺殺輔國，截去右臂，並梟首擲坑廁中。杜濟返報，代宗令他潛避，佯下敕令有司捕盜，一面刻木代首，合屍以葬，贈官太傅，唯謚法卻是一個「醜」字。看官聽說！代宗本來嫉視輔國，只因張後生前，常有易太子意，代宗時懷恐懼，及輔國擅殺張後，為代宗除一障礙，代宗反感念輔國，所以不欲明誅，但加暗殺，這無非是私心自用呢。代宗不明誅輔國，顯然失刑，況去一輔國，存一元振，亦何分優劣乎？元振再超任驃騎大將軍，獨攬政權，且召郭子儀入朝，意圖構害。子儀聞命即至，請自撤副元帥及節度使職銜，有旨准奏。徙封魯王適為雍王，特授天下兵馬元帥，令統軍討史朝義。且遣中使劉清潭，至回紇徵兵。先是回紇太子葉護，歸國取馬，擬再來助討范陽（應五十五回），偏葛勒可汗，不肯再發兵馬，反上言請婚。肅宗方倚重回紇，即將幼女寧國公主，許嫁葛勒可汗，且親送女至咸陽，慰勉再三。公主泣道：「國家多難，以女和蕃，死且不恨。」語畢即行。既至回紇，尊為可敦，並獻馬五百匹，及貂裘白氎等，作為謝儀。有詔冊封葛勒為英武威遠毗伽可汗，葛勒拜受，唯太子葉護，因與肅宗立有舊約，願自領兵助攻范陽。葛勒可汗仍然不從，父子間致啟違言，惹得葛勒動怒，竟將葉護逼死，後來頗也自悔，遣王子骨啜特勒，宰相帝德等，率騎兵三千，與九節度等同攻相州（即鄴城）。九節度敗潰，骨啜等亦奔還京師，由肅宗厚賜遣還。葛勒可汗，復為少子移地健乞婚，肅宗乃取僕固懷恩女，遣嫁移地健。俄而葛勒可汗病終，寧國公主，以無子得還，移地健嗣立，號牟羽可汗，以懷恩女為可敦，使大臣莫賀達乾等入朝，並問公主起居。

及代宗即位，遠敕未頒，史朝義計誘回紇，詐稱唐室兩遇大喪，中原無主，請回紇入收府庫，可得巨貲。牟羽可汗信為真言，即引兵南行，途次正與劉清潭相值。牟羽即問清潭道：「唐室已亡，怎得有使？」清潭答道：「先帝雖棄天下，今嗣皇即廣平王，曾與可汗兄葉護，共收兩京，且曾歲給貴國繒絹，難道已忘懷麼？」牟羽無言可駁，乃偕清潭入塞，沿途見州縣空虛，烽障無守，復有輕唐意，免不得嘲笑清潭。清潭密報唐庭，代宗乃遣懷恩往撫，再命雍王適統兵至陝，迎勞回紇可汗。雍王適到了陝州，回紇兵亦至，列營河北，適與御史中丞藥子昂，兵馬使魏琚，元帥府判官韋少華，行軍司馬李進，共詣回紇營，與牟羽可汗相見。牟羽踞坐胡床，令適拜舞。藥子昂趨進道：「雍王系嫡皇孫，兩宮在殯，禮不當拜舞。」此語亦未免失辭。回紇將車鼻，在旁詰問道：「唐天子與可汗，曾約為兄弟，雍王見我可汗，當視如叔父，怎得不拜舞哩？」子昂固拒道：「雍王為大唐太子，將來即為中國主，豈可向外國可汗拜舞麼？」車鼻不應，竟麾令軍士，擁子昂等四人至帳後，各鞭百下，乃令隨適回營。少華與琚，不堪痛苦，是夕竟歿。也是國恥。

諸道節度使，陸續會集，聞雍王為回紇所辱，擬襲擊回紇，為雪恥計。雍王以賊尚未滅，不應輕啟釁端，乃含忍而止。回紇見官軍大集，氣亦少奪，乃願同討賊。於是僕固懷恩，引回紇兵為前驅，郭英乂魚朝恩為後殿，出發陝州。雍王適在陝居守，遙作聲援。各軍向東京出發，澤潞節度使李抱玉，與河南等道副元帥，俱率兵來會，直抵東京北郊，遂分軍拔懷州，合陣橫水。賊眾數萬，立柵固守。懷恩遣驍騎及回紇兵，繞道南山，出柵東北，與大軍前後夾擊，得將賊柵衝破，斃賊甚多。史朝義自領精兵十萬，出城援應，列陣昭覺寺旁，官軍連擊不動。鎮西節度使馬璘道：「事已急了，不出死力，如何破賊？」說著，即一馬當先，奮突賊陣。賊前隊多盾牌手，由璘用長槊撥去兩牌，驟馬徑入。官軍隨勢擁進，賊眾披靡，奔至石榴園老君廟，方擬小憩，又被官軍趕到，大殺一陣。賊無心再戰，自相踐踏，屍滿山谷。官軍斬首六萬級，捕擄二萬人。朝義領輕騎數百，東走鄭州，懷恩進克東京，乘勝奪河陽城，留回紇可汗屯河陽，令子右廂兵馬使瑒，及朔方兵馬使高輔成，率步騎萬餘，追擊朝義，至鄭州再戰再捷。朝義又東走汴州，偽陳留節度使張獻誠，閉門不納，朝義轉趨濮州，渡河北奔。是時官軍依次北向，東京之人居守，回紇兵自河陽入東京，肆行殺掠，縱火連旬，可憐東京居民，三次遭劫，徒落得廬黔垣赭，家盡人空。亂世人民，真是沒趣。懷恩也不遑顧及，聞前軍得勝，也親往追賊。朝義且戰且奔，滑州衛州，均被懷恩克復。偽睢陽節度使田承嗣等，來援朝義，與懷恩子瑒鏖戰半日，又覆敗退，偕朝義同走莫州。官軍爭傳露布，且遍檄兩河，令賊黨自拔來降。偽鄴州節度使薛嵩，向李抱玉處投誠，舉相衛洺邢四州來降。偽恆陽節度使張忠志，向辛雲京處投誠，舉恆趙深定易五州來降。承嗣與朝義居莫州城，勉強支過殘年。越年，唐廷已改元廣德，且飭各軍進討，加懷恩為河北副元帥。懷恩乃令兵馬使薛兼訓郝廷玉等，會同田神功辛雲京兩節度，進圍莫州。史朝義屢出拒戰，無一勝仗。官軍銳氣未衰，淄青節度使侯希逸，又復踵至，眼見得斗大孤城，不日可下，田承嗣自知不支，勸朝義親往幽州，發兵還救。朝義乃率銳騎五千，自北門突圍夜走。承嗣即投款官軍，把朝義母妻子女，作為贄敬，一古腦兒獻至軍前。官軍收得俘虜，也不及入城，再向前追躡朝義。

朝義踉蹌北走，一口氣跑至范陽城下，但見城門緊閉，城上已豎起大唐旗幟，這一嚇非同小可，險些兒跌下馬來。嗣見城樓上立著一將，卻是面熟得很，仔細一想，記得是范陽兵馬使李抱忠，便呼抱忠與語道：「汝等為何叛我？須知食我祿，當為我盡忠，我因莫州被圍，特率輕騎到此，發兵往援，汝等若尚知君臣大義，應即洗心悔過，共支大局。」言未已，那抱忠已應聲道：「天不祚燕，唐室復興，今我等已經歸唐，豈得再為反覆？大丈夫恥以詭計相圖，願早擇去就，自保生全。」朝義聞言，半晌才說道：「我今日尚未得食，可能餉我一飽否？」抱忠應諾，令人饋食城東。朝義與部騎食訖，遠遠聽有喊殺聲，恐是唐軍追至，急急的奔往廣陽。廣陽亦閉門不納，謀投奚契丹。部騎已陸續散去，范陽留守李懷仙，遣兵追還。朝義料難保全，遂縊死醫巫閭祠下。懷仙取朝義首，齎獻長安。總計史氏父子，僭號凡四年而亡。比安氏較多一年。李懷仙薛嵩田承嗣張忠志，次第至懷恩軍營，請隨軍效力。懷恩恐賊平寵衰，仍奏留四人復職。代宗已是厭兵，竟如所請。薛嵩為相衛邢洺貝磁六州節度使，田承嗣為魏博德滄瀛五州節度使，李懷仙仍守故地，為盧龍節度使。張忠志本是奚人，特賜姓名為李寶臣，仍統恆趙深定易五州，且稱他部軍為成德軍，令為成德軍節度使。一面下詔大赦，凡東京及兩河偽官，既已反正，不究既往。於是叛臣許叔冀以下，均得以意外免死，僥倖全生。遺禍無窮。小子有詩嘆道：

姑息由來足養奸，況經事虜畔天顏。
未明功罪徒施惠，賊子何堪帝寵頒。

還有回紇部眾，所過抄掠，尚未肯斂兵歸國，後來如何處置，且至下回再詳。

張後有可殺之罪，輔國非殺張後之人，此二語實為確評。況張後之譖殺建寧，謀遷上皇，無一非輔國與謀，設當時無輔國其人，吾料張後孤掌難鳴，亦未必果能遂惡也。綱目書殺不書弒，汪克寬嘗駁斥之，張天如亦謂張後謀誅輔國，事雖不成，英武卻非帝所及。然後輔國之逼死張後，當乎否乎？宦官而可殺後也，是趙盾之於晉君，公子歸生之於鄭伯，《春秋》何必書弒乎？宜清高宗之斥綱目為失當也。代宗不能誅賊，反感其有殺後之功，拜相封王，寵賚無比，厥後入程元振言，乃遣人刺死之；功罪不明，已可概見。至若史朝義僭踞東京，已成弩末，既不必借兵回紇，亦無庸特任親王，但令郭李為帥，已足蕩平河朔，一誤不足，且於賊將之乞降，仍令握兵任重，所有偽官，悉置不問，天下亦何憚而不再反也？嗚呼代宗！嗚呼唐室！

第五十九回　避寇亂天子蒙塵　耀軍徽令公卻敵

卻說回紇可汗縱兵四掠，人民駭散，市落為墟。澤潞節度李抱玉，方受命兼轄陳鄭，擬遣官屬勸阻，無人敢往。獨趙城尉馬燧請行，燧聞回紇兵入境，先遣人納賂渠帥，約無暴虐。渠帥因貽一令旗，與燧面約道：「如有犯令，請君自加捕戮，決無異言。」燧取旗彈壓，回紇兵相顧失色，願遵約束。會唐廷論功行賞，特冊回紇可汗為英義建功毗伽可汗，可敦為毗伽可敦，且自可汗至宰相，共賜實封二萬戶，以下亦封賞有差。回紇可汗，始滿意而去。代宗乃大賚群臣，如正副元帥，及各道節度，悉贈官階。唯山南東道節度使來瑱，本已召入為兵部尚書，兼同平章事，偏程元振與瑱未協，說他與賊通謀，竟坐流播州，旋且賜死。瑱舊時部曲，大為不平，特推兵馬使梁崇義為統帥，唐廷卻不能討，乃命崇義為山南東道節度留後（留後之名自此始）。崇義為瑱訟冤，乞為改葬，有詔許改葬事，瑱始得還正首邱。

代宗因亂事敉平，始封玄宗於泰陵，肅宗於喬陵，嗣分河北諸州為五部，各專責成。幽莫嬀檀平薊六州，歸幽州管轄；恆定趙深易五州，歸成德軍管轄；相貝邢洺四州，歸相州管轄；魏博德三州，歸魏州管轄；滄棣冀瀛四州，歸淄青管轄；懷衛二州及河陽，歸澤潞管轄，各設節度使（歷敘疆域，為後文各節度爭亂伏案）。餘節度使各仍舊境。僕固懷恩以功進尚書左僕射，兼中書令，坐鎮朔方，令護送回紇可汗歸國，道出太原。河東節度使辛雲京，恐懷恩與回紇連謀，以致見襲，因閉關自守，不敢犒師。懷恩恨他不情，上表白狀，代宗不報。懷恩遂調朔方兵數萬，屯駐汾州，令子瑒屯兵榆次，裨將李光逸屯兵祁縣，李懷光屯兵晉州，張維嶽屯兵沁州。明是脅制雲京。雲京見環境皆敵，益滋危懼，適中使駱奉仙至太原，雲京厚與結歡，令還報懷恩反狀，懷恩亦奏請誅雲京奉仙，代宗兩不加罪，但優詔調停。皇帝出做和事老，國事可知。懷恩以功大遭讒，憤激的了不得，乃上書自訟道：

臣世本夷人，少蒙上皇驅策，祿山之亂，臣以偏裨決死靖難，仗天威神，克滅強胡。思明繼逆，先帝委臣以兵，誓雪國仇，攻城野戰，身先士卒。兄弟歿於陣，子姓歿於軍，九族之內，十不一在，而存者瘡痍滿身。陛下龍潛時，親總師旅，臣事麾下，悉臣之愚，是時數以微功，已為李輔國讒間，幾至毀家。陛下即位，知臣負謗，遂開獨見之明，杜眾多之口，拔臣於汧隴，任臣以朔方，游魂反乾，朽骨再肉。前日回紇入塞，士人未曉，京輔震驚。陛下詔臣至太原勞問，許臣一切處置，因得與可汗計議，分道用兵，收復東都，掃蕩燕薊。時可汗在洛，為魚朝恩猜阻，已失歡心，及臣護送回紇，辛雲京閉城不出，潛使攘竊，蕃夷怨怒，彌縫百端，乃得返國。臣還汾州，休息士馬，雲京畏臣劾奏，故構為飛謗，以起異端。陛下不垂明察，欲使忠直之臣，陷讒邪之口，臣所為拊心泣血者也。

臣靜而思之，負罪有六：昔同羅叛亂，騷擾河曲，臣不顧老母，為先帝掃清叛寇，臣罪一也；

臣男玢為同羅所虜，得間亡歸，臣斬之以令眾士，臣罪二也；臣女遠嫁外夷，為國和親，蕩平寇敵，臣罪三也；臣與子瑒躬履行陣，不顧死亡，為國效命，臣罪四也；河北新附諸鎮，皆握強兵，臣撫綏以安反側，臣罪五也；臣說諭回紇，使赴急難，戡定中原，二陵復土，使陛下勤孝兩全，臣罪六也。

臣既負六罪，誠合萬誅，唯當吞恨九泉，啣冤千古，復何訴哉？臣受恩至重，夙夜思奉天顏，但以來瑱受誅，朝廷不示其罪，諸道節度，誰不疑懼？且臣前後所奏駱奉仙，情詞非不摭實，陛下竟無處置，寵任彌深，是皆由同類比周，矇蔽聖聽。竊聞四方遣人奏事，陛下皆云驃騎議之，可否不出宰相，遠近益加疑沮。如臣朔方將士，功效最高，為先帝中興主人，陛下不加優奬，反信讒言。子儀先已被猜，臣今又遭詆毀，弓藏鳥盡，信非虛言。倘不納愚懇，且務因循，臣實不敢保家，陛下豈能安國？唯陛下圖之！

代宗得懷恩書，遣同平章事裴遵慶齎敕至汾州，宣慰懷恩，懷恩跪聽詔敕。待遵慶讀畢，抱住遵慶兩足，且泣且訴。遵慶忙扶起懷恩，極言聖眷方隆，可無他慮，因勸令入朝。懷恩以懼死為詞，竟不肯入京。遵慶乃返報代宗，代宗尚得過且過，不以為意。忽由邠州傳入急報，乃是吐蕃入寇，帶同吐谷渾党項氐羌二十萬眾，鼓行而東，前鋒已到邠州了。代宗大駭道：「虜眾入境，如何有這般迅速？莫非邊境各吏，統死了不成。」不是邊吏俱死，實是你已經死了半個。當下召入群臣，亟籌控御。群臣統面面相覷，不敢發言。看官聽著！邠州距離長安，不過數百里，吐蕃如此深入，應該早有邊警，為何至此才聞呢？說來又有原因，正好就此補敘。自唐廷與吐蕃劃界，立碑赤嶺，總算和好了幾年。及金城公主病歿後（金城公主遣嫁吐蕃主棄隸跂贊，俱見前文），吐蕃與唐失和，屢次窺邊，經河隴諸節度使王忠嗣哥舒翰高仙芝等，先後守禦，終不得逞。至安史迭亂，所有河隴戍兵，俱徵召入援，邊備乃虛。肅宗初年，吐蕃主娑悉籠獵贊，棄隸跋贊孫。乘唐內訌，迭陷威武河源等軍，並取廓霸岷諸州。代宗即位，復陷臨洮，朝廷使御史大夫李之芳等，往修舊好，反被羈住。至廣德元年，郭子儀以吐蕃留使，不可不防，代宗不省。到了秋季，吐蕃引兵入大震關，連陷蘭廓河鄯洮岷秦成渭等州，盡取河西隴右地。邊吏陸續告急，俱被程元振阻匿，不使上聞。虜眾長驅直入，涇州刺史高暉，開城迎降，反導虜眾深入邠州，代宗才得聞知。宰相以下，均無方法，只好再請出郭子儀，令為副元帥，出鎮咸陽。正元帥就用了雍王適。適不過是個皇子，名位雖尊，究竟無拳無勇，子儀閒廢已久，所有部曲，多已離散，至是倉猝召募，只得二十騎，便即起行。及抵咸陽，吐蕃兵已逾奉天武功，渡渭而來。子儀亟使判官王延昌入奏，請速添兵，偏又為程元振所阻，不得入見。渭北行營兵馬使呂月將，部下有銳卒二千，出破吐蕃前鋒，後因寡不敵眾，戰敗被擒。吐蕃兵徑渡便橋，入攻京師。代宗驚惶失措，挈領妃嬪數人，與雍王適出奔陜州。適為元帥，如何不去拒敵？百官遁匿，六軍逃散。

子儀聞京城危急，忙自咸陽馳還，一入京城，既無主子，又無兵馬，徒覺得氣象流離，不堪入目，正在沒法擺布，驀見將軍王獻忠，帶著騎士五百，擁了豐王珙等（珙系玄宗子，曾見前文），擬出開遠門，往迎吐蕃。子儀叱問何往？獻忠下馬語子儀道：「今主上東遷，社稷無主，公為元帥，何妨喪君立君，勉副民望。」子儀尚未及答，豐王珙已接口道：「公奈何不言？」子儀道：「怎有是理？」判官王延昌，正立在子儀左側，便閃出道：「上雖蒙塵，未有失德，王為藩翰，奈何出此狂悖語？」子儀又叱獻忠道：「你敢迎降虜眾麼？快護送諸王至陜，免受重譴。」獻忠頗畏憚子儀，不敢違慢，乃偕豐王珙等東行。若非郭令公，恐已遭毒手了。子儀因京內無備，也隨出城外，另行募兵。吐蕃兵遂得入京。高暉首先馳入，與吐蕃大將馬重英等，縱兵焚掠。長安中蕭然一空，遂劫廣武王承宏為帝，承宏系邠王守禮孫。及前翰林學士於可封為相，且遣人持輿入苗晉卿家，脅令為官。晉卿閉口不言，虜眾倒也捨去。晉卿有此堅操，卻也難得。子儀引三十騎，仍往咸陽，至御宿川，語王延昌道：「六軍逃潰，多在商州，汝快往招撫。且發武關防兵，北出藍田，馳向長安，吐蕃兵必遁歸了。」延昌奉命入商州，傳子儀令，招諭潰軍。各軍向服子儀，皆拱手聽命，乃同延昌至咸陽。子儀泣諭將士，規復京城，大眾皆感激涕零，願遵約束。會鳳翔節度使高升，及元帥都虞侯臧希讓，各率數百騎到來，武關防兵，亦到千名，統共約有四千人，軍勢稍振，乃往報行在。代宗恐吐蕃兵出潼關，召子儀至陝扈蹕，子儀遣人奉表，略言：「臣不收京城，無以見陛下，若出兵藍田，虜必不敢東向，請陛下勿憂！」代宗乃聽令子儀便宜行事。

會鄜坊節度判官段秀實，勸節度使白孝德發兵勤王，孝德即日大舉，南趨京畿，與蒲陝商華合勢，進擊虜兵。子儀也遣左羽林大將軍長孫全緒，率二百騎出藍田，授以密計，並令第五琦攝京兆尹，與全緒同行；且調寶應軍使張知節，率兵千人，作為後應，全緒至韓公堆，晝擊鼓，夜燃火，作為疑兵。光祿卿殷仲卿，又募得兵士千人，來保藍田，與全緒聯繫，選銳騎二百人，渡過滻水，遊奕長安。吐蕃兵已經飽掠，正擬滿載而歸，突聞城中百姓，互相驚呼道：「郭令公從商州調集大軍，來攻長安了。」既而吐蕃偵騎，亦陸續入城，報稱韓公堆齊集官軍，即日進薄城下。吐蕃統將馬重英，不由的惶恐起來，是夜朱雀街中，復有鼓聲驟起，接連是大眾喧譁聲，聲浪模糊，約略是郭令公三字。郭令公就是郭子儀，前封代國公，後封汾陽王，因此人人叫他為郭令公，連外夷亦以令公相呼。有此令名，方能安內攘外。高暉聞郭令公到來，先已魂馳魄喪，夤夜東走。馬重英亦站立不定，即於次日黎明，悉眾北遁。其實郭子儀尚在咸陽，但由全緒遣將王甫，潛入城中，陰結少年數百人，乘夜鼓譟，吐蕃一二十萬將士，竟被這郭令公三字，驅逐開去，好似一道退兵符。這都是子儀密授全緒的妙計。

全緒遂與第五琦入京，遣使向子儀報捷，子儀轉奏行在，請代宗迴鑾。代宗正巡閱潼關，先由豐王珙等入謁，倒也不去責他，至退入幕中，珙語多不遜，為群臣奏聞，才命賜死。高暉到了潼關，為守將李日越所執，奏請正法。及子儀奏至，即命子儀為西京留守，第五琦為京兆尹，元載為元帥府行軍司馬。子儀即奉詔入京，令白孝德高升等，分屯畿縣，再表請代宗返駕。程元振素嫉子儀，尚勸代宗往都洛陽。看官試想！這次吐蕃入寇，代宗東走，統是程元振一人從中壅蔽，遂致釀成此禍，就是代宗奔陝後，屢發詔徵諸道兵，各節度使都痛恨元振，無一應召，連李光弼也勒兵不赴。郭李優劣，至此分途。當時扈駕諸臣，尚莫敢彈劾，獨太常博士柳伉上疏，略云：

犬戎犯關度隴，不血刃而入京師，劫宮闕，焚陵寢，武士無一力戰者，此將帥叛陛下也。陛下始疏元功，委近習，日引月長，以成大禍，群臣在庭，無一人犯顏回慮者，此公卿叛陛下也。陛下始出都，百姓填然奪府庫，相殺戮，此三輔叛陛下也。自十月朔召諸道兵，盡四十日無只輪入關，此四方叛陛下也。陛下必欲存宗廟，定社稷，獨斬程元振首，馳告天下，悉出內使隸諸州，持神策兵付大臣，然後削尊號，下詔引咎，如此而兵不至，人不感，天下不服，臣願闔門寸斬，以謝陛下。

這疏上去，代宗始為感動。但終因元振有保護功，止削奪官爵，放歸田裡。一面下詔迴鑾，自陝州啟行。左丞顏真卿，請代宗先謁陵廟，然後還宮。元載不從，真卿厲聲道：「朝廷豈堪令相公再壞麼？」載乃默然，唯由是啣恨真卿。為下文伏筆。郭子儀帶領百官，至滻水東迎駕，伏地待罪。代宗面加慰勞道：「用卿不早，致有此難。今日聯得重歸，皆出卿力，功同再造，何罪可言？」子儀拜謝。代宗入城謁廟，方才回宮。越日封賞功臣，賜子儀鐵券，圖形凌煙閣，以下進秩升階，不消細述。唯廣武王承宏，逃匿草野，代宗特赦不誅，但放至華州，未幾，病死。也是失刑。代宗罷苗晉卿裴遵慶相職，再任李峴為同平章事，進魚朝恩為天下觀軍容宣慰處置使，使總禁兵，令駱奉仙為鄠縣築城使，即令統鄠縣屯軍。元振方黜，又重用魚駱，代宗真愚不可及。先是代宗在陝，顏真卿馳往扈駕，請召僕固懷恩勤王，代宗不許，至還京後，踰年正月，特命真卿宣慰朔方行營，諭懷恩入朝。恐是由元載所請。真卿入諫道：「陛下在陝，臣若奉詔往撫，責以大義，彼或為徼功計，尚肯南來，今陛下還宮，彼已無功可圖，豈還肯應詔麼？陛下不若令郭子儀代懷恩，子儀曾為懷恩主將，且素得朔方士心，令他往代，可不戰自服了。」代宗尚遲疑未決。會節度使李抱玉從弟抱真，曾為汾州別駕，獨脫身歸京師，報明懷恩已有反志，請速調子儀往鎮朔方。代宗若果行此議，何致有朔方之亂。代宗方不遣真卿，只調遣子儀的詔敕，一時未下，且因立雍王適為皇太子，授冊行禮，宮廷慶賀，也無暇顧及懷恩。蹉跎了好幾日，接到河東節度辛雲京急報，說是：「懷恩已反，令子瑒來寇太原，已由臣將他擊退，現向榆次縣去了，請即發兵征討！」代宗覽到此奏，即召諭子儀道：「懷恩父子，負我實深，聞朔方將士思公，幾如大旱望雨，公為朕往撫河東，汾上各軍，當不致一體從逆呢。」遂面授子儀為關內河東副元帥，兼河中節度等使。

子儀拜命即行，甫至河中，聞僕固瑒為下所殺，懷恩北走靈州，河東已得解嚴了。看官道懷恩父子，為何一蹶至此？原來瑒素剛暴，自太原敗後，轉圍榆次，又是旬日不下，他令裨將焦暉白玉，往發祁縣兵。暉與玉調兵趨至，瑒責他遲慢，幾欲加罪，兩人慮有不測，即於夜間率眾攻瑒，把瑒殺死。懷恩在汾州聞警，不免悲慟，忽由老母出帳，怒責懷恩道：「我語汝勿反，國家待汝不薄，汝不聽我言，遂有此變。我年已老，恐且因此受禍，問汝將如何處置？」懷恩無言可答，匆匆趨出。母提刀出逐道：「我為國家殺此賊，取賊心以謝三軍。」賊子卻有賢母。懷恩急走得免。嗣聞麾下將士，因子儀出鎮河中，都竊竊私語，謂無面目見汾陽王，自思眾叛親離，決難持久，乃竟將老母棄去，自率親兵三百騎，渡河走靈州，殺死朔方軍節度留後渾釋之，據州自固。沁州戍將張維嶽，聞懷恩北走，即馳驛至汾州，撫定懷恩餘眾，並殺焦暉白玉，只說由自己誅瑒，齎首獻郭子儀。子儀傳首闕下，群臣入賀，唯代宗慘然道：「朕信不及人，乃致功臣顛越，朕方自愧，何足稱賀呢。」汝亦自知有失耶？隨命輦送懷恩母至京，優給稟餼，閱月及歿，仍許禮葬。及子儀馳往汾州，懷恩遺眾，爭來迎謁，涕泣鼓舞，誓不再貳，河東乃安。有詔進子儀為太尉，兼朔方節度使。子儀辭太尉不拜，且入朝謝恩。適涇原遣急足馳奏，懷恩誘回紇吐蕃兩夷，同來入寇，有眾十萬。代宗又惶急得很，還下詔慰諭懷恩，說他有功皇室，不必懷疑，但當詣闕自陳，仍應重任云云。這時候的僕固懷恩，已與朝廷勢不兩立，那裡還肯斂甲歸朝？當下引虜南趨，得步進步，警報迭達都城，代宗乃召入子儀，諮詢方略。子儀答道：「懷恩有勇少恩，士心不附，麾下皆臣部曲，必不忍以鋒刃相向，臣料他是無能為哩。」代宗乃命子儀出鎮奉天，子儀令子殿中監郭晞，與節度使白孝德防守邠州，自率軍至奉天，按甲以待。虜鋒將要近城，諸將俱踴躍請戰，子儀搖首道：「虜眾遠來，利在速戰，我且堅壁待著，俟寇騎憑城，我自有計卻虜，敢言戰者斬。」乃命守兵掩旗息鼓，待令後動。

不到一日，懷恩已引吐蕃兵至城下，見城上並無守兵，不禁疑慮起來，躊躇多時，見天色將昏，乃退軍五裡下寨。是夕也未敢進攻。到了黎明，始鳴鼓進兵，遙聽得一聲號炮，響震川穀，連忙登高瞭望，那奉天城外的乾陵南面，已有許多官軍，擺成一字陣式，非常嚴整，當中豎著一張帥旗，隨風飄舞，旗上大書一個「郭」字，懷恩不覺驚愕道：「郭令公已到此麼？」虜眾聞著郭令公大名，也都大駭，紛紛退走。懷恩獨帶著部眾，轉趨邠州，遙見城上插著大旗，又是一個「郭」字，懷恩又驚愕道：「難道郭公又復來此，莫非能飛行不成？」言未已，城門忽啟，有一大將持矛躍馬，領軍出來，大呼道：「我奉郭大帥命令，只取反賊懷恩首級，餘眾無罪，不必交鋒。」懷恩望將過去，乃是節度使白孝德，河陽餘勇，尚屬可賈。正欲上前接仗，偏部眾已先退走，單剩一人一騎，如何對敵？又只好返轡馳去。白孝德驅兵追擊，郭晞又出來接應，逼得懷恩抱頭鼠竄，渡涇而逃。既逾涇水，部下已散亡大半，忍不住涕泣道：「前都為我致死，今反為人向我致死，豈不可痛？」誰叫你不忠不孝。乃仍向靈州去訖。

吐蕃兵既陷涼州，南陷維松保三州，經劍南節度使嚴武拒擊西山，復虜兵八萬眾，方才不敢窺邊。郭子儀既計卻大敵，也不窮追，即入朝覆命，代宗慰勞再三，加封尚書令，子儀面辭道：「從前太宗皇帝，嘗為此官，所以後朝不復封拜，近唯皇太子為雍王時，平定關東，乃兼此職，臣何敢受此崇封，致隳國典？且用兵以來，諸多僭賞，冒進無恥，輕褻名器，今凶醜略平，正宜詳核賞罰，作法審官，請自臣始。」讓德可風。代宗乃收回成命，另加優賚。隨命都統河南道節度行營，還鎮河中。是年李光弼病歿徐州，年五十七，追贈太保，賜恤武穆。光弼本營州柳城人，父名楷洛，本契丹酋長，武後時叩關入朝，留官都中，受封薊郡公，賜謚忠烈。光弼母有須數十，長五寸許，生子二人，即光弼光進，光弼累握軍符，戰功卓著，安史平定，進拜太尉兼侍中，知河南淮南東西山南東荊南五道節度行營事，駐節泗州。尋復討平浙東賊袁晁，晉封臨淮王，賜給鐵券，圖形淩煙閣。唯自程元振魚朝恩用事，妒功忌能，為諸鎮所切齒，代宗奔陝，召光弼入援，光弼亦遷延不赴。及代宗還京，又命光弼為東都留守，光弼竟託詞收賦，轉往徐州。諸將田神功等，見光弼不受朝命，也不復稟畏，光弼愧恨成疾，鬱鬱而終。光弼母留居河中，曾封韓國太夫人，代宗令子儀輦送入京，歿葬長安南原。看官聽說！郭李本是齊名，因李晚節不終，遂致李不及郭，可見人生當慎終如始哩。當頭棒喝。小子有詩嘆道：

> 立功尚易立名難，千古功名有幾完？
> 只為臣心輸一著，汗青留玷任傳看。

光弼歿後，用黃門侍郎王縉，繼光弼後任。縉本代李峴為相，峴於是年罷相。至是改令出鎮，才名遠不及光弼了。欲知後事，且看下回。

外寇之來，必自內訌始。有程元振魚朝恩等之弄權，而後有僕固懷恩之亂，有僕固懷恩之謀反，而後有吐蕃回紇之寇。木朽而蟲乃生，牆壞而蠹始入，勢有必至，無足怪也。當日者，幸郭令公尚在耳。假令無郭令公，則諸鎮皆痛恨權閹，誰與復西京，定河東？試思李光弼為唐室名臣，尚且觀望不前，遑論他人乎？故本回實傳寫郭子儀，而代宗之迭致禍亂，亦因此而揭櫫之，代宗之愚益甚，子儀之功益彰，綱目稱子儀為千古傳人，豈其然乎？

第六十回　入番營單騎盟虜　忤帝女綁子入朝

卻說王縉出鎮後，江淮一帶，幸尚無事，懷恩亦蜷伏一隅，暫不出兵。代宗遂改廣德三年為永泰元年，命僕射裴冕郭英乂等，在集賢殿待制，居然欲效貞觀遺制，有坐朝問道的意思。左拾遺獨孤及上疏道：

陛下召冕等以備詢問，此盛德也。然恐陛下雖容其直，而不錄其言，有容下之名，而無聽諫之實，則臣之所恥也。

今師興不息十年矣，人之生產，空於杼軸，擁兵者得館亙街陌，奴婢厭酒肉，而貧人羸餓就役，剝膚及髓，長安城中，白晝椎剽，吏不敢禁，民不敢訴，有司不敢以聞，茹毒飲痛，窮而無告，陛下不思所以救之，臣實懼焉。今天下唯朔方隴西，有僕固吐蕃之憂，邠涇鳳翔之兵，足以當之矣。東南洎海，西盡巴蜀，無鼠竊之盜，而兵不為解，傾天下之貨，竭天下之谷，以給無用之兵，臣實不知其何因。假令居安思危，自可扼要害之地，俾置屯御，悉休其餘，以糧儲扉屨之資，充疲人貢賦，歲可減國租之半，陛下豈可遲疑於改作，使率土之患，日甚一日乎？休兵息民，庶可保元氣而維國脈，幸陛下採納焉。（此疏足杜軍閥之弊，故錄述之）。

當時元載第五琦等，專尚掊克，凡苗一畝，稅錢十五，不待秋收，即應徵稅，號為青苗錢。適畿內麥稔，十畝取一，謂即古時什一稅法，亦請旨施行。其實都是額外加徵，撥給軍用。獨劉晏筦榷度支鹽鐵，及疏河運漕，接濟關中，還算是公私交利，上下咸安。所以獨孤及請裁軍減租，少蘇民困。代宗優柔寡斷，就使心下贊成，也是不能速行。更可笑的是迷信佛教，命百官至光順門，迎浮屠像，像系中使扮演，彷彿似戲中神鬼，或面塗雜色，或臉戴假具，並用著音樂鹵簿，作為護衛，後面有二寶輿，中置仁王經，是由大內頒出，移往資聖西明寺，令胡僧不空等，踞著高坐，講經說法，百官朝服以聽，看官道是何因，說來是不值一辯。原來魚朝恩元載王縉等，統是好佛，還有兵部侍郎杜鴻漸，新任同平章事，也以為佛法無邊，虔心皈依，定能逢凶化吉，遇難成祥，於是寺中添設講座，多至百餘，當時稱為百高座。代宗也嘗入寺聽經，彷彿梁武帝。正在講得熱鬧，忽由奉天同州柷屋的守吏，各遣使呈入急報，內稱懷恩復誘雜虜來寇，已將入境了。代宗此時，不似前次的慌忙，反慢騰騰的說道：「懷恩當不致再反，或是邊境謠傳哩。」此番有佛法可恃，所以不慌不忙。道言未絕，又由河中遣到行軍司馬趙復，齎呈郭子儀奏章，略言：「叛賊懷恩，嗾使回紇吐蕃吐谷渾党項奴刺（吐谷渾別種）等虜，分道入寇。吐蕃自北道趨奉天，党項自東道趨同州，吐谷渾奴刺，自西道趨柷屋。回紇為吐蕃後應，懷恩率朔方兵，又為雜虜後應，鐵騎如飛，約有數十萬眾，不宜輕視，請速令鳳翔滑濮邠寧鎮西河南淮西諸節度，各出兵扼守衝要，阻截寇鋒。」代宗乃由寺還朝，頒敕各鎮，敕使方發，幸接得一大喜報，謂懷恩途中遇疾，還至鳴沙，已經暴死。魚朝恩元載等，相率入賀，且言佛法有靈，殛死反賊，代宗亦很喜慰。偏只隔了一二日，風聲又緊，懷恩部眾，由叛將范志誠接領，仍進攻涇陽，吐蕃兵已薄奉天，乃始罷百高座講經，召郭子儀屯涇陽，命將軍白元光渾日進屯奉天，一面調陳鄭澤潞節度使李抱玉，使鎮鳳翔；渭北節度使李光進，移守雲陽；鎮西節度使馬璘，河南節度使郝廷玉，並駐便橋；淮西節度使李忠臣，轉扼東渭橋，同華節度使周智光屯同州，鄜坊節度使杜冕屯坊州，內侍駱奉仙，將軍李日越，屯盩厔；布置已定，代宗親將六軍，駐札苑中，下制親征。恐是銀樣鑞槍頭，試看下文便知。魚朝恩趁勢蒐括，大索士民私馬，且令城中男子，各著皂衣，充作禁兵，城門塞二開一，闔京大駭，多半逾牆鑿竇，逃匿郊外。

一日，百官入朝，立班已久，閤門好半日不開，驀聞獸鐶激響，朝恩率禁軍十餘人，挺刃而出，顧語群臣道：「吐蕃入犯郊畿，車駕欲幸河中，敢問諸公，以為何如？」公卿錯愕，不知所對。有劉給事獨出班抗聲道：「敕使欲造反麼？今大軍雲集，不戮力禦寇，乃欲脅天子蒙塵，棄宗廟社稷而去，非反而何？」也是朝陽鳴鳳。朝恩被他一駁，也不覺靡然退去。代宗乃始視朝，與群臣商議軍情，可巧奉天傳入捷音，朔方兵馬使渾瑊，入援奉天，襲擊虜營，擒一虜將斬首千餘級。代宗大喜，立命中使獎諭，隨即退朝。會大雨連旬，寇不能進，吐蕃將尚結悉贊摩馬重英等，大掠而去，廬舍田裡，焚劫殆盡。代宗聞吐蕃退兵，益信是佛光普護，仍令寺僧講經，哪知吐蕃兵退至邠州，遇著回紇兵到，又聯軍進圍涇陽。郭子儀在涇陽城，命諸將嚴行守禦，相持不戰，二虜見城守謹嚴，退屯北原，越宿復至城下。子儀令牙將李光瓚赴回紇營，責他棄盟背好，自失信用。今懷恩已遭天殛，郭公在此屯軍，欲和請共擊吐蕃，欲戰可預約時日。回紇都督藥葛羅驚問光瓚道：「郭公在此，可得見麼？恐怕是由汝紿我。」光瓚道：「郭公遣我來營，怎得說是不在？」藥葛羅道：「令公果在，請來面議！」光瓚乃還報子儀，子儀道：「寇眾我寡，難以力勝，我朝待回紇不薄，不若挺身往諭，免動兵戈。」言已欲行。諸將請選鐵騎五百隨行，子儀道：「五百騎怎敵十萬眾？非徒無益，反足為害呢。」說得甚是。遂一躍上馬，揚鞭出營。子儀第三子晞，正隨父在軍，急叩馬諫道：「大人為國家元帥，奈何以身餌虜？」子儀道：「今若與戰，父子俱死，國家亦危，若往示至誠，幸得修和，不但利國，並且利家。就使虜眾不從，我為國殉難，也自問無愧了。」說至此，即用鞭擊手道：「去！」滿腔忠義，在此一字。當下開門馳出，背後只隨著數騎，將至回紇營前，令隨騎先行傳呼道：「郭令公來！」四字賢於十萬師。回紇兵皆大驚。藥葛羅正執弓注矢，立刻營前，子儀瞧著，竟免冑釋甲，投槍而進。藥葛羅回顧部酋道：「果是郭令公。」說著，即翻身下馬，擲去弓矢，斂手下拜。回紇將士，皆下馬羅拜，子儀亦下馬答禮，且執藥葛羅手，正言相責道：「汝回紇為唐立功，唐朝報汝，也是不薄，奈何自負前約，深入我地，棄前功，結後怨，背恩德，助叛逆呢？況懷恩叛君棄母，寧知感汝？今且殛死，我特前來勸勉。從我，汝即退兵，不從我，聽汝殺死，我被汝殺；我將士必向汝致死，恐汝等也未必生還哩。」藥葛羅答道：「懷恩謂天可汗晏駕，令公亦捐館，中國無主，我故前來，今見令公，已知懷恩欺我，且懷恩已受天誅，我輩豈肯與令公戰麼？」子儀因進說道：「吐蕃無道，乘中國有亂，不顧舅甥舊誼，入寇京畿，所掠財帛，不可勝載，馬牛雜畜，瀰漫百里，這都是上天賜汝呢。今日全師修好，破故致富，為汝國計，無逾此著了。」藥葛羅喜道：「我為懷恩所誤，負公誠深，今請為公力擊吐蕃，自贖前愆。唯懷恩子系可敦兄弟，願恕罪勿誅！」子儀許諾。郭晞放心不下，引兵出觀，回紇兵分著左右兩翼，稍稍前進。郭晞亦引兵向前，子儀揮晞使退，唯令麾下取酒，酒已取至，與藥葛羅宣誓。藥葛羅請子儀宣言，子儀取酒酹道地：「大唐天子萬歲，回紇可汗亦萬歲，兩國將相亦萬歲，如有負約，身殞陣前，家族滅絕。」誓畢，斟酒遞與藥葛羅。藥葛羅亦接酒酹道地：「如令公誓。」子儀再令部將，與回紇部酋相見。回紇將士大喜道：「此次出軍，曾有二巫預言，前行安穩，見一大人而還，今果然應驗了。」子儀乃從容與別，率軍還城。

藥葛羅即遣部酋石野那等，入覲代宗，一面與奉天守將白元光，合擊吐蕃。吐蕃已經夜遁，兩軍兼程追擊，至靈臺西原，遇吐蕃後哨兵，鼓譟殺入。吐蕃兵統已思歸，還有什麼鬥志？一時奔避不及，徒喪失了許多生命，拋棄了許多輜重。白元光將奪回財帛，給與回紇，拔還士女四千人，帶還奉天。藥葛羅亦收兵歸國。吐谷渾党項奴剌等眾，當然遁去。懷恩從子名臣，以靈州降。子儀因靈武初復，百姓凋敝，特保薦朔方軍糧使路嗣恭，為朔方節度使留後。嗣恭奉詔蒞任，披荊棘，立軍府，威令大行。子儀還鎮河中，自耕百畝，將校以是為差。嗣是野無曠土，軍有餘糧，正不啻一腹地長城了。唐得此人，正社稷之福。唯自虜兵退去，京師解嚴，朔方告平，君臣交慶。魚朝恩元載，在內攬權，河北節度使，如李寶臣田承嗣薛嵩李懷僊四人，在外擅命，大局尚岌岌可危。代宗尚自恃承平，安然無慮，甚至平盧兵馬使李懷玉，逐節度使李希逸，有詔召希逸還京，即令懷玉為節度留後，賜名正己，又有漢州刺史崔旰，因劍南節度使嚴武病歿，請令大將王崇俊繼任，代宗另簡郭英乂為西川節度使，竟被崔旰擊逐，英乂奔簡州，竟為普州刺史韓澄所殺，代宗不加聲討，但令杜鴻漸為劍南東西川副元帥，鴻漸至任，得旰重賄，反說旰可大任，竟請旨命旰為西川節度使，賜名為寧。鴻漸仍入朝輔政，毫無建樹，不久即死。僕射裴冕繼任，亦即病終。獨元載入相有年，權勢日盛，因恐被人訐發陰私，特請百官論事，先白宰相，然後奏聞。刑部尚書顏真卿，上疏駁斥，載說他誹謗朝廷，竟坐貶為峽州別駕。既而復任魚朝恩判國子監事，朝恩居然入內講經，上踞師座，手執《周易》一卷，擇得鼎折足覆公餗兩語，反覆解釋，譏笑時相。閹宦講經，斯文掃地。是時王縉已入任黃門侍郎，同平章事，與元載相將入座。縉聽講後，面有怒容，載獨怡然。朝恩出語人道：「怒是常情，笑實不可測呢。」你既知元載難測，胡為後來仍墮彼計？

永泰二年十一月，代宗生日，諸道節度使上壽，獻入金帛珍玩，值錢二十四萬緡，中書舍人常衮上言：「各節度斂財求媚，剝民逢君，應卻還為是。」代宗不從。未幾又改易年號，竟稱永泰二年為大曆元年，宮廷內外，方因改元慶賀，忽接到郭子儀奏牘，報稱同華節度使周智光，擅殺無辜，目無君上，請遣將討罪。代宗不敢准請，反令中使餘元仙，特敕拜智光為尚書左僕射。看官！你想應誅反賞，豈不是越弄越錯麼？智光自出駐同州，邀擊党項奴剌寇眾，奪得駝馬軍械，約以萬計，復逐北至鄜州，遙望寇已遁去，不便窮追，他竟往報私仇，馳入鄜城，殺死刺史張麟，並將鄜坊節度杜冕家口，一齊屠戮，焚民居三千間，方才還鎮。又與陝州刺史皇甫溫有隙，溫遣監軍張志斌，入朝奏事，道出同華，被智光邀留入館，兩語不合，即將志斌斬為肉泥，與眾烹食。想是朱粲轉世。子儀迭聞消息，乃據實奏聞。代宗遣使加封，明明是刑賞倒置。但代宗卻也有些微意，以為封拜內官，當可使他入朝，削奪兵權。也是呆想。哪知智光接了詔敕，反踞坐嫚罵道：「智光為國家建了大功，不得入相，只授僕射，且同華地狹，不足展足，最少須加我陝虢商鄜坊五州，我子元耀元幹，能彎弓二百斤，稱萬人敵，今日欲挾天子，令諸侯，除智光外，尚有何人？天子若棄功錄瑕，我智光也顧不得什麼了。」說畢，掀髯大笑。與發狂無二。元仙顫慄不敢言。智光乃令左右取出百縑，贈與元仙，遣令歸朝。元仙返報代宗，代宗乃於大曆二年，密詔郭子儀討周智光。子儀即遣部將渾瑊李懷光等，出兵渭上，智光麾下，聞風驚怖。同州守將李漢惠，便舉州來降。子儀奏報唐廷，代宗方才放膽，貶智光為澧州刺史。已而華州牙將姚懷李延俊，刺殺智光及二子。梟首入獻，乃懸示皇城南街，宣告罪狀。

子儀因同華已平，入朝報績，適值子婦昇平公主，與子儀子曖，互相反目，公主竟駕車入都，往訴父母。事為子儀所聞，遂將曖綁置囚車，隨身帶著，徑詣闕下。原來曖為子儀第六子，曾任太常主簿，代宗因子儀功高，特把第四女嫁曖，女封昇平公主，曖拜駙馬都尉。唐制公主下嫁，當由舅姑拜主，主得拱手不答，昇平公主嫁曖時，也照此例，曖已看不過去，只因舊例如此，不得不勉強忍耐。後來同居室中，公主未免挾貴自尊，曖忍無可忍，屢有違言，且叱公主道：「汝倚乃父為天子麼？我父不屑為天子，所以不為。」快人快語，足為鬚眉生色。說至此，竟欲上前掌頰，虧得侍婢從旁勸阻，那公主頰上，不過稍惹著一點拳風（戲劇中有《打金枝》一出，即因此事演出），但已梨渦變色，柳眼生波，趁著一腔怒氣，遽爾入宮哭訴，述曖所言。代宗道：「汝實有所未知，彼果欲為天子，天下豈還是汝家所有麼？汝須敬事翁姑，禮讓駙馬，切勿再自驕貴，常啟爭端。」囑女數語，卻還明白。公主尚涕泣不休。代宗又擬出言勸導，適有殿中監入報導：「汾陽王郭子儀，綁子入朝，求見陛下。」代宗乃出御內殿，召子儀父子入見。子儀叩頭陳言道：「老臣教子不嚴，所以特來請罪。」曖亦跪在一旁，代宗令左右扶起子儀，賜令旁坐，且笑語道：「俗語有言，『不痴不聾，不作姑翁』，兒女子閨房瑣語，何足計較呢？」子儀稱謝。又請代宗從重懲曖，代宗亦令起身，入謁公主母崔貴妃，自與子儀談了一番軍政，俟子儀退後，乃回至崔貴妃宮中，勸慰一對小夫妻。崔妃已調停有緒，再經代宗勸解，曖與公主，不敢不依，乃遣令同歸。子儀已在私第中待著，見曖回來，自正家法，令家僕杖曖數十，曖無法求免，只好自認晦氣。但代宗為了此事，欲改定公主見舅姑禮，遷延了好幾年，直至德宗嗣位，方將禮節改定。公主須拜見舅姑，舅姑坐受中堂，諸父兄妹立受東序，如家人禮，尊卑始有定限了。這且慢表。

再說郭子儀入朝後，仍然還鎮，越二年復行入朝，魚朝恩邀遊章敬寺。這章敬寺本是莊舍，舊賜朝恩，朝恩改莊為寺，只說替帝母吳太后禱祝冥福，特別裝修，窮極華麗，又因屋宇不足，請將曲江華清兩離宮，撥入寺中，一併改造。衛州進士高郢上書諫阻，謂不宜窮工糜費，避實就虛，代宗也為所動，即召元載等入問道：「佛言報應，說果真麼？」元載道：「國家運祚靈長，全仗冥中福報，福報已定，雖有小災，不足為害。試想安史皆遭子禍，懷恩道死，回紇吐蕃二寇，不戰自退，這都非人力所能及，怎得謂無報應呢？」代宗乃不從郢奏，悉從朝恩所請。至寺已落成，代宗親往拈香，度僧尼至千人，賜胡僧不空法號，叫做大辯正廣智三藏和尚，給食公卿俸。不空諂附朝恩，有時得見代宗，常說朝恩是佛徒化身，朝恩因此益橫，氣陵卿相。元載本與朝恩連結，旋因朝恩好加嘲笑，漸漸生嫌。至朝恩招子儀入寺，載密使人告子儀道：「朝恩將加害公身。」子儀不聽，隨騎請衷甲以從，子儀道：「我為國家大臣，彼無天子命，怎敢害我？」遂屏去騶從，獨率家僮一人前往。能單騎見回紇，遑論朝恩。朝恩見子儀不帶隨騎，未免驚問。子儀即自述所聞，且言知公誠意，特減從而來。朝恩撫膺流涕道：「非公長者，能不生疑？」自是相與為歡，把從前嫉忌子儀的心思，都付諸汪洋大海了。舜之格象，亦本此道。元載因子儀不墮彼計，又想出一個方法，上言：「吐蕃連年入寇，邠寧節度使馬璘力不能拒，不如調子儀鎮守邠州，徙璘為涇原節度使。」代宗即日批准，子儀拜命即行，毫無異言。小子有詩贊子儀道：

大唐又見賚無極，盛德偏逢郭令公。

任爾刁姦施百計，含沙伎倆總徒工。

子儀往鎮邠州，元載更謀去朝恩，欲知朝恩是否被除，且看下回再敘。

郭令公生平行事，忠恕二字，足以盡之。唯忠恕故，故單騎見虜，而虜不敢動，杯酒定約，從容還軍，所謂蠻貊可行者，令公有焉。唯忠恕故，故奉詔討周智光，軍方啟行，而叛眾已倒戈相向，同華歸誠，逆賊授首，所謂豚魚可格者，令公有焉。唯忠恕故，故子曖與公主反目，囚子入朝，代宗不以為罪，反從而慰諭之，勸解之，所謂功高而主不疑者，令公有焉。唯忠恕故，故魚朝恩不敢害公，元載不敢欺公，周旋宵小之間，安如磐石，所謂氣充而邪不侵者，令公有焉。曆書其事，以見令公之功德過人，淺見者第稱令公為福盛，亦安知令公之福，固自有載與俱來耶？彼魚朝恩元載周智光輩，固不值令公一盼云。

第六十一回　定祕謀元舅除凶　竊主柄強藩抗命

卻說宦官魚朝恩，專掌禁兵，勢傾朝野，每有章奏，期在必允，朝廷政事，無不預議，偶有一事，不得與聞，即悻悻道：「天下事可不由我主張麼？」自大如此，都是代宗一人釀成。養子令徽，為內給使，官小年輕，止得衣綠，嘗與同列忿爭，歸告朝恩。朝恩即帶著令徽，入見代宗道：「臣兒令徽，官職太卑，屢受人侮，幸乞陛下賜給紫衣！」代宗尚未及答，偏內監已捧著紫衣，站立一旁。朝恩不待上命，即隨手取來，遞與令徽，囑他穿著，才行拜謝。看官試想！似這種自尊自大的行為，無論什麼主子，也有些耐不下去。代宗卻強顏作笑道：「兒服紫衣，想可稱心了。」朝恩父子，昂然退去。自是代宗隱忌朝恩，元載窺知上意，乘間入奏，請除朝思。代宗囑令暗中設法，毋得洩機。除一閹宦，須囑宰相暗地設謀，真是枉做皇帝。元載遂賄託衛士周皓，及陝州節度使皇甫溫，令圖朝恩。這兩人本是朝恩心腹，因見了黃白物，不由不貪利動心，遂與元載串同一氣！載又徙溫為鳳翔節度使，溫入朝陛見，載留他居京數日，悄悄的布定密謀，入白代宗。代宗稱善，但囑他小心行事，勿反惹禍。畏葸之至。載應諾而出。會值寒食節屆，代宗在內殿置酒，宴集親貴。朝恩亦得列坐，宴畢散席，朝恩亦謝恩欲出。忽元載領著周皓皇甫溫等，踉蹌趨入，七手八腳，將朝恩一把抓住，捆縛起來。朝恩自呼何罪，當由代宗歷數罪狀，朝恩尚嘩詞答辯，毫不服罪。代宗諭令自盡，即由周皓等牽出朝恩，將他勒死，乃下敕罷朝恩觀軍容等使，出屍還家，詐說他受敕自縊，特賜錢六百萬緡，作為葬費。神策軍都虞侯劉希暹都知兵馬使王駕鶴，向系朝恩羽翼，至是俱加授御史中丞，俾安反側。後來希暹有不遜語，反由駕鶴奏聞，勒令自盡。所有朝恩餘黨，從此不敢生心。

唯元載既誅朝恩，得寵益隆，載恃寵生驕，自矜有文武才，古今莫及，於是弄權舞智，約賄貪贓。吏部侍郎楊綰，典選平允，性又介直，不肯附載，嶺南節度使徐浩，蒐括南方珍寶，運送載家，載即擅徙綰為國子祭酒，召浩為吏部侍郎。代宗素器重李泌，特令中使敦請出山。泌應召至京，復賜金紫，命他入相。經泌一再固辭，乃在蓬萊殿側，築一書院，使泌居住，遇有軍國重事，無不諮商。泌素無妻，且不食肉，代宗強令肉食，且為娶前朔方留後李暐甥女，賜第安福裡，生子名繁。長源亦墮塵劫耶？偏元載陰懷妒忌，屢欲調泌出外，免受牽掣，適江西觀察使魏少遊，請簡僚佐，載調泌有吏才，請即簡任。代宗亦知載有意調泌，特密語泌道：「元載不肯容卿，朕今令卿往江西，暫時安處。俟朕除載後，當有信報卿，卿可束裝來京。」泌唯唯受命。何不仍歸衡山，想是一入塵迷，便難灑脫。乃出泌為江西判官，且遙飭少遊好生看待，毋得簡慢！

泌已南下，載益專橫，同平章事王縉，朋比為奸，貪風大熾。載有丈人從宣州來，向載求官，載遣往河北，但給一書。丈人不悅，行至幽州，發書展視，並無一言，只署著元載兩字，丈人進退兩難，不得已試謁判官。哪知判官接閱載書，很是起敬，立白節度使延為上客，留宴數日，贈絹千匹，丈人已得了一注小財，樂得滿載而歸。這還因丈人不足任事，所以載如此處置，若稍有才能，一經載代為援引，無不立躋顯宦。王縉威勢，亦幾與相同。載妻子及縉弟妹，皆倚勢納賂。載有主書卓英倩，性尤貪狡，得載歡心，所以干祿求榮的士子，往往買囑英倩，求他引進。英倩竟得坐擁巨資，稱富家翁。成都司錄李少良，上書詆載，載即諷令臺官奏劾少良，召入杖斃，連少良友人韋頌，及殿中侍御史陸珽，一併坐罪處死。代宗被他脅制，很是懊悵，乃獨下手敕，召浙西觀察使李棲筠入朝，命為御史大夫。棲筠剛正不阿，受職後，即糾彈吏部侍郎徐浩薛邕，及京兆尹杜濟虛，欺君罔上，黷貨賣官。代宗令禮部侍郎於劭復按，劭頗加袒護，復奏時多涉模糊，復經棲筠劾他同黨，遂貶浩為明州別駕，邕為歙州刺史，濟虛為杭州刺史，劭為桂州長史。這四人統是元載黨羽，一旦黜退，不少瞻徇，明明是抑奪載權。載尚未知改悔，且深恨棲筠，常欲將他陷害。棲筠雖特邀主知，得肅風憲，但見代宗依違少斷，元載凶狡多端，免不得憂憤交並，釀成重疾，居臺未幾，便即謝世。他原籍本是趙人，遷居汲郡，有王佐才，性喜獎善，又好聞過，歷任東南守吏，政績卓著，朝廷曾封為贊皇縣子，所以身後多稱為贊皇公。代宗屢欲召為宰輔，憚載輒止，至入任御史，不久即歿，代宗方加倚畀，偏偏天不假年，因此天顏震悼，特追贈吏部尚書，予諡文獻。子吉甫後相憲宗，下文自有表見。

單說代宗因棲筠去世，失一臂助，急切裡無從除載，只好再行含忍。中經幽州不靖，魏博發難，汴宋軍又復作亂。迭經彌縫挽救，稍稍就緒（因欲敘元載始末，故將各鎮事，渾括數語，待後再詳）。不幸貴妃獨孤氏，得病身亡。妃以色見幸，居常專夜，至此香銷玉殞，教代宗如何不悲？當下在內殿殯靈，按時營奠，追封皇后，諡為貞懿。好容易過了一二年，方覺悲懷漸減，專心國事。

元載王縉，已驕橫得了不得，代宗實忍耐不住，四顧左右，無可與謀，只有左金吾大將軍吳湊，系代宗生母章敬皇后胞弟，誼關懿戚，尚可密談。湊得操兵柄，力任除奸，乃與代宗謀定後行。大曆十二年間三月，有人密告載縉夜醮，謀為不軌，當由代宗御延英殿，命吳湊率領禁兵，收捕載縉，囚繫政事堂，且拘逮親吏諸子下獄。隨令吏部尚書劉晏，御史大夫李涵，散騎常侍蕭聽，禮部侍郎常袞等，公同訊鞫，所有問案，多出禁中。載與縉無可抵賴，悉數供認。左衛將軍知內侍省事董秀，得載平日厚賂，素作內援，到此才被發覺，即日杖斃，賜載自盡，令刑官監視。載顧語刑官，願求速死。刑官冷笑道：「相公入秉國鈞，差不多要二十年，威福也算行盡了，今日天網恢恢，親受報應，若少許受些汙辱，亦屬何妨。」讀此令人一快。乃脫下穢襪，塞住載口，然後慢慢的將他搤死。載妻王氏，系前河西節度王忠嗣女，驕侈悍戾，子伯和仲武季能，無一賢能，伯和官參軍，仲武官員外郎，季能官校書郎，怙勢作惡，貪冒肆淫，都中闢南北二第，廣羅妓妾，盛蓄倡優，聲色玩好，無乎不備。及載既伏誅，妻子等一併正法，家產籍沒，財帛萬計。即如胡椒一物，且多至八百石，俱分賜中書門下臺省各官。貪財何益。

王縉本應賜死，劉晏謂法有首從，宜別等差，乃止貶為括州刺史。吏部侍郎楊炎，諫議大夫韓洄包佶，起居舍人韓會等，俱坐載黨貶官。唯卓英倩等搒死杖下，英倩弟英璘，家居金州，橫行鄉里，聞乃兄受誅，糾眾作亂。金州刺史孫道平，調兵征討，一鼓擒滅。代宗餘恨未平，復遣中使發元載祖墳，祖父以下，皆斫棺棄屍，毀家廟，焚木主，才算罷休。這也未免過甚。乃令國子監祭酒楊綰，及禮部侍郎常袞，同平章事。綰入相不過旬月，即染痼疾，上疏辭職。代宗不許，命就中書省療治，召對時飭人扶持，所有時弊，概付釐剔，可惜享年不永，齎志以終。代宗很是痛悼，且語群臣道：「天不欲朕致太平，乃速奪我楊綰麼？」既知綰賢，何不早用。遂詔贈司徒，賻絹千匹，賜謚文簡。綰華陰人，居家孝謹，立身廉儉，當敕令入相時，朝野稱慶。御史中丞崔寬，方築華堂大廈，遽令拆毀，京兆尹黎幹，裁減騶從，就是汾陽王郭子儀，在署宴客，亦減去聲樂五分之四。外此靡然從風，不可勝紀。時人比諸漢朝楊震，及晉朝山濤謝安，這真好算是救時良相了。善善從長。常袞雖與綰並相，才識遠不及綰，代宗召還李泌，意欲令他輔政，偏為袞所齮齕，仍出泌為澧州刺史，唯與綰薦引顏真卿，仍復原官，還與眾望相孚，這且慢表。

且說代宗季年，方鎮寖盛，河北四鎮，統系安史舊將，據有遺眾，逐漸鴟張。河北四鎮（見五十八回），盧龍節度使李懷仙，性情暴戾，為幽州兵馬使朱希彩所殺，自稱留後，代宗專務羈縻，仍任希彩為節度使。希彩部下，又是不服，復將希彩殺死，改推經略副使朱泚為帥。代宗又把節度使的重任，授給朱泚。應上幽州不靖句。相衛節度使薛嵩病死，子名平，年甫十二，將士推他襲職。平讓與叔萼，夜奉父喪奔歸鄉里，童子卻是不凡。萼遂自稱留後。代宗亦聽他自為，且加任命。獨魏博節度使田承嗣，跋扈得很，公然為安史父子立祠，號為四聖，並上表求為宰相。代宗遣使慰諭，諷令毀祠，竟授他同平章事。既而復遣愛女永樂公主，下嫁承嗣子華，承嗣益加驕恣，密誘相衛兵馬使裴志清，逐去留後薛萼，率眾歸承嗣，承嗣即引兵襲取相州。代宗下敕禁止，承嗣拒命不受，反進陷洺衛二州，成德節度使李寶臣，平盧節度使李正己，素為承嗣所輕，遂各上表請討承嗣，適盧龍節度使朱泚入朝，留弟滔鎮守，請命為留後，即由滔助討魏博，代宗一一准請，詔貶承嗣為永州刺史，命諸道兵四路進征，於是李寶臣朱滔，與河東節度使薛兼訓，攻承嗣北方，李正己與淮西節度使李忠臣，攻承嗣南方，承嗣雖然強悍，究竟寡不敵眾，部下各懷疑懼，漸生異心，裨將霍榮國，與降將裴志清，先後叛去。從子田悅，出攻陳留，大敗而還，驍將盧子期，出攻磁州，被李寶臣等擒送京師，梟首斃命。

承嗣惶急萬狀，乃想出一條反間計，差一辯士，齎了魏博的冊籍，往說李正己道：「承嗣年逾八十，死期將至，諸子不肖，姪悅亦是庸才，今日所有，無非為公代守，何足辱公師旅呢，敢乞明察。」正己聞言大喜，乃按兵不進。一個中計了。李寶臣擒得盧子期，獻俘京師，代宗令中使馬承倩，齎敕褒功。寶臣只遺承倩百縑，承倩擲出道中，詬詈而去。閹人可殺。寶臣未免慚忿，兵馬使王武俊遂進言道：「今公方立功，奄豎輩尚敢如此，他日寇平，召公入闕，恐為匹夫且不可得，不如釋去承嗣，尚足使朝廷倚重，免為人奴。」寶臣聽了，也引兵漸退，承嗣計上加計，特遣人至范陽境內，密埋一石，石文上鐫有二語云：「二帝同功勢萬全，將田為侶入幽燕。」石已埋好，又囑術士往說寶臣，言范陽有天子氣。范陽本寶臣鄉里，驟聞此語，當然心喜，即引術士赴范陽，覘氣所在。術士至寶臣裡中，掘出瘞石，取示寶臣。寶臣見了石文，若難索解，可巧承嗣貽書，約與寶臣連和，共取范陽。寶臣以為適合符讖，復稱如約，利令智昏。遂先率兵趨范陽。范陽系朱滔屬境，滔因兩路退兵，也還軍瓦橋，不防寶臣掩殺過來，倉猝接仗，竟致敗績，微服走脫，忙令雄武軍使劉坪，往守范陽。寶臣聞范陽有備，不敢徑進，但促承嗣合兵往攻。承嗣卻還書道：「河內有警，不暇從公，石上讖文，實由我與公為戲，幸勿加責。」又是一個中計，覆書更是厲害。看官試想！寶臣得了此書，能不慚恨交並麼？當下令部將張孝忠為易州刺史，屯兵七千，防備承嗣，自己收兵還鎮。承嗣卻上表謝罪，自請入朝，李正已也為代請，代宗樂得從寬，頒詔特赦，准與家屬入覲。

偏汴宋軍都虞侯李靈曜，勾通承嗣，擅殺兵馬使孟鑑，詔令靈曜為濮州刺史，靈曜不受，又由中使持敕宣慰，擢為汴宋留後。他才算對使拜命，但從此藐視朝廷，所有境內八州守吏，一律撤換，悉用私人。代宗至此，方命淮西節度使李忠臣，永平節度使李勉，河陽三城使馬燧，淮南節度使陳少遊，平盧節度使李正己，同討靈曜。李忠臣馬燧，軍至鄭州，靈曜率兵掩至，李忠臣不及防備，麾下駭奔，忠臣亦走，馬燧獨力難支，也即退軍。忠臣檢點軍士，十亡五六，便欲還鎮。燧極力勸阻，決計再進。忠臣乃招還散卒，數日皆集，軍容復振。陳少遊前軍亦到，彼此會合，與靈曜大戰汴州。靈曜敗入城中，登陴固守。忠臣等乃就勢圍住，田承嗣遣從子悅援汴，殺敗永平成德軍，直薄汴州，就在城北立營。李忠臣夜遣裨將李重倩，帶著銳騎數百，突入悅壘，縱橫衝蕩，斬敵數十人。悅猝不及防，正擬糾眾兜圍，不意鼓聲大震，燧與忠臣，兩路殺到，悅料不能敵，麾眾急走。此時夜深月黑，馬倦人疲，大眾逃命不暇，害得自相踐踏，枕籍道旁。再經河陽淮西兩軍，一陣驅殺，十成中喪了七八成，剩得幾個命不該死的士卒，隨悅遁去。燧與忠臣再行圍城，靈曜開門夜遁，汴州告平。永平將杜如江，追及韋城，擒住靈曜，獻與李勉，勉即將靈曜械送京師，正法了事。唯承嗣並未入朝，且助靈曜，怙惡日甚，不容不討。代宗又下敕調兵，那承嗣復表陳悔罪，這位柔弱無剛的代宗，竟遵著既往不咎的古訓，一體赦免，且賜還承嗣官爵，令他不必入朝。看官！你想可嘆不可嘆呢？縱容如此，怎能致治。

李忠臣李寶臣李正己等，見承嗣悖逆不臣，尚且遇赦，何況為國立功，理應坐享富貴。凡從前李靈曜所轄屬地，多由各鎮分派，據為己有，李正己得地最多，占得曹濮徐兗鄆五州，自己徙治鄆城，留子納守青州。代宗事事依從，即授納為青州刺史。李寶臣（就是張忠志，賜姓為李，見前文）

至是仍請複姓為張，亦邀俞允。田承嗣反覆無常，自兩次赦罪，總算平靜了兩年，到代宗末年（即大曆十四年），正月，老病侵尋，因致斃命。他有子十一人，皆不及悅，承嗣臨危時，特令悅知軍事，諸子為副。悅奏述詳情，代宗即命悅為留後，且追贈承嗣為太保。教猱升木。李忠臣討平靈曜，自恃功高，貪暴恣肆，更有一種極端的壞處，他見將士妻女，稍有姿色，必誘令入內，逼受淫汙。妹夫張惠光由忠臣授為副使，更加暴橫，惠光子亦得為裨貳，父子狼狽為奸，大失士心。忠臣族子李希烈，從戰河北，所向有功，平時又略行小惠，籠絡士卒，士卒遂相率悅服。牙將丁曇賈子華等，乘隙發難，殺死惠光父子，又欲並害忠臣。希烈本與同謀，因顧念族誼，乞全忠臣性命。忠臣得單騎走脫，奔入京都。曇與子華，遂擁戴希烈，上表請命。代宗尚寵遇忠臣，命他留京，授為檢校司空，同平章事，一面任希烈為留後。總計唐室藩鎮，日盛一日，禍端統起自肅代二宗。平盧節度使侯希逸，由軍士擁立，肅宗未能討伐，反從所請，作了第一次的規例。已見前回，此處更為提明，呼醒不少。代宗不知幹蠱，復將乃父做錯的事情，奉為衣缽，所以錯上加錯，釀成大亂。就中唯涇原節度使馬璘，鳳翔秦隴澤潞節度使李抱玉，滑亳節度使令狐彰；（彰本史思明舊將，自拔歸朝，得拜方鎮），昭義節度使李承昭，治軍有法，奉命唯謹，可惜先後病逝，徒貽令名。外此如久鎮永平的李勉，繼鎮涇原的段秀實，留鎮澤潞的李抱真（抱玉弟），及後來調鎮河東的馬燧，耿耿孤忠，可任大事，下文當依次表明。最有才德的莫如郭子儀，但他已都統河南道節度行營，資望勛業，迥異尋常，恭順卻比人加倍，這乃唐朝第一名臣，原是絕無僅有呢。再括數語，涵蓋一切。大曆十四年五月，代宗不豫，詔令太子適監國，是夕代宗即崩，享年五十三歲。統計代宗在位十七年，改元三次，遺詔召郭子儀入京，攝行塚宰事。太子適即位太極殿，是為德宗。小子有詩詠代宗道：

國柄何堪屢下移，屏藩一潰失綱維；
從知王道無偏倚，數政剛柔貴合宜。

欲知德宗初政，且看下回分解。

李輔國也，程元振也，魚朝恩也，三人皆宮掖閹奴，恃寵橫行，原為小人常態，不足深責。元載以言官入相，乃亦專權怙惡，任所欲為，書所謂位不期驕，祿不期侈者，於載見之矣。但觀其受捕之時，不過費一元舅吳湊之力，而即帖然就戮，毫無變端，是載固無拳無勇之流，捽而去之，易如反手，代宗胡必遷延畏沮，歷久始發乎？夫不能除一元載，更何論河北諸帥。田承嗣再叛再服，幾視代宗如嬰兒，而代宗卒縱容之。李寶臣李忠臣李正己等，因之跋扈，而藩鎮之禍，坐是釀成，迭衰迭盛，以底於亡，可勝慨哉！本回但依次敘述，而代宗優柔不振之弊，已躍然紙上。

第六十二回　貶忠州劉晏冤死　守臨洺張伾得援

卻說德宗即位，黜陟一新，尊郭子儀為尚父，加職太尉，兼中書令，封朱泚為遂寧王，兼同平章事。兩人位兼將相，實皆不預朝政。獨常袞居政事堂，每遇奏請，往往代二人署名，中書舍人崔祐甫，與袞屢有爭言，從前朱泚獻貓鼠同乳，稱為瑞徵，袞即率百官入賀，祐甫獨力駁道：「物反常為妖，貓本捕鼠，與鼠同乳，確是反常，應目為妖，何得稱賀？」袞引為慚憤，有排崔意。及德宗嗣統，會議喪服，祐甫謂宜遵遺詔，臣民三日釋服。袞以為民可三日，群臣應服二十七日乃除。兩下爭論多時，袞遂奏祐甫率情變禮，請加貶斥，署名連及郭朱二人。德宗乃黜祐甫為河南少尹。既而子儀與泚，表稱祐甫無罪，德宗怪他自相矛盾，召問隱情。二人俱說前奏未曾列名，乃是常袞私署。德宗因疑袞為欺罔，貶為潮州刺史，便令祐甫代相，特別專任，真個是言聽計從，視作良弼。且詔罷四方貢獻，所有梨園舊徒，概隸入太常，不必另外供奉，天下毋得奏祥瑞；縱馴象，出宮女，民有冤滯，得撾登聞鼓，及詣請三司使復訊，中外大悅，喁喁望治。詔敕頒到淄青，軍士都投戈顧語道：「明天子出了，我輩尚敢自大麼？」李正己兼轄淄青，也不由不畏懼起來，願獻錢三十萬緡。德宗因辭受兩難，頗費躊躇，特與崔祐甫商議處置方法。祐甫請遣使宣慰淄青將士，就把這三十萬錢，作為賞賜。此計固佳，但中知者即能計及，而德宗尚未能想到，其才可知。德宗滿口稱善，即令照行。果然正己接詔，特別愧服。至德宗生日，四方貢獻，一概卻還，正己復獻縑三萬匹，田悅也照正己辦法，縑數從同。德宗歸入度支，充作租賦，凡度支出納事宜，命吏部尚書劉晏兼轄，且授晏為左僕射。

晏本與戶部侍郎韓滉，分掌全國財賦，滉太苛刻，為時論所不容，德宗乃徙滉為晉州刺史，專任晏司度支事。晏有材力，多機智，變通有無，曲盡微妙，歷任轉運鹽鐵租庸等使，上不妨國，下不病民，嘗謂理財以養民為先，戶口滋多，賦稅自廣，所以諸道各置知院官，每歷旬日，必令詳報雨雪豐歉各狀，豐即貴糴，歉乃賤糶。或將貯谷易貨，供給官用。如遇大歉，不待州縣申請，即奏請蠲租賑饑，由是戶口蕃息，庚癸無呼。又嘗作常平鹽法，撤除界限，裁省宂官，但就產鹽區置官收鹽，令商購運，一稅以外，不問所之，有幾處地僻乏鹽，由官輸運，有幾時鹽絕商貴，亦由官接濟，官得餘利，民不乏鹽。榷鹽法莫善於此，後世奈何不行？最關緊要的是革去胥吏，專用士人，他以為胥吏好利，士人好名，無論瑣細事件，必委士人辦理，因此釐清宿弊，涓滴歸公。近來士人，亦專鶩利，恐劉晏良法，亦無如何。唐自安史亂起，連歲用兵，餉糈浩繁，人民耗敝，虧得朝廷用了劉晏，得以酌盈劑虛，不慮睏乏。晏又自奉節儉，室無媵婢，平居辦事甚勤，遇有大小案牘，立即裁決，絕不稽留，後世推為治事能臣，理財妙手。名不虛傳。唯任職既久，權傾宰相，要官華使，多出晏門，免不得媢怨交乘，譭謗並至。

崔祐甫又薦引楊炎為相，炎與晏本不相能，元載伏誅，炎嘗坐貶，當時曾由晏定讞（見前回）。及炎入任同平章事，挾嫌懷恨，日思報復，他見晏以理財得寵，遂就財政上想出兩大計劃，入試德宗。第一著是請將天下財帛，悉貯左藏，這事本是唐朝舊例，肅宗初年，第五琦為度支使，因京師豪將，取求無度，琦不勝供應，乃奏請貯入內庫，免得自己為難。天子何暇守財，當然委任內監，內監有幾個清廉，當然做了蠹蟲，乘機中飽。閹宦據為利藪，戶部無從詳查。炎仍請移出外庫，掃清年來的積弊，不但中外視作嘉謨，就是德宗亦嘆為至計。第二著是請創行兩稅法，唐初國賦，分租庸調三項，有田乃有租，有身乃有庸，有戶乃有調。玄宗末年，版籍損壞，諸多失實，炎請量出制入，酌定賦額，戶無主客，以現居為簿，人無丁中，十六為中，十二為丁。以貧富為差，行商稅三十之一，居民照章納稅，兩次分收，夏不得過六月，秋不得過十一月，所有租庸雜徭，悉數裁併，但就上年墾田成數，均畝收稅，於是民皆土著，確實不虛，這便叫做兩稅法。兩稅之法，利弊參半，陸宣公嘗痛論之，但後世嘗奉為成制，無非以簡易可行耳。德宗依次施行，第一法是叱嗟可辦，就在大曆十四年冬季移交，第二法須勞費手續，特在德宗紀元建中，鄭重頒詔，且預戒官吏，不得逾額妄索，多取一錢，便是枉法，民間頗稱便利，情願遵行。楊炎既得主心，遂復進一步用計，上言：「尚書省為國政大本，任職宜專，不應兼及諸使。」於是把劉晏所兼各使職權，盡行撤銷。炎以為步步得手，索性單刀直入，徑攻劉晏。當德宗為太子時，代宗嘗寵獨孤妃，妃生子迥，曾封韓王，宦官劉清潭等，密請立妃為後，且屢言迥有異徵，為搖動東宮計。事尚未成，獨孤已逝，乃將此議擱置，但德宗已吃了一大虛驚。炎欲扳倒劉晏，竟入內殿密謁德宗，叩首流涕道：「陛下賴宗社神靈，得免賊臣讒間，否則內侍早有奸謀，劉晏實為主使，今陛下已經正位，晏尚儼然立朝，臣不能不指出正凶，乞請嚴究。」德宗本已忘懷，突被楊炎提及，不覺忿氣填胸，立欲逮晏下獄，還是崔祐甫從旁勸解，謂：「事涉曖昧，不應輕信，且朝廷已經施赦，更無追究既往。」朱泚等亦上表營解，德宗始終不懌，竟坐晏他罪，貶為忠州刺史。哪知楊炎尚未肯罷休，定欲置晏死地，特擢私黨庾准為荊南節度使，囑令除晏。准即奏晏怨望，並附晏與朱泚書，作為證據。炎又請德宗速正明刑，時首相崔祐甫已歿，營救無人，德宗竟不問虛實，密遣中使馳至忠州，將晏縊死，然後下詔賜令自盡，家屬悉徙嶺表，連坐至數十人，中外交口稱冤。唯炎得心滿意足，不留餘恨了。

晏未死以前，尚有涇州別駕劉文喜，據州作亂，也是楊炎一人釀成。炎奉元載為祖師，載生前欲城原州，控御吐蕃，事不果行，炎擬行載遺策，先牒涇原節度使段秀實，籌備工作。秀實答炎書道：「安邊卻敵，應從緩計，況農事方作，尤不可遽興土功。」炎得書甚怒，召秀實為司農卿，遣河中尹李懷光，督造新城。懷光素來嚴刻，涇原軍士，聞名生畏，各有異言。別駕劉文喜，趁勢糾眾，反抗朝廷，先上了一道表文，只說是請還原官，萬一段難再來，應簡朱泚為帥。至德宗用朱代李，文喜又不受詔，欲效河北諸鎮故例，自為節度使，乃下詔令朱泚李懷光，發兵討文喜，文喜向吐蕃乞援，吐蕃不肯發兵，一城斗大，禁不起兩軍圍攻，困守了好幾旬，城中內亂，涇州副將劉海賓，殺斃文喜，獻首乞降，涇原始平。但原州城終因此罷工。德宗既得文喜首，懸示京師，適李正己遣參佐入朝，由德宗令視逆首，有示戒意。參佐歸白正己，正己很是不安。嗣聞劉晏被殺，乃上表問晏罪狀，語帶譏訕。德宗不報，獨楊炎不免心虛，密遣私人分詣諸鎮，自為辯白，只說殺晏由主上獨裁，於己無與。此次恰弄巧成拙了。正己乃復上表，竟指斥德宗不明，有「誅晏太暴，不諮宰輔」二語。德宗覽表起疑，也令中使往問正己。正己說是由炎傳言。中使返報德宗，德宗因不悅炎，別選了一個著名奸臣，來與共相。這人為誰？就是盧弈子盧杞，盧弈為安祿山所害，大節炳然（見前文）。子杞貌醜，面色如藍，居常惡衣菲食，似有乃祖盧懷慎遺風，其實是釣名沽譽，不近人情。起初以父蔭得官，累任至虢州刺史，嘗奏稱州中有官豕三千，足為民患。德宗令轉徙沙苑，杞復上言：「沙苑地在同州，也是陛下子民，何分彼此，不如宰食為便。」德宗讚美道：「杞守虢州，憂及他方，真宰相才哩。」已受欺了。遂以豕賜貧民，召杞為御史中丞。尋因與炎有嫌，竟擢為門下侍郎，同平章事。炎謂杞不學，羞與同列。你亦何嘗有學？杞亦知上意嫉炎，樂得投阱下石，從此炎趨入危境，也要身命不保了。天道好還。

忽有一老婦自稱太后，由中使迎入上陽宮，奉養起來（突接入偽太后事，筆法從盲左脫胎）。老婦實高力士養女，並非真正帝母，她年輕時，曾入侍宮掖，與德宗生母沈氏，時常會面，年貌亦頗相似。沈氏時嘗削脯哺帝，致傷左指，高女亦嘗剖瓜傷指，因此兩人形跡，幾乎相同。沈氏陷沒東都，久無下落（前文亦曾敘及）。德宗即位，遙上尊號，奉冊唏噓，中書舍人高彥，謂帝母存亡未卜，今既冊為太后，應再四處訪求。德宗乃令胞弟睦王述（代宗第三子）。為奉迎使，工部尚書喬琳為副，諸沈四人為判官，分行天下，訪求太后。高力士養女，正嫠居東京，能詳述宮禁中事，時人疑即沈太后，報知朝使。朝使不能確認，特請派宦官宮女，同往驗視。女官李真一，夙居宮中，嘗隨沈太后左右，至是奉派至東京，見了高女，酷肖太后，也不禁以假為真，當下逐節盤問，高女縷述無訛，唯詰她是否太后，她卻言語支吾，未曾認實。宦官等貪功希寵，竟強迎至上陽宮，令她居住，一面報達德宗，竟欲指鹿為馬。德宗即發宮女齎奉御物，入宮供奉，這時候的高氏女，也有些心動起來，竟儼以太后自認。張冠李戴，哄傳都下，德宗大喜，百官聯翩入賀，獨力士養子承悅，洞悉本原，恐將來一經察覺，禍及全家，乃入陳情實，請加覆核。德宗乃命力士養孫樊景超，再往驗視。景超與高女相見，當然認識，便語高女道：「太后豈可冒充？姑母乃膽敢出此，誠不可解，莫非自求速死，乃置身俎上麼？」高女尚踟躕不答。景超即大聲道：「有詔下來！高女偽充太后，令即解京問罪。」高女聽到此語，方覺股慄，戰聲答道：「我為人所強，原非出自本意。」是何情事？乃可聽人作主，女流無識，可嘆可憫。景超即日返京，據實陳明，並請處罪。德宗語左右道：「朕寧受百欺，求得一真，倘因高氏女得罪，無人敢言，豈不是大違初意麼？」乃只命將高女放還，不再究罪。既而太后終無音耗，乃追謚為睿真皇后，奉褘衣祔葬元陵。元陵是代宗墳塋，距代宗崩時，七月即葬，追贈太后高祖琳為司徒，曾祖士衡為太保，祖介福為太傅，父易直為太師，易直弟易良為司空，易直子震為太尉，特立五廟，虔奉祭祀。立長子誦為太子，冊誦母王氏為淑妃。

德宗素不信陰陽鬼神，所以送死養生，多循禮法。獨術士桑道茂，以占驗得幸，待詔翰苑。德宗召入，與論將來禍福，道茂答道：「此後三年，都中恐有大變，陛下難免虛驚。臣望奉天有天子氣，請陛下亟飭伕役修繕，增高垣堞，以防不測。」德宗乃敕京兆尹嚴郢，發眾數千，並神策兵千人，往築奉天城。時方盛夏，驟興大工，群臣都莫名其妙。神策都將李晟，系洮州名將，身長六尺，力敵萬人，歷從王忠嗣李抱玉馬璘麾下，御夷有功，因召入主神策軍，德宗初立，吐蕃南詔入寇劍南，適西川節度使崔寧入朝，留京未還。晟奉命出征，斬虜首萬級，虜皆遁去，乃奏凱還朝（晟為唐室功臣，故開手敘及，亦較從詳重）。覆命後，奉敕調軍築城，也暗暗驚異。巧值桑道茂入謁，因邀令坐談，道茂敘及奉天築城事，且言：「禍變不遠，為皇上計，不得不爾。」晟似信非信。道茂忽離座下跪，向晟再拜，晟慌忙答禮，扶他起來。道茂堅不肯起，泣誡晟道：「公將來建功立業，貴盛無比，唯道茂微命，懸在公手，只得求公開恩，預示赦宥。」晟聞言大驚，還疑道茂有什麼異圖，便答道：「足下並無罪戾，就使有罪，晟亦何能援手？」道茂道：「今日無罪，罪在他日。」說至此，即從懷中取出一紙，自署姓名，右文寫著「為賊逼脅」四字，求晟加判。晟閱畢，茫無頭緒，即笑問道：「欲我如何判法？」道茂道：「請公判入『赦罪免死』一語，便不啻再生父母了。」晟見道茂跪求，又向來未見逆跡，似不妨勉從所請，乃提筆照書，交還道茂。道茂又出縑丈許，願易晟衣，晟越覺驚訝，詰問緣由。道茂道：「公雖下判，但事無左證，仍涉空虛，敢請公許易一衣，並賜題襟上。書明『他日為信』四字，方可始終作證，勾免微命。」愈出愈奇。晟至此，更不禁躊躇起來。道茂又道：「此事與公無損，於道茂卻大有益處。道茂粗識未來，因敢乞請，願公勿疑！」晟乃取衣題襟，給與道茂。道茂拜謝畢，方才起身，告別而去（事出《道茂本傳》，確鑿有據）。看官欲知道茂所言，究竟有無實驗？說來很是話長，須要從頭至尾，一一敘明。

建中二年，成德節度使李寶臣病死，寶臣本已複姓為張，嗣憚德宗威名，又願賜姓為李。有子唯嶽，性暗質弱，寶臣為世襲計，恐群下不服唯嶽，殺死驍將辛忠義等二十餘人，後且求長生術，誤飲毒液，即致病暗，三日遂死。孔目官胡震，家僮王他奴，勸唯嶽匿喪，詐為寶臣表文，請令唯嶽襲位，德宗不許。唯嶽自稱留後，為父發喪，又使將佐聯名上奏，推戴自己，德宗又不許。魏博節度使田悅，與寶臣友善，悅得繼襲，寶臣曾為申請，至是悅念前恩，也為唯嶽代請襲爵，偏德宗仍然不許。悅遂邀同李正己，為唯嶽援，共謀勒兵拒命。為了三不許，激出三鎮叛亂來了。魏博節度副使田庭玠，與悅同宗，勸悅謹事朝廷，自保家族，悅不以為然。庭玠憂死，成德判官邵真，泣諫唯嶽。請執魏青二鎮使人，解送京師，自請討逆。且謂照此辦法，朝廷庶嘉獎忠誠，必授旌節。

唯嶽頗為所動，令真草表，偏為胡震等所阻，事不果行。唯岳母舅谷從政，前為定州刺史，頗有膽識，因為寶臣所忌，杜門不出。及聞唯嶽謀叛，獨入勸唯嶽，反覆指陳。怎奈唯嶽已誤信僉言，先入為主，任你如何開導，只是不信，且反加忌。從政知難挽回，怏怏還家，忽來了王他奴，監督起居，他不覺憂憤交迫，服毒自盡。臨危時，語他奴道：「我豈怕死。惜張氏從此族滅了。」於是唯嶽敦促魏青二鎮，即日發兵。李正己出萬人屯曹州，田悅令兵馬使康愔率兵八千人圍邢州，自率兵數萬圍臨洺，又聯結梁崇義，約為援應。崇義為山南東道節度留後，勢力不及河北諸鎮，平時奉事朝廷，禮數最恭。代宗晚年，已升任節度使，德宗復加授同平章事，賜他鐵券，封蔭妻孥。哪知崇義為友忘君，竟聽信田悅，一同發難。該死得很。淮西軍已改名淮寧，任李希烈為節度使，德宗聞崇義逆命，即命希烈就近進討，別命永平節度使李勉，都統汴宋滑亳河陽各道行營，防禦田悅李正己等叛軍。同平章事楊炎進諫道：「希烈系忠臣族子，狠戾無親，無功時尚倔強不法，倘得平崇義，將來如何控制呢？」德宗不聽，且加封希烈為南平郡王，兼漢南漢北兵馬招討使。希烈慷慨誓師，得眾三萬，用荊南牙將梁崇義為先鋒，出發淮西，途次延宕不進。德宗曾聞他踴躍出兵，乃至中途逗撓，似屬前勇後怯，令人生疑。盧杞乘間進言道：「希烈遷延不進，恐為楊炎一人所致，炎曾奏阻希烈，料必為希烈所聞，陛下何愛一炎，致隳大功，臣意不若暫罷炎相，俟亂平後，再任為相，亦屬何妨。」好言最易動聽。德宗乃徙炎為左僕射，罷知政事。其實希烈停留，無非為天雨泥濘，不便進行，並非單為著楊炎一人呢。及天已開霽，希烈督軍復進，德宗還以為幸用杞言，因得希烈效力，眼巴巴的望他成功，不意江淮未報捷音，邢洺連番告急。澤潞留後李抱真，也上書請速救邢洺，德宗即授抱真為昭義節度使，令與河東節度使馬燧，統兵往援。再遣神策都將李晟，率師出都，會同兩鎮兵馬，共討田悅。悅圍攻臨洺，累月未拔，城中糧食且盡，士卒多死，守將張伾，飾愛女出見將士，且令下拜，一面宣諭道：「諸軍戰守甚苦，伾家無他物，請鬻此女，為將士一日費用。」說至此，語帶嗚咽，眾且感且泣道：「願盡死力，不敢言賞。」伾乃令女入內，率軍抵禦，晝夜不懈，把一座糧竭兵虛的危城，兀自守住。可巧馬燧李抱真，合兵八萬，東下壺關，擊破田悅支軍。悅遣將楊朝光率五千騎立柵邯鄲，阻住馬李兩軍，再令李唯嶽出兵五千，幫助朝光，馬燧率軍攻柵，縱火延燒，柵用木穿成，遇火立燃，朝光撲救不及，還惡狠狠的與燧軍搏戰，結果是煙昏目暗，一個失手，好頭顱被人斫去，麾下五千騎，非死即傷。李唯嶽軍，也多斃命，只剩得幾個焦頭爛額，逃了回去。燧乘勝至臨洺，抱真繼進，李晟亦到，三路大軍，夾擊田悅，悅悉眾力戰，奮鬥至百餘合，終被燧等殺得大敗，狼狽奔回。邢州兵亦解圍遁去。悅即遣使分討救兵，適值李正己病死，子納擅領軍務，乃發淄青兵援悅。李唯嶽亦發成德軍為援，悅收合散卒得二萬人，駐紮洹水。淄青兵在東，成德兵在西，首尾相應，氣焰復振。燧等進屯鄴郡，恐兵力不足，奏調河陽軍自助，詔令新任河陽節度使李艽，率兵往會，與田悅等相持，勝負尚未判定，那李希烈已大破崇義，進拔襄陽了。

自希烈沿漢進行，調集各道兵馬，到了蠻水，遇著崇義裨將翟暉杜少誠，一戰即勝，追至疏口。翟杜兩將，計窮力蹙，解甲請降。希烈即令二將馳入襄陽，慰諭軍民，自率大軍隨進。崇義尚欲閉城拒守，可奈軍心已變，開門爭出，不可禁止，眼見得希烈各軍，紛紛入城，崇義無法可施，只得挈了妻孥，投井同盡。至希烈入城，撈出屍身，梟了首級，解送京師，希烈遂據住襄陽，德宗聞襄陽已平，加希烈同平章事，另遣河中尹李承為山南東道節度使。承單騎赴鎮，希烈令居外館，脅迫百端。承誓死不屈，希烈乃大掠而去。小子有詩嘆道：

犬羊已蹶虎狼來，去禍翻教長禍胎。
為看前轅方覆轍，後車不戒令人哀。

希烈返鎮，盧杞又要構害楊炎了。究竟楊炎性命如何，容至下回再表。

楊炎入相，請移財賦貯左藏，又創作兩稅法。兩稅之創，尚有遺議，而財賦悉歸左藏出納，實為當時除弊要策，無隙可訾。乃經著書人揭出炎意，謂炎陳此二議，即為害劉晏計，此固言人所未言，而直窮小人之隱者也。自玄宗以迄肅代，若宇文融王鉷韋堅楊慎矜等，皆掊克臣，利國不足，病民有餘，唯劉晏能變通有無，交利上下，炎挾私恨，乃欲捽而去之，去之不易，乃先議財政以動主心，繼進讒言以快宿憤，貶晏死晏，計畫甚巧，不圖盧杞之復來其後也。杞乘梁崇義之叛，借刀殺炎，用計尤毒，德宗一再不悟，且寵任李希烈，以墮入杞之奸謀！曾亦思三鎮叛亂，多自乃父寵縱而成，豈尚可舉狠戾無親之李希烈，而封王拜相耶？臨洺之役，守將幸有張伾，戰將幸有馬燧諸人，而田悅始大敗而去，不然，奉天之奔，寧待朱泚哉？

第六十三回　三鎮連兵張家覆祀　四王僭號朱氏主盟

卻說楊炎罷相，用右僕射侯希逸為司空，前永平軍節度使張鎰為中書侍郎，同平章事，希逸即死，虧得早死，否則亦朱泚流亞。鎰性迂緩，徒知修飾邊幅，無宰相才。盧杞獨攬政權，決計誅炎，謂：「炎所立家廟，地臨曲江，開元時，蕭嵩欲立私祠，玄宗不許，此地實有王氣，炎有異志，因敢違背先訓，取以立廟。」這數語陳將上去，頓令德宗怒不可遏，立黜炎為崖州司馬，且遣中使押送，途中把炎縊死，並殺炎黨河南尹趙惠伯，許劉晏歸葬。報應何速？杞入相時，朝右稱為得人，唯郭子儀竊嘆道：「此人得志，吾子孫恐無遺類了。」建中二年六月，子儀疾亟，廷臣多往探視，杞亦往問疾。子儀每見賓客，姬妾多不離側，唯見杞至，悉令避去，有人問為何因？子儀道：「杞貌陋心險，若為婦人所見，必致竊笑，杞或聞知，多留一恨，我正恐子孫被害，奈何反自尋隙呢？」德宗聞子儀病篤，遣從子舒王誼，傳旨省問，子儀已不能興，但在床上叩頭謝恩，未幾即薨，年八十五。德宗震悼輟朝，詔令群臣往吊，喪費皆由官支給，追贈太師，予謚「忠武」，配饗代宗廟廷。

子儀身為上將，屢擁強兵，程元振魚朝恩等，讒謗百端，詔書一紙往征，無不就道，所以讒謗不行。魚朝恩嘗陰劚子儀父墓，子儀入朝，中外慮有變故，代宗亦慰唁再三，子儀獨涕泣道：「臣統兵日久，兵士或侵及人墓，不無失察，今先塚被毀，恐是天譴，不得專咎他人呢。」由是群疑俱釋，且深服子儀雅量。子儀嘗使人至魏州，田承嗣向西下拜，並語去使道：「我不向人屈膝，已好多年了，今當為汾陽王下拜。」及李靈曜據汴州，不問公私各物，一概截留，獨子儀物不敢近，且遣兵護送出境，所以子儀一身，關係天下安危，約二十年。校中書令考二十四次，家人多至三千人，八子七婿，均為顯官，諸孫數十，朝夕問安，子儀不能盡辨，但略略點頷罷了。相傳子儀自華州原籍，從軍塞外，因入京催趲軍餉，返至銀州，時正七夕，風砂徙暗，日暮無光，子儀不得前行，就道旁空屋中，席地留宿，正在朦朧欲睡，忽見左右皆現赤光，驚起仰視，天空中有一雲軿，冉冉而下，內坐美女，端莊華麗，迥與凡人不同。子儀即拜祝道：「今天為七月七日，想是織女降臨，願賜長壽富貴。」女囅然道：「大富貴亦壽考。」言訖，霞光復起，雲軿徐升，女尚俯視子儀，笑容可掬，直至高低遠隔，方才煙霧迷離，不可復見，果然後來俱驗，一如女言。史官稱他權傾天下，朝不加忌，功蓋一世，主不加疑，侈窮人慾，議不加貶，真是福德兼全，哀榮終始呢。故部將佐，多為名臣，子孫亦多半顯揚。這更是郭氏特色，史所罕聞。旌揚盛德，正禆兼收。子儀從子郭昕，曾為安西四鎮留後，自吐蕃陷入河隴，四鎮隔絕不通，昕與北庭節度使曹令忠，屢遣使奉表朝廷，終不得達。伊州刺史袁光庭，且累被吐蕃圍困，糧盡援窮，自焚死節，唐廷毫無所聞。至子儀歿後，僅隔一月，昕使從回紇繞道入朝，方得四鎮二庭消息。德宗封昕為武威郡王，曹令忠為寧塞郡王，賜令忠國姓，改名元忠，追贈袁光庭為工部尚書，這且不必細表。

且說田悅李納李唯嶽，聯兵拒命，與馬燧等相持未下。李納更遣將王溫等，會同魏博兵眾，共攻徐州。徐州刺史李洧，本是李納從伯父，向與納父子通同一氣。彭城令白季庚，勸洧服從朝廷，乃舉州歸國，納因此生嫌，出兵攻洧。洧遣牙將王智興告急，智興善走，五日入都，德宗令朔方大將唐朝臣，與宣武節度使劉洽，神策兵馬使曲環，滑州刺史李澄，共救徐州。唐朝臣奉詔即行，軍裝不及置辦，所有旗服，統是敝惡，宣武軍瞧著，不禁嘲笑道：「乞子也能破賊麼？」朝臣聞言，轉諭將士道：「我等出兵討逆，宜恃智勇，不恃服飾，但能先破賊營，何愁資械不足？諸君努力向前，共博功名，休使汴宋人笑我哩。」原來汴宋自靈曜亂後，添置節度使，改稱宣武，所以朝臣仍稱他為汴宋軍。朝臣既已下令，即麾眾前驅，巧值納將石隱金，率眾萬人，來援王溫，至七裡溝與朝臣相遇。朝臣用馬軍使楊朝晟計，遣朝晟帶著騎兵，潛伏山曲，自率部兵倚山列陣，靜待納軍。王溫聞援兵到來，即與魏博將崇慶，率兵往會，為夾攻計。哪知到了山西，被朝晟驅兵殺出，衝作兩橛，朝臣亦麾眾馳突，殺得溫等有退無進，有死無生。石隱金擬來援應，適宣武軍乘勢殺到，立將隱金擊退。溫與崇義，狼狽欲返，倉猝逾溝，又為朝臣等掩殺，溺斃過半。餘眾四散遁去，徐州解圍。朔方軍盡得敵械，旗服煥然一新，便語宣武軍道：「汝軍功勞，能及得乞人否？」雖是快語，卻亦未免自滿。宣武軍不勝慚赧，無詞可答。劉洽亦頗憤激，徑移師往攻濮州去了。

馬燧等屯駐漳濱，河陽節度使李芃亦至，燧命諸軍持十日糧，進屯倉口，與田悅夾水列營。抱真與芃問燧道：「糧餉不多，遽行深入，究是何因？」燧答道：「我無非為速戰起見，試想魏博三鎮，連兵不動，意欲坐老我師，可以不戰屈人，我若分軍擊其左右，悅必往救，我反腹背受敵，戰必不利，今特進軍攻悅，搗他中堅，這就是攻其必救的兵法。悅若出戰，保為諸公破敵哩。」乃命軍士就水造橋，成了三座，每日分兵逾橋，前往挑戰。悅只堅壁不出，燧令諸軍夜半起食，潛出營門，循洹水上流，直趨魏州，只留百騎在營擊鼓，且預戒道：「賊若渡橋前來，汝等可暫時他避，俟賊已畢渡，追躡我師，汝等速毀橋梁，切切勿誤。」言已即去。待至天明，留騎懷藏火種，出營四匿，營中鼓角無聲，寂無一人。果然田悅探得消息，亟率淄青成德軍四萬餘人，渡橋踹營。但見營門虛掩，料已他去，連忙督眾前追，且乘風縱火，鼓譟而進。燧已至十里所，令軍士除去草莽，列陣待著，至悅兵追到，火熄氣衰，燧令昭義河陽軍為左翼，神策軍為右翼，自率河東兵為中軍，與悅眾接仗，悅亦分軍迎敵，戰了數十合，神策昭義河陽軍小卻，獨燧指揮河東軍，冒死突入悅陣，十蕩十決，無人敢當。李抱真李芃等，見燧勇往直前，也下令還鬥，拚命殺入。悅眾抵當不住，相率敗走，奔至三橋，橋已毀去。那燧等又追殺過來，此時欲逃無路，只好撲通撲通的俱投水中。有一半不善泅水的，都由河伯收去。還有後隊未及渡水，統被燧等殺盡。功歸馬燧，舉一眩三。悅收敗卒千餘人，還走魏州，夜走南郭，守將李長春閉城不納，擬俟官軍追至，獻城出降。偏偏待到天明，官軍不至，乃開門迎悅。悅怒殺長春，集兵拒守，怎奈城中士卒，不滿數千，陣亡將士諸家屬，號哭盈街。悅不免惶懼，乘馬佩刀，兀立府門，召軍民泣諭道：「悅自知不肖，蒙淄青成德兩父執保薦，嗣守伯父遺業，今兩父執去世，有子不得承襲，悅懷父執舊恩，不自量力，抗拒朝命，以致喪敗至此，悅再不死，何以謝我城中父老？不過悅有老母，不能自殺，願諸君持我佩刀，斷我首級，持降官軍，免得與悅同死哩。」言畢，解刀擲地，自從馬上投下。好一條苦肉計。將士爭前扶掖，各願與悅同死。悅乃與將士斷髮為誓，約為兄弟，與同休戚，一面悉發府庫，乃徵斂富家，得財百餘萬，犒賞士卒。並召貝州刺史邢曹俊，令整部伍，繕守備，鎮定眾心，士氣復振。

時李納為劉洽所逼，還守濮州，又向田悅處徵兵。悅遣軍使符璘，率三百騎送歸淄青軍。璘父令奇誡璘道：「我已老了，歷觀安史等相繼叛亂，終歸夷滅，田氏效尤，不久必亡，汝能去逆效順，使汝父揚名後世，我死亦甘心哩。」遂與嚙臂而別。璘出城，即與副使李瑤，奔降馬燧，悅收滅璘家，令奇嫚罵而死。李瑤父再春，舉博州降官軍。悅從兄田昂，也舉洺州降官軍。馬燧擬進攻魏州，向抱真營中求取攻具。抱真因前時臨洺一役，所獲軍糧，多為燧有，心下本已不平，至此又欲取他軍械，因即拒絕，且願獨當一面，與燧分軍，遷延不進。燧與抱真各有所失。河陽等軍，亦因此觀望。至燧促與同行，到了魏州城下，悅已繕兵固守，不能遽拔了。

范陽節度使朱滔，奉德宗詔敕，出討李唯嶽，先遣判官蔡雄，往說易州刺史張孝忠，勸他舉州歸唐，共圖唯嶽。孝忠本由正己遣往，令防田氏（見六十一回）。此次見田氏日危，樂得依了蔡雄，奉表唐廷。滔又代為保薦，得授檢校工部尚書，兼成德節度使。孝忠遂娶滔女為子婦，深相結納，連兵圍束鹿。束鹿守將孟祐，急向唯嶽處求救，唯嶽令兵馬使王武俊為先鋒，自督軍為後應，往救束鹿。武俊本為唯嶽所嫌，因惜他才勇，不忍遽除，至此派為前驅，武俊暗自忖道：「我若往破朱滔，唯嶽軍勢大振，我歸必被殺無疑，我何苦自尋死路呢？」及既至束鹿，與朱滔對壘，未戰先退。唯嶽後至接戰，為朱滔張孝忠所乘，殺斃將士甚多，沒奈何毀營遁還。孟祐守不住束鹿，亦開門夜遁。滔等乘勝圍深州，唯嶽憂懼，判官邵真，又勸唯嶽束身歸朝，事為孟祐所聞，密報田悅。悅遣衙官扈岌，詰責唯嶽，逼他殺死邵真，仍敦前好，否則從此絕交。唯嶽素來恇怯，更由判官畢華等，從旁慫恿，力請斬真以謝魏博，乃即引真出來，對著扈岌，把真梟首，扈岌乃去。唯嶽以武俊不肯效力，意欲並誅，會趙州守將康日知，又舉城降唐，於是益疑武俊，武俊甚懼。有為武俊入白唯嶽道：「先相公委武俊為腹心，誠因他勇冠三軍，可濟緩急，今危難交迫，尚加猜阻，將使何人卻敵呢？」唯嶽乃使步軍衛常寧，與武俊同擊趙州，又使武俊子士真，值宿府中，統兵自衛。既已縱虎出柙，還要引狼守門，怎得不死？

武俊出至恆州，語常寧道：「武俊今日，幸脫虎口，不復再返了。當北歸張尚書（指孝忠）。」常寧道：「唯嶽闇弱，將來總不免覆滅，今天子有詔，得唯嶽首，即授旌節，公為眾所服，若倒戈效順，取逆首如反掌，何必先歸張尚書呢？」武俊喜甚，即與常寧還襲唯嶽。士真開門納入，武俊即突入府門，府兵上前攔阻，被殺十餘人，當由武俊宣言道：「大夫叛逆，將士歸順，敢有異心，身誅族滅。」大眾聞言，均不敢動。唯嶽縮做一團，被武俊等牽出府廳，用帛勒斃，並收捕胡震畢華王他奴諸人，盡行斬首，然後將唯嶽首級，傳送京師。自李寶臣據成德軍，凡二世，共十九年而亡。深州刺史楊榮國，定州刺史楊正義，陸續歸降，河北略定，只有魏州未下。唐廷論功加賞，三分成德地，命張孝忠為易定滄州節度使，武俊為恆冀都團練觀察使，康日知為深趙都團練觀察使。尚有德棣二州，劃隸朱滔，令滔還鎮。

滔求深州未得，因致失望，且仍在深州駐兵，武俊以手誅唯嶽，功出張孝忠康日知上，乃僅與日知同官，並失去趙定二州，意亦不悅。田悅乘間誘朱滔，滔又乘間誘武俊，彼此定了密約，互相聯繫，反抗朝廷。前四鎮未曾蕩平，後三鎮又復連結。李納為劉洽所圍，外城被破，驚慌的了不得，乃登城見洽，泣求自新。李勉亦遣人勸降，納乃使判官房說，入朝請命。偏中使宋鳳朝，謂納勢窮蹙，必不可舍，德宗竟為所惑，將說囚住，納乃突圍出走，奔歸鄆州，後與田悅相合。會唐廷遣中使北往，征發盧龍恆冀易定等軍，往討田悅。王武俊邀執中使，送往朱滔。滔即語眾道：「將士為國立功，我嘗為奏請官階，均不見報，今欲與諸君共趨魏州，擊破馬燧，可好麼？」眾皆不答。滔問至再三，大眾卻請暫保目前，不願蹈安史覆轍。滔默然罷議，一面加撫士卒，一面查出反對的將士，殺死了數十人。康日知偵知滔謀，密報馬燧，燧轉報德宗，德宗以魏州未下，王武俊又叛，勢不能再討朱滔，乃加滔檢校司徒，進爵通義郡王，冀安反側。總不脫乃父呆氣。偏滔逆謀愈甚，竟進營趙州，威嚇日知。武俊亦遣子士真，往攻趙州。涿州刺史劉怦，與滔為姑表親，滔使知幽州留後，怦即遺書諫滔道：「司徒能自矢忠順，事無不濟，若務大樂戰，不計成敗，安史前車，可為殷鑑。」滔將來書撕碎，付諸不答，且使蔡雄往說張孝忠，願與連盟。孝忠道：「從前司徒發幽州時，曾勸孝忠歸國盡忠，孝忠性直，已從司徒教誨，不敢再生貳心。司徒今為王武俊所惑，武俊與孝忠同出夷落，素知他反覆無常，還請司徒詳察，勿為所蒙。」雄尚再四進言，惹得孝忠怒起，欲將他執送京師，雄乃逃回。滔決計叛命，即率步騎二萬五千人，出發深州。甫至東鹿，士卒忽嘩噪道：「天子令司徒歸幽州，奈何反南救田悅。」滔懼匿後帳。蔡雄與兵馬使宗頊出語士卒道：「司徒血戰取深州，無非欲多得絲纊，借寬汝曹租賦，不意國家無信，把深州給康日知，又聞朝廷有敕賜汝等每人絹十匹，乃復為河東軍奪去，所以司徒南行，為汝等索還賜物呢。」一派謊言。大眾齊聲道：「果有此事，朝命不可不遵，不如奉詔歸鎮。」雄說不下去，只好佯允道：「汝等既知奉詔，亦須各歸部伍，從容歸鎮，尊司徒，便是尊朝廷呢。」眾乃無語，越宿，滔即引兵還深州，密訪首謀，得二百餘人，悉數處斬，餘眾股慄，乃復引兵南行，如此殘暴，安望成功。進取寧晉，留待王武俊。武俊率步騎萬五千名，陷入元氏，再行北趨，與滔相會，同援田悅。

悅聞援軍將至，令康愔督兵出城，至御河旁，與馬燧戰了一仗，大敗奔還。德宗授李懷光為朔方節度使，令率朔方軍討悅，兼拒朱滔，一面進燧同平章事，爵北平郡王，且大括長安富商，接濟軍費。判度支杜佑，橫加敲迫，民不勝苦，甚至縊死。又遍查都民積粟，硬借四分之一，先後所得，才值二百萬緡，都城囂然，如被寇盜。越年改任趙贊判度支，復創行苛例兩條，一是間架稅，每屋兩架為間，上屋稅錢二千，中稅千文，下稅五百。一是除陌錢，公私給與及買賣產物，每緡須交官稅五十錢。兩法頒行，飭民不得逃稅，如有隱匿等情，杖責以外，還要加罰。可憐百姓連聲叫苦，九重無從得聞，但把那民膏民血，運至軍前，期平叛逆，偏是逆焰日熾，諸軍又不肯同心，你推我諉，歷久無功。夾敘苛稅，為下文京城失守寫照。馬燧李抱真，構怨不休，朝廷遣中使和解，終不見效。王武俊逼趙州，抱真分麾下二千人，往戍邢州。燧聞信大怒道：「叛賊未除，乃遽分兵自守，難道叫我獨戰麼？」隨即令軍士整頓歸裝，意欲西還。忠智如燧，尚難免私忿。李晟得悉情形，忙向燧勸阻道：「李尚書因邢趙連壤，所以分兵往守，今公為此一事，即引兵自去，不但前功盡棄，轉恐招受惡名。況公有志平賊，正應推誠相與，釋小怨，急公仇，奈何作丈夫態，悻悻求逞呢？」燧被晟數語提醒，不覺起座道：「公責我甚當，我願自見李尚書，剖明心跡便了。」遂單騎出營，徑詣李抱真營。抱真與燧，已多日不見，驟聞燧孑身到來，也即開營出迎，彼此各自謝過，復歸和好，乃同誓滅賊，盡歡而別。

適洺州刺史田昂入朝，燧奏以洺州隸抱真，李晟軍先隸抱真，又請兼隸馬燧，以示協和，有制一一准請。燧乃搜卒補乘，再攻魏州。會值朱滔王武俊，合軍教魏，列營愜山。李懷光軍亦來援燧，燧盛軍出迎。滔聞燧出軍，還道是前往襲擊，也出兵布陣，懷光有勇無謀，即欲掩殺過去，燧勸懷光且暫休息，俟釁乃動。懷光道：「賊陣尚未列就，正好乘機殺去，此時不可失了。」遂麾兵殺入滔陣，殺死敵軍千餘人。滔軍奔退。懷光部眾爭入滔營，搬取糧械，不防王武俊帶著勁騎，橫衝過來，把懷光軍裂作數段，懷光不及收軍，倉皇走還。滔又轉身殺來，與王武俊併力合擊，懷光大敗，馬燧部兵，被他牽動，禁遏不住，也只好還軍保壘。是夜燧與懷光，恐朱滔等復來劫營，恰也嚴加防備。到了夜半，忽有大水淹至，灌及全營，大眾驚惶得很，東攔西阻，勉強支持到天明，曙光一啟，出營四望，但見周圍一帶，已成澤國，營門內外，水深三尺許，燧至此也覺著急，暗思全營將士，帶水拖泥，已是不便，更且糧道被阻，歸路截斷，將來都作了甕中魚鱉，如何不憂？當下救命要緊，只好卑詞厚幣，向滔乞情，乃遣一辯士賫投滔營，滔正決永濟渠，淹入燧營，教他自斃，忽接到燧書，內稱河北事託公處置，燧願率兵還朝，幸開一面，後不相犯等語。滔閱畢，不禁掀髯獰笑道：「馬北平，才曉得老夫厲害麼？」馬使趁勢貢諛，說得朱滔心悅誠服，立命將渠水放還，遣歸來使。及使人回至燧營，營中已是乾燥了。燧與諸軍涉水西行，退保魏縣。王武俊見滔道：「公奈何縱虎出柙，墮人詭計？」滔不以為然。嗣經武俊諷勸兼至，乃與武俊進兵魏縣，與馬燧等隔水相持。滔復遣兵馬使承慶等往救李納，擊卻劉洽。洽亦退守濮陽，於是田悅倡議，願奉朱滔為主。滔辭謝道：「愜山一勝，全仗王大伕力，滔何敢獨居尊位？」乃由幽州判官李子千，桓冀判官鄭濡等，公同會議，仿春秋列國故例，仍奉唐朝正朔，唯各加王號。滔自稱冀王，悅稱魏王，武俊稱趙王，且推李納為齊王，列成四國。當下築壇告天，歃血為盟。滔作盟主，對眾稱孤，悅納武俊稱寡人，妻曰妃，長子曰世子，各以所治州為府，自置官屬。唐廷又令淮寧節度使李希烈，兼平盧淄青節度使，專討李納。河東節度使馬燧，兼魏博澶相節度使，朔方節度使李懷光，加授同平章事，專拒田悅朱滔等軍，李晟已進授御史大夫，兼神策行營招討使。當恆山未戰前，已自魏州北趨趙州，擊走王士真，與張孝忠合兵，北圖范陽。更謀取涿莫二州，截斷幽魏孔道，這也是釜底抽薪的計策。正是：

諸鎮連兵方肆逆，良臣冒險每圖功。

欲知各軍能否平逆，且從下回再詳。

盧杞相，子儀歿，內外乏人，而藩鎮之禍乃烈。幸尚有馬燧李晟諸將，戰勝田說，而王武俊乃出而倒戈，殺李唯嶽，傳首京師，李納乞降，田悅孤危，河北只魏州未下，澄清之象，似可立致矣。乃王武俊朱滔，有平唯嶽功，而處置失宜，致生怨望。李納遣使入朝，及從而拘禁之，代宗之誤，誤於姑息，德宗之誤，誤於好猜，四國聯盟，禍逾三鎮，唐亂寧有已時乎？觀此回而知諸鎮之迭亂，實由廟謨之失算云。

第六十四回　叱逆使顏眞卿抗節　擊叛帥段秀實盡忠

卻說李希烈籍隸遼西，性極凶狡，本來是沒甚功業，自平梁崇義後，恃功益驕，德宗反說他忠勇可恃，封王拜相，兼數鎮節度使，令討李納。希烈率部眾徙鎮許州，屯兵不進，反遣心腹李苴，陰約李納，結為唇齒，共圖汴州，佯向河南都統李勉處假道。勉知他不懷好意，陽具供帳，陰飭戒備。希烈探悉情形，竟不至汴。納卻屢遣遊兵，渡汴往迎，且絕汴餉路。勉乃改治蔡渠，鑿通運道，以便接濟。希烈又密與朱滔等通問，滔等與官軍相拒，累月未決，一切軍需，全仗田悅籌給。悅不勝供應，支絀萬分，聞希烈兵勢甚盛，乃共謀乞援，願尊希烈為帝。希烈遂自號建興王，天下都元帥。五賊株連，凶焰益盛。希烈遂遣將李克誠，襲陷汝州，執住別駕李元平。元平眇小無須，素來大言不慚，中書侍郎關播，說他有將相才，薦任汝州別駕，兼知州事，哪知他被捕至許，見了希烈，嚇得渾身亂抖，屎屎直流。希烈且笑且罵道：「盲宰相用你當我，何太看輕我哩？似你豈足汙我刃，饒了你罷！」元平連忙叩謝，首如搗蒜。希烈拂袖返入，他才爬起，由軍士替他解縛，退出帳外去了。可為慣說大話者作一榜樣。

希烈再遣將董待名等，四出抄掠，取尉氏，圍鄭州，東都大震。德宗召盧杞入商，杞答道：「四鎮不臣，又加希烈，幾乎討不勝討，不如令儒雅重臣，往宣上德，為陳順逆禍福，或可不戰而勝哩。」德宗問何人可遣，杞應聲道：「莫如顏真卿。」乃命真卿宣慰希烈。詔敕一下，舉朝失色。原來盧杞入相，專好擠排，楊炎既被他貶死，繼起為相的張鎰，本來是沒甚峭厲，偏杞又排他出外，令兼鳳翔節度使。故相李揆，老成望重，又為杞所忌，遣使吐蕃，病死道中。顏真卿入掌刑部，剛正敢言，杞獨奏改太子太師，且欲調任外職。真卿嘗語杞道：「先中丞傳首至平原（指盧奕），真卿曾舌舐面血，今相公乃忍不相容麼？」杞矍然起拜，心中卻啣恨愈深。至是假公濟私，令他出撫希烈。真卿拜命即行，馳至東都，留守鄭叔則道：「此去恐必不免，不如留待後命。」真卿慨然道：「君命難違，怎得避死？」隨即寫了家書，寄與僱頵碩兩兒，但囑他上奉家廟，下撫諸孤，此外不及他語。書已寄出，即向許州出發。李勉聞真卿赴許，亟表言失一元老，為國家羞，請速追召還朝，一面使人邀留道中。偏真卿已經過去，不及追還，只好付諸一嘆。

真卿既抵許州，才與希烈相見，忽有眾少年持刀直入，環繞真卿左右，口中呶呶辱罵，手中以刀相示，幾乎欲將真卿醢食了事。真卿毫不改容，顧語希烈道：「若輩何為？」希烈乃麾眾令退，且謝真卿道：「兒輩無禮，請休介意！」真卿問明眾少年，才知皆希烈養子，當下朗聲宣敕，希烈聽畢，便道：「我豈欲反，只因朝廷不諒，奈何！」乃導真卿入客館中，逼使代白己冤，真卿不從。希烈再遣李元平往勸，真卿呵叱道：「汝受國家委任，不能致命，我恨無力戮汝，反敢來勸誘我麼？」元平懷慚而退，返報希烈。希烈意欲遣歸，元平卻勸令拘留。越是小人，越會巴結。會朱滔王武俊田悅李納四人，復各遣使至許州，上表稱臣，靦顏勸進。靦顏兩字甚妙。希烈召真卿入示道：「今四王遣使推戴，不約而同，太師看此情勢，豈獨我為朝廷所忌麼?」真卿奮然道：「這是四凶，怎得稱作四王?相公不自保功業，為唐忠臣，乃反把亂臣賊子，引作同侶，難道是甘心同盡嗎?」希烈不悅，令人扶出。越日與四使同宴，又召真卿入座，四使語真卿道：「太師德望，中外同欽，今都統將稱大號，太師適至，都統欲得宰相，舍太師尚有何人?這乃所謂天賜良相哩。」真卿怒目相視道：「汝等亦知有顏杲卿麼?杲卿就是我兄，曾罵賊死節，我年八十，但知守節死義，汝等休得胡言!」四使乃不敢復語，真卿乃起身還館。希烈使甲士十人，環守真卿館舍，且在庭中掘坎，揚言將坑死真卿。真卿怡然見希烈道：「死生有定，亟以一劍授我，便好了公心事，何必多方恫嚇，我若怕死，也不來了。」希烈乃婉詞道歉。

既而左龍武大將軍哥舒曜，奉命為東都汝州節度使，擊破希烈前鋒將陳利貞，進拔汝州，擒住守將周晃。湖南觀察使曹王皋（系曹王明玄孫），調任江西節度使，擊斬希烈將韓霜露，連下黃蘄各州。希烈部下都虞侯周曾等，本由希烈差遣，往攻哥舒曜，他卻通款李勉，還擊希烈，擬奉顏真卿為節度使，不料為希烈所聞，潛令別將李克誠，率兵掩至。曾等卻未預防，統被殺死，只同黨韋清，奔投劉洽，幸得逃生。董待名等曾圍鄭州，聞各處失利，相率遁還。希烈氣焰少衰，乃自許州歸蔡州，顏真卿仍被擁去，置居龍興寺，用兵守著。會荊南節度使張伯儀，與希烈兵交戰安州，伯儀大敗，連持節俱被奪去。希烈得節示真卿，真卿號慟投地，絕而復甦，自是不復與人言。希烈遣使上表，歸咎周曾等人，表面上好似恭順，暗中卻通使朱滔，待他來援。滔正自顧歸路，還救清苑，與李晟相持。晟適患病，不能督師，被滔乘隙襲擊，敗走易州。滔自瀛州休息數天，王武俊遣宋端見滔，促他速還魏橋，滔尚擬從緩，偏端出言不遜，頓時惹動滔怒，斥端使還，且語道：「滔以救魏博故，叛君棄兄，幾如脫屣，現遇熱疾，暫未南來，二兄（指王武俊。）必欲相疑，聽他自便。」端回報武俊，武俊因滔縱馬燧，已是不平，至此越覺介意，勉強遣人報謝。不獲於上，安能信友？李抱真駐營魏縣，偵得消息，乃遣參謀賈林，詐降武俊，林至武俊營，武俊問他來意，林正色答道：「林奉詔來此，並非來降。」武俊不禁色動。林又接口道：「天子聞大夫登壇時，自言忠而見疑，激成此舉，諸將亦共表大夫忠誠，今天子密諭諸將，謂：『朕前事誠誤，追悔無及，朋友失歡，尚可謝過，朕為四海主，豈君臣情誼，轉不及朋友麼？』林特來傳命，請大夫自行裁奪。」令他自酌，不勸之勸，尤妙於勸。武俊徐答道：「僕系胡人，入受旌節，尚知愛及百姓，豈天子反好殺人麼？僕不憚歸國，但已與諸鎮結盟，不便食言，若天子下詔，赦諸鎮罪，僕當首倡歸化，諸鎮再或不從，願奉辭伐罪，上足報君，下可對友，不出五旬，河朔可大定了。」林乃道：「公言甚善，林當返報李公，如言請旨。」武俊喜甚，厚禮送歸。嗣因抱真嘗通使武俊，陰相聯結，魏博一路，兵禍少紓。唯李希烈復出寇襄城，哥舒曜入城拒守，竟為所圍。河南都統李勉，遣宣武將唐漢臣赴援，德宗亦令神策將劉德信，募兵三千人往助，且命神策軍使白志貞，添招兵士。志貞勒令節使子弟，自備資裝從軍，但給他五品官銜，於是怨言益盛，人心動搖。翰林學士陸贄，表字敬輿，系嘉興人氏，夙擅才名，以進士中博學宏詞科，歷任外尉，及監察御史。德宗召居翰苑，屢問政事得失。贄因兵民兩困，防生內變，特剴切上疏道：

臣聞王者蓄威以昭德，偏廢則危。居重以馭輕，倒持則悖。王畿者，四方之本也。京邑者，王畿之本也。昔太宗列置府兵，八百餘所，而關中五百，舉天下不敵關中，則居重馭輕之意明矣。承平漸久，武備浸微，雖府衛具存，而卒乘罕習，故祿山竊倒持之柄，乘外重之資，一舉滔天，兩京不守，尚賴西邊有兵，諸廄備馬，每州有糧，而肅宗乃得中興。乾元以後，復有外虞，悉師東討，邊備既弛，禁旅亦空，吐蕃乘虛深入，先帝莫與為御，是又失馭輕之權也。既自陝還，懲艾前事，稍益禁衛，故關中有朔方涇原隴右之兵以捍西戎，河東有太原之兵以制北虜。今朔方太原之眾，遠屯山東，神策六軍，悉戍關外，將不能盡敵，則請濟師，陛下為之輟邊軍，缺環衛，竭內廄之馬，武庫之兵，召將家子以益師，賦私蓄以增騎，又告乏財，則為算室廬，貸商人，設諸榷之科，日日以甚。倘有賊臣啗寇，黠虜覦邊，伺隙乘虛，竊犯畿甸，未審陛下何以御之？

往歲為天下所患，咸謂除之則可致昇平者，李正己李寶臣梁崇義田悅是也。往歲為國家所信，咸謂任之則可除禍亂者，朱滔李希烈是也。既而正己死，李納繼之；寶臣死，唯嶽繼之；崇義誅，希烈叛，唯嶽戮，朱滔攜，然則往歲之所患者，四去其三矣，而患竟不衰。往歲之所信者，今則自叛矣，而餘又難保。是知立國之安危在勢，任事之濟否在人；勢苟安，則異類皆同心也，勢苟危，則舟中亦敵國也；陛下豈可不追鑑往事，維新令圖，修偏廢之柄以靖人，復倒持之權以固國，而乃孜孜汲汲，極思勞神，徇無已之求，望難必之效乎？

陛下幸聽臣言，凡所遣神策六軍，如李晟等及節將子弟，悉令還朝，明敕涇隴邠寧，但令嚴備封守，仍云更不征發，使知各保全居，再使李艽還軍援洛，李懷光還軍救襄城，希烈一走，梁宋自安，餘可不勞而定也。又下降德音，罷京城及畿縣間架等雜稅，與一切貸商徵兵諸苛令，俾已輸者弭怨，現處者獲寧，則人心不搖，邦本自固，尚何叛亂之足慮乎？語關至計，務乞陛下酌量施行。

看官聽著！德宗當日，若果信用贄言，何至京城失守，蒙塵西行？偏是德宗目為迂談，一心想蕩平叛逆，把魏縣各軍，未曾調回一個，反屢促李勉劉德信等，急救襄城，勉聞希烈精兵，統在襄陽，料想許州空虛，特囑劉德信唐漢臣兩將，移襲許州。這也是一條好計。兩將奉令即行，哪知中使到來，責他違詔，立刻追還二將，二將狼狽走還，被希烈部將李克誠，追擊過來，殺傷大半。漢臣奔大梁，德信奔汝州。希烈遊兵，剽掠至伊闕，李勉亟遣裨將李堅率四千人，助守東都，又被希烈將截住後路，東都亦震，襄城益危。德宗再命舒王謨（見前）為荊襄等道行營都元帥。改名為誼，徙封普王，戶部尚書蕭復為元帥府長史，右庶子孔巢父為左司馬，諫議大夫樊澤為右司馬，調入涇原將士，令帶同東行。

涇原節度使姚令言，率兵五千至京師，時當十月，途次冒雨前來，凍餒交迫，既至京師，滿望得著厚賜，遺歸家屬，不意京兆尹王翃，奉敕犒師，但給他糲飯菜羹，此外並無賞物。大眾不禁動憤，盡把菜飯撥擲地上，蹴作一團，且揚言道：「我輩將冒死赴敵，乃一飯且不使飽，尚能以微命相搏麼？今瓊林大盈二庫，金帛充溢，朝廷靳不一與，我輩何妨自取呢。」乃環甲張旗，直趨京城。令言正入朝辭行，驀聽得兵變消息，忙趨出城外，呼眾與語道：「諸軍今日，東征立功，何患不富貴？乃無端生變，莫非要族滅不成？」軍士不從，反將令言擁住，鼓譟至通化門。但見有中使奉詔出撫，每人給帛一匹，眾益忿詬道：「我等豈為此區區束帛麼？」遂將中使射斃，一鬨入城，百姓駭走，亂軍大呼道：「汝等勿恐，我輩前來撫汝，此後不奪汝商貨僦質，也不稅汝間架陌錢了。」苛斂病民，正使軍士藉口。德宗聞亂軍入城，即令普王誼及翰林學士姜公輔，同往慰諭。偏亂軍列陣丹鳳門，持弓以待，無可理喻，沒奈何返身入報。德宗又號召禁兵，令御亂軍，不料白志貞所募禁旅，統是虛名列籍，兵餉悉入貪囊，到了危急待用，竟無一人前來，此時德宗張皇失措，急忙挈同王貴妃韋淑妃，及太子諸王公主，自後苑北門出奔，連御璽都不及取，還是王貴妃忙中記著，取系衣中。宦官竇文瑒霍仙鳴，率左右百人隨行，普王誼為前驅，太子為後殿，司農卿郭曙，右龍武軍使令狐建，在道接駕，各率部曲扈從，於是始得五六百人。姜公輔叩馬進言道：「朱泚嘗為涇原軍帥，因弟滔為逆，廢處京師，心常怏怏，今亂兵入京，若奉他為主，勢必難制，不如召使從行。」德宗不暇後顧，便搖首道：「現在趕程要緊，已是無及了。」遂西向馳去。

是時亂軍已斬關入內，登含元殿，大掠府庫，居民亦乘勢入宮，竊取庫物，喧譁的了不得。姚令言以大眾無主，亂不能止，特與亂軍商議，擬推朱泚為主帥。泚討平劉文喜後，曾留鎮涇原，加官太尉（回應六十二回）。及滔謀逆，蠟書貽泚，勸他同叛，使人為馬燧所獲，送至京師。德宗乃召泚入朝，出示滔書，泚惶恐請死，德宗以兄弟遠隔，本非同謀，特溫言慰勉，賜第留京。令言提議戴泚，大眾樂從，乃至泚第迎泚，泚佯為謙讓，經亂軍一再往迎，乃乘夜半入闕，前呼後擁，列炬滿街，既至含元殿，約束亂兵，自稱權知六軍，泚乘亂入闕，約束亂兵，不足言罪，誤在後此稱尊耳。次日徙居北華殿，出榜張示。略云：

> 涇原將士，遠來赴難，不習朝章，馳入宮闕，以致驚動乘輿，西出巡幸，現由太尉權總六軍，一應神策等軍士及文武百官，凡有祿食者，悉詣行在，不能往者，即詣本司，若出三日檢勘，彼此無名者殺無赦。為此榜示，俾眾周知。

京城官吏，見此榜文，才知德宗已經西出，首相盧杞，及新任同平章事關播，已在夜間逾中書省垣，微服出城。神策軍使白志貞，京兆尹王翃，御史大夫於頎，中丞劉從一，戶部侍郎趙贊，翰林學士陸贄吳通微等，亦陸續西往，馳至咸陽，方與車駕相會。德宗憶及桑道茂言，決赴奉天。奉天守吏，聞車駕猝至，不知何因，意欲逃匿山谷，主簿蘇弁道：「天子西來，理應迎謁，奈何反逃避呢？」乃相偕迎車駕入城。京城百官，稍稍踵至，及左金吾大將軍渾瑊到來，報稱朱泚為亂兵擁立，後患方長，不可不備。德宗即授瑊為行在都虞侯，兼京畿渭北節度使，且徵諸道兵入援。盧杞悻悻進言道：「朱泚忠貞，群臣莫及，奈何說他從亂？臣請百口保他不反。」德宗也以為然，反日望朱泚迎輿，那知泚已密謀僭逆，竟欲做起皇帝來了。

先是光祿卿源休，出使回紇，還朝不得重賞，頗懷怨望，見朱泚自總六軍，遂入闕密談，妄引符命，勸他稱尊，泚喜出望外，立署京兆尹，檢校司空李忠臣，太僕卿張光晟，工部侍郎蔣鎮，員外郎彭偃，太常卿敬釭，皆為泚所誘，願為泚用。泚又以段秀實久失兵柄，必肯相從，即令騎士往召。秀實閉門不納，騎士逾垣入見，硬迫秀實同行。秀實乃與子弟訣別，往見朱泚。泚喜道：「司農卿來，吾事成了。」（秀實為司農卿，見六十二回。）秀實因語泚道：「將士東征，犒賜不豐，這是有司的過失，天子何從與聞？公以忠義聞天下，何勿開諭將士，曉示禍福，掃宮禁，迎乘輿，自盡臣職，中立大功呢。」泚默然不答。秀實乃陽與周旋，陰結將軍劉海賓，及涇原將吏何明禮岐靈嶽，謀誅朱泚。適金吾將軍吳溆，奉德宗命，來京宣慰。泚佯為受命，留溆居客省中，一面遣涇原兵馬使韓旻，率銳騎三千，往襲奉天，外面卻託稱迎鑾。秀實偵悉狡謀，便語靈嶽道：「事已急了，只可以詐應詐。」召旻且還，乃囑靈嶽竊姚令言符，作為憑信。靈嶽去了半日，空手馳回，報稱符難竊取。秀實倒用司農卿印為記，寫入數語，募急足持往追旻。旻得符即還。奉天不被襲破，虧得此計。秀實又語靈嶽道：「旻若回來，我等將無噍類了。我當直搏逆泚，不成即死，免累諸公。」靈嶽道：「公具大才，應策萬全，現在事迫燃眉，且由靈嶽暫當此任，他日能完全誅逆，靈嶽雖死，也瞑目了。」忠烈不亞秀實。計議已定，俟旻兵一到，果然出泚意外，嚴詰追還原因。靈嶽獨挺身趨入，指泚與語道：「天子蒙塵，須趕緊迎回，奈何反遣兵往襲？靈嶽食君祿，急君難，怎忍袖手，所以著人追還。」泚聽言未畢，已是怒不可遏，叱令左右，將靈嶽拿下，梟首以徇。靈嶽痛詈至死，毫不扳連別人。秀實又囑劉海賓何明禮，陰結部曲，為下手計，偏泚急欲稱帝，召源休李忠臣姚令言等進議，連秀實亦同入商。源休執笏入殿，居然與臣子朝君一般，秀實瞧著，激起一腔忠憤，恨不得將這班賊臣，立時殺死。等到朱泚開口，說了數語，不由的奮身躍起，奪了休笏，向泚擲去，隨即厲聲道：「狂賊！應磔萬段，我豈從汝反麼？」泚慌忙舉臂捍笏，笏僅及額，流血汙面，返身急走。秀實再趨前搏泚，被李忠臣等出來攔阻，且呼衛士動手，拿住秀實。秀實知事不成，便向著大眾道：「士可殺不可辱，我不從汝反，要殺便殺，豈容汝屈辱麼？」說至此，大眾爭前亂斫，立把秀實砍倒。泚一手掩額，一手向眾搖示道：「這是義士，不可妄殺。」至大眾停手，秀實早已畢命，一道忠魂，投入地府去了。小子有詩讚道：

拚生一擊報君恩，死後千秋大節存。
試覽《唐書》二百卷，段顏同傳表忠魂。

秀實既死，劉海賓縋遁去。泚命以三品禮葬秀實，遣兵往捕海賓，究竟海賓曾否被捕，待至下回說明。

顏真卿奉敕宣慰，不受李希烈脅迫，且累叱四國使臣，直聲義問，足傳千古。至朱泚竊據京城，復有段秀實之密謀誅逆，奮身擊笏，事雖不成，忠鮮與比。唐室不謂無人，誤在德宗之信用奸佞，疏斥忠良耳。夫希烈之驕倨不臣，已非朝夕，豈口舌足以平戎？此時為德宗計，莫如從陸敬輿言，為急則治標之策，而乃聽盧杞之奸言，陷老成於危地，真卿固不幸，而唐室亦豈有利乎？陸氏之計不行，復發涇原兵以救襄城，卒致援兵五千，呼噪京闕，令言非賊而成賊，朱泚不亂而致亂，奉天之襲，微段秀實之詐符召還，恐德宗之奔命，亦不及矣。秀實有志除奸，而力不從心，為國死義，德宗不德，徒令忠臣義士，刎頸捐軀，可勝嘆乎！故本回可稱為顏段合傳，其餘皆主中賓也。

第六十五回　僭帝號大興逆師　解賊圍下詔罪己

卻說劉海賓縗服出奔，行至百里以外，仍被追兵捕獲，還京遇害，亦不扳引何明禮，及明禮從泚攻奉天，復謀殺泚，不克而死，當時號為四忠。德宗聞秀實死節，悔不重用，流涕不置，追贈太尉，予謚忠烈。及還鑾後，遣使祭墓，親為銘碑，且至姑臧原籍，旌閭褒忠，這且不必細表。且說德宗因朱泚逆命，恐奉天迫隘，不足固守，意欲轉往鳳翔。戶部尚書蕭復道：「鳳翔將卒，多系朱泚宿部，臣正憂張鎰往鎮，不能久馭，陛下豈可躬蹈不測麼？」德宗道：「朕已決往鳳翔，且為卿暫留一日。」越宿正擬啟行，忽有二將踉蹌奔至，報稱鳳翔節度使張鎰，為營將李楚琳所殺，楚琳自為節度使，且率眾降朱泚了。德宗瞧著，乃是鳳翔行軍司馬齊映齊抗，乃復詳問情形。二人答道：「臣等早恐楚琳作亂，請調屯隴州，不料琳即作亂，擅殺統帥，臣等因走報陛下，自請處分。」德宗嘆息道：「果不出蕭復所料。二卿何罪，且在此扈駕！」隨即面授映為御史中丞，抗為侍御史。二人拜謝。

尋又接到長安急報，朱泚已僭稱皇帝，殺死唐宗室多人，德宗又很是痛悼。原來泚既害死段劉諸人，前後左右，統是一班蔑片朋友，日夕勸進。泚遂僭居宣政殿，自稱大秦皇帝，改元應天，逼太常卿樊系撰冊。冊文既就，系仰藥自盡。既已拚死，何必撰冊。大理卿蔣沇，謀詣行在，出京才行數裡，被泚飭人追轉，硬授官職，沇絕食稱病，潛竄得免。姚令言為侍中，李忠臣為司空，源休為中書侍郎，蔣鎮為門下侍郎，並同平章事，蔣煉為御史中丞，敬釭為御史大夫，彭偃為中書舍人，餘如張光晟等，皆署節度使。立兄子遂為太子，弟滔為冀王太尉尚書令，號皇太弟。源休勸泚翦唐宗室，殺郡王王子王孫，共七十七人。更請將竄匿各朝士，一概捕戮。還是蔣鎮從旁勸解，才得全活多人。泚且傳檄奉天，招誘扈駕諸臣，並說當親統大軍，來收奉天，他日玉石俱焚，後悔無及云云。德宗甚是焦急，又聞襄城為李希烈所陷，哥舒曜退保東都，不如意事，雜沓而來。適右龍武將軍李觀，率衛兵千餘人，馳抵行在，乃急令他募兵為備。數日得五千餘人，布列通衢，旗鼓嚴整，人心少安。涇原兵馬使馮河清，知涇州事姚況，聞德宗出駐奉天，大罵姚令言負國不忠，獨召集將士，涕泣宣諭，誓保唐室，遂籌得甲兵器械百餘車，運往奉天。奉天方苦無械，得此益覺氣壯，大眾磨拳擦掌，專待逆兵到來。德宗進河清為涇原節度使，況為司馬，又因右僕射崔寧趨至，特別歡慰，勞問有加。寧退語諸將道：「主上英武，從善如流，可惜為盧杞所誤，致有今日。」諸將或轉告盧杞，杞即與王翃密謀，構陷崔寧。翃詐為寧遺泚書，入獻德宗，德宗覽畢，未免變色。盧杞在側，趁勢進讒道：「臣本邀寧同來，寧至今才至，已有可疑，況又與泚通書，顯見是與泚聯謀，約為內應，願陛下先事預防，勿墮狡謀。」德宗遂召寧入帳，託稱傳示密旨，卻陰囑二力士隨後暗算，抱扼寧頸，把他扼死。寧為杞害，原是含冤，但後至奉天，與出言未慎，亦莫非致死之徵。遂命邠寧留後韓遊環，慶州刺史論唯明，監軍翟文秀，率兵三千，往守便橋。行至中途，正值朱泚先鋒姚令言，與副將張光晟，驅軍殺來。遊環語文秀道：「彼眾我寡，戰必不利，不若返趨奉天，衛駕要緊。」文秀尚擬留軍，遊環不從，竟引兵還奉天。泚軍隨至，遊環與渾瑊，督兵出戰，禁不住逆兵銳氣，紛紛退還。逆兵爭門欲入，瑊亟令都虞侯高固，曳草車塞門，縱火禦賊，火盛勢烈，煙焰外撲，官軍乘火殺出，統用長刀亂砍，殺賊多人，賊兵乃退。泚親自馳至，列營城東，張火布滿原野，擊柝聲馳百里。遊環在城上遙望，但見賊眾夜毀西明寺，很是忙碌。遊環顧語左右道：「賊兵夤夜毀寺，無非欲藉著寺材，作為梯衝，須知寺材統是乾柴，一或遇火，毫不中用，我軍但多備火具，便足破他了。」次日，泚督眾撲城，一攻一守，未曾交鋒。又越日，泚督兵運到雲梯等件，鼓眾登城。城中早備火具，接連拋下，火猛梯焦，賊多墜死，泚只好收兵回營。嗣是日來攻城，經渾瑊韓遊環兩將，多方捍禦，或用強弩射賊，或出奇兵撓賊，賊兵屢卻，但總是相持不下。

德宗募使四出，告急外軍。魏縣行營奉詔感動，李懷光首先踴躍，誓眾勤王。馬燧李芃，引兵還鎮，李抱真退屯臨洺，仍防東路。還有李晟自定州接詔，即率四千騎西行。張孝忠倚晟為重，不欲晟往，晟語眾道：「天子播越，人臣當即日赴難，奈何作壁上觀？」遂令子往質孝忠營，願與孝忠結婚，並以良馬為贈。孝忠乃撥精兵六百人，隨晟同行。錄晟言行，表明忠悃。兩軍行道需時，急切不能至奉天。泚得幽州散騎，及普潤戍卒，合成數萬人，攻城尤急。左龍武大將軍呂希倩，開城搦戰，中箭身亡。將軍高重捷，與希倩友善，悲憤交迫，誓報友仇。翌日，帶同健兒數十人，怒馬出戰，突入賊陣。賊將李日月，素稱驍勇，挺槍出鬥，與重捷大戰數十合，不分勝負。渾瑊出兵接應，日月未免慌忙，手法一鬆，幾被重捷刺落馬下，虧得馬性靈捷，跳出圈外，才得脫走。重捷不肯捨去，乘勝逐北，追至梁山，日月轉身再戰，又約一二十合，仍然拖槍敗去。這才是誘敵了。

重捷當先再進，不防山前伏著賊兵，用著鐃鉤鐵索，將重捷馬絆倒。重捷隨僕地上，賊兵正上前擒拿，那重捷麾下十數人，冒死搶奪，好容易奪回重捷，已變做無頭將軍。日月尚轉身驅殺，正值官軍趕到，才得將搶屍各人，接應回去。德宗見重捷屍首，撫哭盡哀，結蒲為首，厚禮殯葬，追贈司空。日月持重捷首，獻進朱泚，泚亦下淚，嘆為忠臣，也束蒲為身，用棺埋訖。

重捷親卒，稟命渾瑊，誓再與日月拚命。渾瑊用兵護著，授他密計，各上馬出城，馳至日月營前，交口辱罵。日月持槍躍出，各健士略與交鋒，四散遁還。日月趕了一程，正思停步，那健士又復湊合，仍然痛罵。待日月追來，又復走散，一追一逃，惹得日月怒起，卸了甲冑，拚命趕來。官軍一齊突出，把日月圍住，日月尚不驚忙，左挑右撥，無人敢近，怎奈箭如飛蝗，避不勝避，至賊軍突圍來救，日月已是中箭，嘔血畢命。一報還一報。賊軍舁屍出圍，走報朱泚，泚令歸葬長安。日月母竟不慟哭，且對屍罵道：「奚奴，國家何事負汝？乃從逆賊造反，死已遲了。」原來日月本是奚人，所以母有此說。及泚敗死，叛黨盡誅，唯日月母免罪不坐，這也算是忠奸有報呢。奚人也有此賢母，莫謂夷族無義。

自日月戰死，賊軍奪氣，泚遣蘇玉至隴州，授隴右留後韋皋為中丞，令發兵相助。玉至汧陽，遇隴州戍將牛雲光，率五百人來投朱泚，兩下晤談，雲光謂皋不肯降，本擬設法誅皋，不幸謀洩，所以率眾來奔。玉答語道：「韋皋書生，不知兵事，君不如與我俱往隴州，皋若受命，不必說了。否則君麾兵誅皋，如取孤豚相似，怕他什麼？」雲光欣然道：「這也使得。」去尋死了。遂偕行至隴州。皋已閉城守備，由蘇玉大呼開城，令接詔書。皋登城問明情由，先放蘇玉進去，受了偽命，然後再登城語雲光道：「君去而復來，願從新命否？」雲光道：「正為公有新命，所以復來，願託腹心。」皋又道：「彼此果是同心，請悉納甲兵，使城中勿疑。」雲光以皋為易與，隨口允諾。皋即出城驗收兵械，邀同入城。當下開庭設宴，請玉與雲光入座。酒過數巡，突有壯士數十人，趨入庭中，將兩人殺死一雙。皋因築壇誓眾，願討鳳翔偽節度使李楚琳，一面遣兄平弁詣奉天，奏報德宗。德宗改隴州為奉義軍，擢皋為節度使。唯朱泚聞玉被殺，越加憤悶，復驅兵攻城，恨不得頃刻踏平。虧得渾瑊韓遊環晝夜血戰，還算守住，只糧道早被截斷，城中無糧可食，害得人人枵腹，就是供奉御食，亦只糲米二斛。德宗召諭公卿將吏道：「朕實不德，應取敗亡。卿等無罪，不若出降，自保身家。」群臣皆頓首流涕，願盡死力。渾瑊因城中食盡，每伺賊軍休息，乘夜縋人出城，採蕪青根還城，聊充飢腸。且每日泣諭將士，曉以大義，眾雖飢寒交迫，尚無變志。忽見賊軍中擁出一座雲梯，高廣數丈，下架巨輪，上容壯士五百人，前來攻城，渾瑊急令軍士暗鑿道地，通出城外，儲薪蓄火，專待雲梯到來。神武軍使韓澄，視城東北隅最廣，足容雲梯，因亟飭部軍搬運引火各物，如膏油松脂薪葦等，儲積城上。泚盛兵攻南城，韓遊環瞧著道：「這是聲東擊西的詭計，快嚴備東北隅。」韓澄已在東北隅守著，再經遊環分軍相助，兵力已足，果然賊眾運到雲梯，向東北隅爬城。經官軍燃著火具，一齊擲去，賊不敢近，才行退去。越日北風甚勁，雲梯又至，用溼氈為頂，且懸水囊，上下俱載兵士，上面持械撲城，下面抱薪填塹，矢石火炬，俱不能傷。渾瑊等拚死抵敵，怎奈賊眾亦拚死前來，矢石如雨，守卒多被死傷，瑊亦身中流矢，裹創力戰，尚是禁遏不住。他見形勢危急，忙返身往報德宗。德宗無法可施，只有嗚咽流涕，侍從諸臣，也都沒法，大家仰首問天，哀聲禱祝。好似一班婦女，濟什麼事。瑊亦不禁泣下，轉思兵來將擋，除死戰外無別法，遂請德宗速給告身（即任官憑證），再募死士。德宗就取出無名告身千餘通，授瑊領受，且把案上的御筆，亦遞給與瑊，隨口囑道：「由卿自去填發。倘告身不足，就將功績寫在身上，朕總依卿辦理。」瑊接筆後，又對著德宗道：「萬一圍城被陷，臣總以死報陛下。陛下關係宗社，須速籌良策。」德宗聽了，不覺起座，握住瑊手，與他訣別。驀聞外面一聲異響，好似城牆坍陷一般，他急辭別德宗，飛馬馳出，遙見城上已有賊兵，正與官軍苦鬥，外面煙焰沖天，並有一股臭氣，撲鼻難聞，他亦不識何因，登陴一望，雲梯已成灰燼，賊眾統烏焦巴弓了。當下改愁為喜，督飭軍士，立將登城的賊兵，盡行殺死。莫非皇天保佑？

看官道這雲梯如何被焚？原來東北角上，本有道地鑿通，雲梯隨處往來，未嘗留意道地，突然間一輪偏陷，不能行動，火從地中冒出，湊巧遇著大風，梯不及移，人不及逃，頓時化為灰燼，賊眾乃退。瑊又返報德宗，請乘勢出戰。德宗飭太子督軍，分兵三隊，從三門出發，奮擊過去。賊眾不及防備，被官軍驅擊一陣，殺死數千人。餘眾入壘固守，官軍乃鳴金還城。是夜泚復來攻城，德宗親巡城上，鼓勵士卒，賊眾望見御蓋，特用強弩射來，矢及御前，相去不過尺許，經衛士用槍撥落，才免龍體受傷。但德宗已吃一大驚，正欲下城退避，忽城下有人大叫道：「我是朔方使人，快引我上城。」守卒忙擲繩下去，將來使引上，來使身中，已受了數十矢，血滿衣襟，見了德宗，匆匆行禮，便解衣出表，取呈御覽。德宗覽畢，不禁大喜，忙令兵士將他舁住，繞城一周，說是朔方兵來援，大眾歡聲如雷。原來李懷光已至醴泉，遣兵馬使張韶，用蠟丸藏表，先報行在。韶微服至城下，適值賊眾攻城，隨同逾塹，因得呼令縋上，朱泚聞懷光到來，亟分兵還截懷光，哪知去了兩日，即有敗報到來，接連是警信迭至，神策兵馬使尚可孤，自襄陽入援，軍至藍田，鎮國軍副使駱元光，自潼關入援，軍至華州，河東節度使北平郡王馬燧，亦遣行軍司馬王權，及子彙率兵五千，自太原入援，軍至中渭橋。四面勤王兵，陸續趨集，任你逆泚如何凶悍，也嚇得魂膽飛揚，連夜收兵，遁回長安去了。一場空高興。

奉天解圍，從臣皆賀。盧杞白忠貞趙贊等，自命有扈駕功，揚揚得意，偏有謠言傳到，李懷光帶兵來謁，有入清君側的意思。杞未免心虛，急進白德宗道：「叛眾還據長安，必無守志。李懷光千里來援，銳氣正盛，何不令他亟攻長安，乘勝平賊呢？」你說朱泚不反，何故要懷光急攻。德宗又相信起來，遂遣中使赴懷光軍，教他不必進見，速引軍收復長安。懷光不覺懊悵道：「我遠來赴難，咫尺不得見天子，可見是賊臣盧杞等，從中排擠了。」乃遣還中使，引眾趨咸陽。李晟亦至東渭橋，遣人奏聞。德宗也禁他入見，令與懷光同攻長安。懷光到了咸陽，頓兵不進，上表指斥盧杞白志貞趙贊三人。德宗尚寵眷杞等，不忍加斥。懷光一奏不已，至再至三，德宗仍然不從。是謂昏愚。會李晟奏稱懷光逗留咸陽，以除奸為名，乞陛下速行裁奪等語，就是扈駕諸臣，亦歸咎杞等，嘖有煩言，乃貶杞為新州司馬，白志貞為恩州司馬，趙贊為播州司馬，一面慰諭懷光，懷光復申斥宦官翟文秀，恃寵不法，應加誅戮。德宗不得已誅了文秀，因促懷光進兵，偏懷光另易一詞，只說須伺釁後進，仍然堅壁不出。德宗也無可奈何。適河南都統李勉，報稱汴滑二州，為李希烈所陷，自請懲處。德宗嘆道：「朕尚失守宗廟，勉且自安，力圖恢復便了。」遂遣使馳慰，待遇如初。轉瞬間又是冬季，在奉天過了殘年，德宗進陸贄為考功郎中，贄極陳時弊，差不多有數萬言，且請德宗下詔罪己，德宗乃於建中五年元日，改稱興元元年，頒詔大赦道：

致理興化，必在推誠，忘己濟人，不吝改過。朕嗣服丕構，君臨萬邦，失守宗祧，越在草莽，不念率德，誠莫追於已往，永言思咎。期有復於將來，明徵其義，以示天下。小子懼德不嗣，罔敢怠荒，然以長於深宮之中，昧於經國之務，積習易溺，居安思危，不知稼穡之艱難，不恤征戍之勞苦。澤靡下究，情未上通，事既壅隔，人懷疑阻。猶昧省己，遂用興戎。征師四方，轉餉千里。賦居籍馬，遠近騷然。行齎居送，眾庶勞止。或一日屢交鋒刃，或連年不解甲冑，祀奠乏主，室家靡依，死生流離，怨氣凝結。力役不息，田萊多荒，暴令峻於誅求，疲甿（古氓字）空於杼軸，轉死溝壑，離去鄉閭，邑裡邱墟，人煙斷絕。天譴於上而朕不悟，人怨於下而朕不知，馴至亂階，變興都邑，萬品失序，九廟震驚，上累祖宗，下負蒸庶，痛心靦面，罪實在予。永言愧悼，若墜泉谷。自今中外所上書奏，不得更言神聖文武之號，李希烈田悅王武俊李納等，咸已勳舊，各守藩維，朕撫馭乖方，致其疑懼，皆由上失其道，而下罹其災，朕實不君，人則何罪？宜並所管將吏等，一切待之如初。朱滔雖緣朱泚連坐，路遠必不同謀，念其舊勛，務在弘貸，如能效順，亦與維新。朱泚反易天常，盜竊名器，暴犯陵寢，所不忍言，獲罪祖宗，朕不敢赦，其脅從將吏百姓等，在官軍未到京城以前，去逆效順，並散歸本道本軍者，並從赦例。諸軍諸道，應赴奉天，及進收京城將士，並賜名奉天定難功臣。其所加墊陌錢稅間架竹木茶漆榷鐵之類，悉宜停罷，以示朕悔過自新，與民更始之意。

這道赦書，頒發出來，人心大悅。王武俊田悅李納皆去王號，上表謝罪。唯李希烈自恃兵強，謀即稱帝，遣人向顏真卿問儀。真卿道：「老夫嘗為禮官，只有諸侯朝天子禮，尚是記著，此外非所敢聞呢。」希烈竟稱大楚皇帝，改元武成，建置百官，用私黨鄭賁孫廣李緩等為相，以汴州為大梁府，分境內為四節度。希烈遣部將辛景臻語真卿道：「不能屈節，何不自焚？」遂在庭中積薪灌油，作威嚇狀。真卿即令縱火，奮身欲入。景臻慌忙阻住，返報希烈。希烈驚嘆不置，一面遣將楊峰，齎著偽敕，往諭淮南節度使陳少遊，及壽州刺史張建封。少遊已通好希烈，當然受命，獨建封拘住楊峰，腰斬以徇，且奏稱少遊附賊狀。德宗授建封為瀛壽廬三州都團練使。希烈欲取壽州，為建封所扼，兵不得過，再南寇蘄黃及鄂州，為曹王皋及鄂州刺史李兼所敗，希烈乃不敢進窺江淮。德宗貶盧杞，罷關播，令姜公輔蕭復同平章事。蕭復請德宗屏逐奸邪，抑制閹寺，說得非常悚切。德宗反疑他陵侮，出復為江淮等道宣慰安撫使。究竟不明。又因田悅王武俊李納三人，曾上表謝罪，盡復官爵，更遣祕書監崔漢衡，往吐蕃徵兵。吐蕃大相尚結贊，願遣大將論莽羅，率兵二萬入助，但說要主兵大臣署敕，方可前進。漢衡問須何人署名，尚結贊指名李懷光。於是漢衡歸報，德宗乃命陸贄往諭懷光，命他署敕。懷光已蓄異圖，不肯遵署，且說出三大害來。正是：

陳害無非生異議，設詞頓已改初心。

究竟懷光所說三害，是何理由，容至下回詳敘。

朱泚之叛，誰使之乎？莫不曰德宗使之。朱滔逆命，泚入朝待罪，不亟遠斥，一誤也。車駕出奔，姜公輔叩馬進諫，德宗不召令同行，二誤也。泚既自總六軍，尚信盧杞奸言，日望迎輿，不亟戒備，三誤也。有此三誤，至於叛兵犯順，圍攻行在，倘非渾瑊等之血戰，及李懷光等之赴援，奉天尚能苦守乎？懷光至而泚圍乃解，正應令之入朝，面加慰勞，厚恩以撫之，推誠以與之，則懷光初無叛謀，何至激成變亂？而乃回信讒言，致生怨望，是朱泚之亂尚不足，且欲進李懷光以益之，何愚闇至此乎？罪己一詔，史稱為人心大悅，是蓋由唐初遺澤，尚在人心，加以亂極思治，感動較速耳。豈真區區文誥，即能便遐邇悅服乎哉？閱者悉心瀏覽，自知當日之趨勢矣。

第六十六回　趨大梁德宗奔命　戰貝州朱滔敗還

卻說李懷光見了陸贄，力陳三害，第一害是得克京城，吐蕃縱兵大掠；第二害是吐蕃建功，必求厚賞，京城已遭寇掠，國庫如洗，何從籌給；第三害是吐蕃兵至，必先觀望，我軍勝，彼來分功，我軍敗，彼且生變，戎狄多詐，不宜輕信。這三大害處，好似語語有理，轉令陸贄無從指駁，贄只好說是奉命來前，如不署敕，未便覆命。懷光卻瞋目道：「何不教盧杞等署名，卻來迫我；就是汝等日侍君側，不能除一內奸，有什麼用處？」贄扼了一鼻子灰，沒奈何告別回來。懷光竟陰與朱泚通謀，陽請與李晟合軍，晟恐為所並，情願獨當一面，有詔允晟所請，晟乃自咸陽還軍東渭橋，唯鄜坊節度使李建徽，神策行營節度使楊惠元，尚與懷光聯營。陸贄自咸陽還奏道：「李晟幸已分軍，李楊兩使，與懷光聯合，必不兩全，應託言李晟兵少，恐被逆泚邀擊，須由兩使策應，既免懷光生疑，且使兩軍免禍，解鬥息爭，無逾此策了。」德宗徐徐道：「卿所料甚是。但李晟移軍，懷光已不免悵望，若更使建徽惠光東行，恐懷光因此生辭，轉難調息，且再緩數日，乃行卿計。」你欲從緩，而人家不肯延挨，奈何？適李晟又上密奏，謂：「懷光逆跡已露，須急務嚴防，分戍蜀漢，毋令遏壅。」德宗意尚未決，擬親總禁兵，東趨咸陽，促懷光等進討朱泚。有人探聞消息，往報懷光道：「這便是漢高遊雲夢的遺策呢。」懷光大懼，反謀益甚，表文越加跋扈。德宗還疑是讒人離間，因有此變，乃詔加懷光太尉，頒賜鐵券。懷光對著中使，把券擲道地：「懷光不反，今賜鐵券，是促我反了。」中使驚懼奔還。朔方左兵馬使張名振，當軍門大呼道：「太尉視賊不擊，待天使不敬，果欲反麼？」懷光召語道：「我並不欲反，不過因賊勢方強，蓄銳待時，爾何故遽出訛言？且天子所居，必有城隍，須趕緊築城，方可迎駕。」隨即命名振出令軍士，即日築城。城已竣工，懷光卻移軍居住。名振入問道：「太尉說是不反，為何移軍到此？今不攻長安，殺朱泚，建立大功，乃徙據此城，究是何意？」懷光無詞可答，反覺老羞成怒，但說他是病狂，叱令左右，把名振牽出拉死。

右兵馬使石演芬，本西域胡人，懷光愛他智勇，養為己子，他卻把懷光密謀，使門客郜成義潛告行在。懷光有子名璀，曾由懷光遣令扈蹕，德宗授璀為監察御史。成義到了奉天，與璀相會，說明底細，璀作書貽父，勸父勿為逆謀，但不合將演芬情事，也敘述在內。懷光得書，立召演芬呵責道：「我以爾為子，爾奈何欲破我家？」演芬道：「天子以太尉為股肱，太尉以演芬為心腹，太尉既負天子，演芬怎能不負太尉？且演芬胡人，性本簡直，既食天子俸祿，應為天子效忠，若今日事君，明日事賊，演芬寧死，不願受此惡名。」好演芬。懷光大怒，命左右臠食演芬。左右目為義士，不忍下手，演芬引頸就刃，方用刀斷喉，嘆息而去。璀聞演芬被殺，懊悔不迭，乃進白德宗道：「臣父必負陛下，願早為防備。臣聞君父一體，恩義相同，唯臣父今日負陛下，陛下未能誅臣父，臣故不忍不言。」德宗瞿然道：「卿系大臣愛子，何弗為朕委曲彌縫？」璀答道：「臣父非不愛臣，臣亦非不愛父，但臣已力竭，無術挽回，只好為君舍父。」德宗道：「卿父負罪，卿將何法自免？」璀又答道：「臣父若敗，臣當與父俱死，此外尚有何策？假使臣賣父求生，陛下亦何所用處？」璀既捨生取義，何不屍諫乃父，必待與父同盡耶？言已泣下。德宗亦灑淚撫慰，待璀趨出，乃申嚴門禁，暗囑從臣整裝待著，擬轉往梁州。

忽由咸陽傳到急報，楊惠元被懷光殺死，李建徽走脫，懷光已擁兵謀變了。正如贄言。未幾，又由韓遊環入見，呈上懷光密書，系約遊環同反。德宗道：「似卿忠義，豈為懷光所誘？但欲除懷光，應用何策？」遊環道：「懷光總諸道兵，因敢恃眾作亂，今邠寧有張昕，靈武有寧景璿，河中有呂鳴嶽，振武有杜從政，潼關有唐朝臣，渭北有竇覦，皆受陛下詔命，分地居守，陛下若舉眾相授，各受本府指麾，一面削懷光兵權，但給高爵，那時懷光勢孤，自不足慮了。」德宗又道：「懷光既罷兵權，將來委何人往討朱泚？」此語又是近呆。遊環道：「重賞之下，必有勇夫，邠府兵以萬計，若使臣為將，便足誅泚，況諸道將士，必有仗義來前，逆泚何足懼呢？」德宗雖然點首，心下尚是狐疑。遊環乃退。到了傍晚，渾瑊趨入報導：「懷光遣趙昇鸞到此，囑為內應。昇鸞前來自首，恐懷光即將進攻，此處已經被寇，不堪再受蹂躪，陛下既決幸梁州，不如即日啟行。」德宗被他一說，又不覺慌忙起來，便命瑊速出部署。瑊出整隊伍，尚未畢事，德宗已挈著妃嬪，徑出城西，留刺史戴休顏居守。朝臣將士，狼狽扈從，渾瑊率兵斷後，向梁州出發。

到了駱谷，忽聞懷光遣將追來，大眾驚惶得很，渾瑊亟列陣待戰，俟車駕及扈從諸臣，統已逾谷，未見追兵到來，方放膽前進。原來懷光聞德宗奔梁，曾遣驍將孟保惠靜壽孫福達等，邀劫車駕，行至枳厔，遇著諸軍糧料使張增，便問天子何在？增還詰道：「汝等是來護駕麼？」三將不覺愧悟道：「彼使我為逆，我以追不及還報，不過被黜罷了。但軍士未曾得食，奈何？」增伴向東指道：「去此數裡有佛祠，我儲有糧餉，由汝等往取罷！」三將皆喜，引兵自去。及到了佛寺，並無糧儲，方知受紿，就從民間剽掠一番，才行返報。懷光怒他無功，一併罷黜，擬督眾自追德宗，唯恐李晟襲擊後路，意欲先發制人，遂下令軍中，命襲李晟。大眾面面相覷，不發一言。懷光再三曉諭，眾仍不應，且竊竊私語道：「若擊朱泚，唯力是視，今乃教我造反，我等雖死不從。」人孰無良，於此可見。懷光聞知，不免加憂，因向僚佐王景略問計。景略答道：「為公計，莫如取長安，誅朱泚，散軍還諸道，單騎詣行在，庶臣節未虧，功名還可長保哩。」懷光倒也心動，景略復頓首懇請，甚至流涕。偏是都虞侯閻晏等，入勸懷光，謂宜東保河中，徐圖去就。懷光乃語景略道：「我本欲依汝計議，怎奈軍心不從，汝宜速去，毋自罹害！」景略知不可諫，便趨出軍門，回顧軍士道：「不意此軍竟陷入非義。」說至此，淚隨聲下，慟哭移時，方馳歸良鄉原籍去了。

懷光遂召眾與語道：「今與爾等相約，且至邠州迎接家屬，共往河中。俟春裝既辦，再攻長安，也不為遲。況東方諸縣，多半殷實，我不禁爾擄掠，爾等可願否？」大眾乃齊聲應諾。見利忘義，可為一嘆。因遣使往邠州，令留後張昕，悉發所留兵萬餘人，及行營將士家屬，共至涇陽。懷光本兼鎮邠寧，張昕實仗他提拔，至是奉命維謹，飭軍士摒擋行李，指日起行。湊巧韓遊環自奉天馳還，來防邠州，麾下尚有八百人，遂入語張昕道：「李太尉甘棄前功，自蹈禍機，公今可自取富貴，如不與逆賊同汙，我有舊部八百騎，願為公前驅。」昕不待說畢，便接入道：「昕本微賤，賴太尉提拔至此，不忍相負。況太尉曾有檄文，署公為本州刺史，公亦朔方舊將，何至遽負太尉哩。」遊環暗忖道：「我來勸他，他反欲誘我，徒爭無益，不如用計除他罷。」遂辭別回寓，託病不出，暗中卻與諸將高固楊懷賓等相結，擬舉兵殺昕。昕亦謀殺遊環，兩造尚未動手，適崔漢衡率吐蕃兵至，駐紮城南，遊環潛告漢衡，請率吐蕃兵逼近邠城，昕懼不敢動，遊環即與高固等，突入軍府，將昕殺斃，即遣楊懷賓表奏行在，一面迎漢衡入城。漢衡偽傳詔旨，命遊環知軍府事，軍中大悅。懷光子玫在邠，由遊環遣去，或問他何不殺玫？遊環道：「殺玫必致怒敵，不如令他往報，俾涇軍知家屬無恙，自分德怨為是。」果然玫至涇陽，懷光恐軍心變動，擬走蒲州，且貽書朱泚，商決進止。

泚正徵吏募兵，自增聲焰，太子少師喬琳，本隨德宗西行，他卻託詞老病，潛應泚召，受偽命為吏部尚書，且引入失職諸吏，分掌偽職。泚改國號漢，驕態復萌，既得懷光來書，遂召他進京輔政，公然自稱為朕，稱懷光為卿，擺出那皇帝的架子來了。懷光接到覆文，且慚且憤，擲棄地上。原來朱泚初結懷光，願以兄事，約分帝關中，永為鄰國，不意此次忽然變卦，哪得不令他氣沮？於是毀營復走，大掠涇陽等十二縣，人民四散，雞犬一空。河中守將呂鳴嶽，因兵少難支，不得已迎納懷光，懷光復分攻同坊各州，坊州已為所據，由渭北守將竇覦奪還。同州刺史李紓，奔詣行在，幕僚裴向，權攝州事，親詣敵將趙貴先營，曉示大義。貴先感悟，反與裴向入城協守，同州亦得保全。德宗乃授李晟為河中節度使，兼京畿渭北鄜坊商華兵馬副元帥。渾瑊為朔方節度使，兼朔方邠寧振武永平奉天行營兵馬副元帥，俱命同平章事，規復長安。又授韓遊環為邠寧節度使，令屯邠州，戴休顏為行營節度使，令屯奉天，駱元光屯昭應，尚可孤出藍田，各歸兩帥節制，便宜調遣。李晟涕泣受命，號召將士，指日進行。左右或言：「晟家百口，及神策軍家屬，俱在長安，一或進攻，恐遭毒手。」晟太息道：「天子何在，敢顧及家室麼？」會使晟吏王無忌婿，趨謁軍門，報稱晟家無恙，晟怒叱道：「爾為賊作間，罪當死。」遂喝令左右，推出斬首。軍士未授春衣，盛夏尚著裘褐，經晟日夕鼓勵，終無叛志。邏騎捕得長安諜使，晟命釋縛與食，好言慰問，知系姚令言差來，即縱令回去，且囑道：「為我謝令言等，善為賊守，毋再事賊不忠。」冷雋有味。乃率眾徑叩都門，賊閉門不出。晟仍還東渭橋，籌備攻具，再行大舉。

渾瑊率諸軍出斜谷，進至郃州，崔漢衡率吐蕃兵往會，韓遊環亦遣部將曹子達等，與瑊合師。鳳翔偽節度使李楚琳，見官軍勢盛，也入貢梁州，並撥兵助瑊。瑊進拔武功，朱泚遣將韓旻等往攻，不值一掃，孑身遁還。瑊遂引兵屯奉天，與李晟東西相應，共逼長安。長安城內，日必數驚，不由朱泚不懼，遂募能言善辯的使人，賚著金帛，往賂各軍。涇原節度使馮河清，屢殺泚使，偏偏牙將田希鑑，被泚買通，刺殺河清，願為泚屬。泚即命為節度使，並令他轉賂吐蕃。吐蕃得了厚賄，也收兵回國。黃白物究屬有靈。泚又召弟滔趨洛陽，滔遣使至回紇乞師，回紇許發騎兵三千人，入塞助滔。看官閱過前文，應知回紇與郭子儀聯盟，已經兩國結好，為何此時轉助朱滔呢？原來德宗初年，回紇可汗移地健，唐曾封為英義建功可汗。為從兄頓莫賀所弒，自立為合骨咄祿毗伽可汗，遣使朝唐。德宗曾冊頓莫賀為武義成功可汗。可汗有女嫁奚王，奚王被亂眾刺死，女得脫歸，道出平盧，滔盛設供帳，錦繡夾道，待回紇女到來，殷勤款待，且微露求婚意。女見他禮意周到，狀貌偉岸，遂願委身相事，隨滔入府，成為夫婦。嗣是滔通使回紇，修子婚禮。回紇甚喜，報以名馬重寶。及滔欲入洛，因向回紇乞師，翁婿相關，求無不應。滔又遣約同田悅，共取河洛。悅方與王武俊等，上表謝罪，仍受唐封，當然不肯從行。滔遂與回紇兵攻掠悅境，奪去館陶平恩諸縣，置東而去。悅閉城自守，不敢出兵。會德宗遣孔巢父為魏博宣慰使，巢父至魏州，為眾申陳利害，悅及將士皆喜。田承嗣子緒，任魏博兵馬使，素性凶險，嘗遭杖責，免不得與悅有嫌。悅宴巢父，夜醉歸寢，緒與左右密穿後垣，入室殺悅，並悅母妻等十餘人，當下假傳悅命，召行軍司馬扈萼，判官許士則，都虞侯蔣濟議事。濟與士則，不知有變，聞召即入，統被砍死。緒率左右出門，遇悅親將劉忠信，領眾巡邏，緒即大呼道：「劉忠信與扈萼謀反，刺殺主帥！」眾不禁大嘩，忠信方欲自辯，已是飲刀而斃。扈萼聞亂，方招諭將士，共謀殺緒。緒登城呼眾道：「緒系先相公子，諸君受先相公恩，若能立緒，賞二千緡，大將減半，士卒百緡，限五日取辦。」將士貪利僥功，竟殺了扈萼，統願歸緒。軍府已定，乃至客館語孔巢父，巢父不假細問，便命緒權知軍事，自還梁州。直至過了數日，魏博將士，方知緒實殺兄，但木已成舟，也只好將錯便錯，領取賞銀，暫顧目前富貴罷了。誤人畢竟是金錢。

滔聞悅死，喜為天假，自率兵攻貝州，遣部將馬寔等攻魏州，一面使人誘緒，許為本道節度使。緒正躊躇莫決，適李抱真王武俊等，也遣使白緒，願如前約，有急相援。緒乃上表行在，守城待命。至德宗授緒為魏博節度使，緒遂一意拒滔，並向李抱真王武俊處乞援。抱真因再遣賈林，往說武俊道：「朱滔志吞貝魏，倘不往救，魏博必為滔有了。魏博一下，張孝忠必轉為滔屬，滔率三道兵進臨常山，益以回紇兵士，明公尚能保全宗族麼？不若乘魏博未下，與昭義軍連合往援，戮力破滔，滔既破亡，朱泚勢孤，必為王師所滅，鑾輿反正，天下太平，首功當專歸明公了。」賈林兩次說下武俊，功名不亞魯仲連。武俊甚喜，即使賈林返報抱真，約會南宮。抱真得報，即自臨洺往會武俊，武俊已至南宮東南，與抱真相距十里。兩軍尚有疑意，抱真欲徑詣破俊營，賓佐相率勸阻，抱真不從，且囑行軍司馬盧俊卿道：「今日一行，關係天下安危，若不得還，領軍事以聽朝命，唯汝是望，勵將士以雪仇恥，亦唯汝是望。」俊卿奮然允諾。抱真遂率數騎徑行，至武俊營，武俊盛軍出迎。抱真下馬，握武俊手，慨然與語道：「朱泚李希烈，僭竊帝號，滔又進攻貝魏，反抗朝廷，足下明達，難道舍九葉天子，不願臣事，反向叛徒屈膝麼？況國家禍難，天子播越，公食唐祿，寧忍安心？」說至此，淚下交頤。武俊亦不禁感泣，左右相率淚下，莫能仰視。武俊邀抱真入帳，開筵相待，抱真即與武俊約為兄弟，誓同滅賊。武俊稱抱真為十兄，且泫然道：「十兄名高四海，前蒙開諭，令武俊棄逆效順，得免死罪，已是感激萬分。今又不嫌武俊為胡人，辱為兄弟，武俊將何以為報呢？唯十兄為國效忠，武俊願執戈前驅，力破逆賊，報國家便是報十兄了。」抱真見武俊意誠，很是欣慰，暢飲了數巨觥，饒有醉意，便入武俊帳後，酣寢多時。並非真醉。武俊越加感激，至抱真醒悟，出來相見，款待益恭，且指心對天道：「此身已許十兄死了。」不枉十兄一行。抱真告別回營，兩下裡拔營同進，共救貝州。

朱滔聞兩軍將至，急令馬寔解魏州圍，合兵抵敵。寔兼程至貝州，人馬勞頓，請休息三日，然後出戰。滔遲疑未決。會回紇部酋達干，引兵到來，入帳與滔語道：「回紇與鄰國戰，嘗用五百騎破敵數千騎，與風掃落葉相似，今受大王金帛牛酒，前後無算，願為大王立效，明日請大王立刻高邱，看回紇兵翦滅敵騎，務使他匹馬不返哩。」番酋亦喜說大話耶？滔部下有常侍楊布，及將軍蔡雄亦在旁進言道：「大王武略蓋世，親率燕薊全軍，銳然南向，勢將掃河洛，入關中，今見小敵，尚不急擊，如何能定霸中原？況內外合力，將士同心，難道尚不能破敵麼？」又是兩個性急鬼。滔被他激動，決計出戰，翌日晨刻，鼓角一鳴，全軍齊出。回紇驟馬先進，直撲武俊抱真軍營，武俊抱真，已列陣待著，武俊軍在前，抱真軍在後。回紇部酋達干，毫不在意，驅著番兵，殺入武俊陣內。武俊並不攔阻，反麾兵分趨兩旁，讓他過來。回紇兵喜躍而前，穿過武俊壘中，迫抱真軍。抱真卻堅壁不動，回紇兵正擬衝突，不防武俊軍又復趨合，左右夾擊，殺死回紇兵無算。回紇酋達干，料不可支，只好勒兵退還。武俊把他驅出陣外，停馬不追。回紇兵放心回去，趨過桑林，猛聽得鼓聲一響，又是一彪軍殺出，將回紇兵衝作兩截。看官道這支伏兵，從何而來？原來是王武俊預先布置，遣兵馬使趙琳，率五百騎伏著，此次乘勢橫擊，掩他不備，好殺得一個爽快。回紇兵馬大亂，滔正率軍趨救，那武俊抱真兩軍，卻相繼殺來，勢如泰山壓卵，所當輒碎。更被那回紇亂兵，沒命竄入，遂致隊伍錯亂，自相踐踏，慌忙收軍還營。奈一時無從部勒，一半戰死，一半逃散，只剩了數千人，入營堅守。會日暮天昏，陰霧四塞，武俊抱真不便再戰，就在滔營附近，擇地下寨，守至夜半，忽見滔營中火光熊熊，照徹遠近，料知他是毀營遁去了。小子有詩詠道：

兩將連鑣逐寇氛，十兄義略冠三軍。
貝州一戰梟雄遁，好挈河山報大君。

滔既北遁，兩軍曾否追擊，且看下文便知。

李懷光未戰即奔，朱滔一戰即敗，此皆唐室中葉，人心未去，故懷光與滔，終不能大逞所欲耳。懷光欲反，贊助乏人，石演芬，懷光之養子也，璀且為懷光之親子，骨肉尚不相從，遑論將士？河中之奔，已知其無能為矣。滔為四國盟主，又有兄泚，僭號長安，勢力較懷光為盛，然田悅李納王武俊歸國，而外援失，李晟渾瑊進討朱泚，而內援又失，貝州一役，雖由李抱真之善結武俊，得以破滔，然非由滔之勢已孤危，武俊豈敢反顏相向乎？故德宗之不亡，賴有人心，而諸將之功次之，於德宗實無與焉。

第六十七回　朱泚敗死彭原城　李晟誘誅田希鑑

卻說王武俊李抱真兩軍，聞朱泚遁還，本擬出兵追擊，因為夜霧四翳，恐窮追有失，乃按兵不進，但把朱滔所棄的糧械，收取無遺，即行返鎮。滔懊悵異常，歸咎楊布蔡雄，斬首洩忿，連夜馳回幽州。又恐范陽留守劉怦，因敗圖己，未免徬徨，幸劉怦搜兵繕鎧，出城二十里迎謁，才敢返入范陽。兩下會敘，悲喜交集，還想整頓兵馬，出報前恥，誰料乃兄朱泚，亦被李晟逐出長安，敗遁涇州去了。李晟與渾瑊，東西並進，瑊檄韓遊環戴休顏等，西攻咸陽，晟檄駱元光尚可孤等，東略長安，分道進軍，各專責成。於是晟召集諸將，商議進取方法，諸將請先取外城，占據坊市，然後北攻宮闕。晟獨定計道：「坊市狹隘，賊若伏兵格鬥，不特擾害居民，亦與我軍有礙，不若自苑北進兵，直擣中堅，腹心一潰，賊必奔亡，那時宮闕不殘，坊市無擾，才不失為上計。」諸將齊聲稱善。

晟遂引兵至光泰門外，督眾築壘，壘尚未就，突見賊將張庭芝李希倩等，率眾前來，晟顧諸將道：「我只恐賊潛匿不出，坐老我師，今乃自來送死，這真是天讚我了。」數語是安定眾心，並非真欲速戰。遂命兵馬使吳詵等，縱馬奮擊，兩下鏖鬥，統拚個你死我活，不肯少讓。晟自率銳騎前往，立將賊騎衝散，追入光泰門，賊眾也來策應，再戰又卻，統向白華門退入，閉關拒守。晟因天色已晚，不便再攻，乃斂軍還營。翌日，又下令出兵，諸將請待西師到來，方可夾攻。晟正色道：「賊已戰敗，不乘機撲滅，還欲守待西軍，令他繕備，豈非一大失策麼？」遂復麾兵至光泰門，賊眾又來出戰，仍然敗退。是夕尚可孤駱元光依次馳至，晟令休息一宵，到了天明，晟升帳調軍，遍囑諸將道：「今日定當破賊，不得卻顧，違令立斬。」諸將齊稱得令，乃命牙前將李演，及牙前兵馬使王佖，帶著騎兵，牙前將史萬頃，帶著步兵，並作為衝鋒隊，自督大軍齊進，殺入光泰門，直抵苑北神村，撲毀苑牆二百餘步。賊豎起木柵，堵塞缺口，且自柵中刺射官軍，前隊多被死傷，稍稍退步，晟一聲呵叱，萬眾復振。史萬頃左手持盾，右手執刀，劈斷木柵數排，步兵繼進，冒死攻柵，好容易把柵拔去。王佖李演，引騎兵隨入，縱橫馳驟，所向無前。賊將段誠諫，尚欲攔截官軍，被王佖等斫傷右臂，倒地成擒。諸軍分道併入，姚令言張庭芝李希倩等，尚拚命力鬥，晟命決勝軍唐良臣等，步騎四蹙，且戰且進，衝蕩至好幾十合，賊不能支，方才大潰。官軍突入白華門，如潮湧入，晟亦趨進，忽有賊眾數千騎，在門右伏著，出擊官軍背後。晟率百餘騎還御，令左右大呼道：「相公來！」三字甫經出口，賊眾都已驚散。聲威奪人，不必力戰。泚聞全城被破，嚇得魂不附體，張光晟勸泚出走，乃與姚令言等，率殘眾西走，尚近萬人。光晟送泚出城，還降晟軍。

晟令兵馬使田子奇，用騎兵追泚，再督兵搜捕餘孽，擒住李希倩敬釭彭偃等數十人，遂至含元殿前，號令諸軍道：「晟賴將士功力，得清宮禁，顧念長安士庶，久陷賊庭，若再去騷擾，甚非弔民伐罪的本意。晟與公等室家，相見非晚，五日內不得通家信，違令有刑！」遂出示嚴申軍律，慰諭民居。別將高明曜，私取賊妓一人，尚可孤偏將司馬佃，私取賊馬一匹，俱由晟察覺，斬首示眾，全軍股慄，秋毫無犯。不愧義師。乃使京西兵馬使孟涉屯白華門，尚可孤屯望仙門，駱元光屯章敬寺，再派牙前兵三千人，屯安國寺，分鎮京城。當下將逆徒李希倩等，共縛旗下，批驗正法。忽有一刑犯呈入衣衫，及判文一紙，由晟仔細檢視，不禁驚異。原來是當年給與桑道茂的判詞，及與他掉換的衣衫，題痕宛在，字跡不磨（直接六十二回，至此才作一結束）。因即召刑犯進來，當面審視，果是桑術士，便問道：「你既知未來的事情，為何同流合汙？」道茂道：「命數注定，自知難逃，所以前懇相公，預求赦宥。」晟半晌才道：「晟為國除逆，不便顧私，但念汝雖列偽官，終究是為賊脅從，情有可原，待奏聞皇上，請旨發落便了。」乃將道茂暫系獄中，餘犯悉數正法。遂使掌書記於公異，撰一露布，飛報行在，並附入表忠誅逆，及脅從減罪的詳文，呈上御覽。德宗見露布中，有云：「臣已肅清宮禁，祇謁陵園，鐘虡不移，廟貌如故。」不由的潸然下淚道：「天生李晟，實為社稷，並非為朕呢。」似你這般昏昧，原不該有此忠臣。及覽至詳表，如表忠請旌一條，第一人乃是吳溆，說是被賊羈留，不屈遇害，德宗且泣且語道：「金吾將軍吳溆，系章敬皇后兄弟，與吳湊同為懿親，有功王室，朕在奉天時，擬宣慰朱泚，左右無人敢往，溆獨犯難請行，不料竟為所害，痛悼何如？」回應六十四回及六十一回。再看下去，第二人乃是劉迺。迺曾為給事中，權知兵部侍郎，京城失守，迺不及隨行，泚屢加脅誘，他卻佯作喑疾，始終不答一詞，及聞德宗轉奔梁州，搏膺呼天，絕食而死（敘吳溆事，從德宗口中演述，敘劉迺事，由作者說明，此係筆法變換處）。晟表中載明原委，德宗復為灑淚。此外便如沇等人，或已死，或尚存，當由德宗按官褒錄，追贈溆為太子太保，賜謚為忠，迺為禮部尚書，賜謚為貞。此外各有封恤，不必細表。至如誅逆各條，悉如晟擬，所有脅從諸人，多半赦免。桑道茂亦得免罪。

長安捷報，已經察辦，咸陽捷報，也即到來。渾瑊與戴休顏韓遊環等，已克復咸陽，由渾瑊一一奏明，免不得敘功論賞，非常忙碌。隔了幾日，又接到兩處好者，一道是田希鑑所奏，謂已誅死朱泚，一道是李楚琳所奏，謂已誅死泚黨源休李子平，德宗更加喜慰。原來朱泚自長安敗走，奔往涇州，沿途部眾盡散，只剩得騎士數百人，既至涇州城下，城門盡閉，泚令騎士大呼開門，但見一將登城與語道：「我已為唐天子守城，不願再見偽皇帝。」泚仰首一望，乃是節度使田希鑑，便與語道：「我曾授汝旌節，奈何臨危相負？」你欲責人，何不先自責己？希鑑道：「汝何故負唐天子？」還語得妙。泚聞言怒甚，便命騎士縱火焚門。希鑑取節投下火中，且道：「還汝節！汝再不退，休怪無情。」泚眾皆哭。希鑑又語泚眾道：「汝等多系涇原故卒，為何跟著姚令言，自尋死路？現唐天子不追既往，悉予自新，汝等能去逆效順，便可起死回生了。」涇卒應聲願降。姚令言尚在泚側，忙上前喝阻，被涇卒拔刀亂砍，立即倒斃。泚恐被累及，亟與范陽親卒，及宗族賓客，北向馳去。涇卒遂留降希鑑，任泚自往。泚走至驛馬關，為寧州刺史夏侯英所拒，不得前進，轉趨彭原，隨身不過數十人。泚將梁庭芬，起了歹心，與韓旻密謀誅泚，庭芬在泚背後，暗發一箭，正中泚項，泚墜落馬下，滾入坑中。旻上前斬泚，梟取首級，偕庭芬同詣涇州，投降希鑑。源休李子平，轉奔鳳翔，為李楚琳所殺，先後奏報德宗，且一併傳首梁州。

德宗乃命楚琳為鳳翔節度使，希鑑為涇原節度使，把他前通朱泚的罪狀，概置不問。楚琳希鑑，反覆無常，實不應賞他旌節。進封李晟為司徒中書令，渾瑊為侍中，駱元光尚可孤韓遊環戴休顏等，各遷官有差，一面下詔迴鑾，改梁州為興元府，即自梁州啟行。到了鳳翔，巧值泚黨李忠臣捕獲，獻至御前，立命斬首。李晟復捕獲喬琳蔣鎮張光晟諸人，並奏稱光晟雖為賊臣，但滅賊時亦頗有力，應貸他一死。德宗不許，令將三人一律正法。乃再從鳳翔動身，直抵長安。渾瑊韓遊環戴休顏，自咸陽迎謁，扈從至京。李晟駱元光尚可孤，出京十里，恭迓御駕，步騎十餘萬，旌旗數十里，晟先賀平賊，繼謝收復過遲，匍伏請罪。德宗停鑾慰撫，為之掩涕，即命左右扶晟上馬，入城還宮。每隔日宴饗功臣，李晟居首，渾瑊居次，將相等又遞次列座，仍然是壺中日月，袖裡乾坤。語中有刺。

唯當時尚有兩大叛臣，一個就是李懷光，一個乃是李希烈。希烈既入據汴州，僭稱帝號，遂分兵略陳州境，抄掠項城縣，縣令李侃，不知所為，擬棄城逃生。侃妻楊氏道：「寇至當守，不能守當死，奈何逃去？」斬釘截鐵之言，不意出自巾幗。侃皺眉道：「兵少財乏，如何可守？」楊氏道：「此城如不能守，地為賊有，倉廩為賊糧，府庫為賊利，百姓為賊民，國家尚得攜去麼？今發財粟募死士，共守此城，或當有濟。」乃召吏民入庭中，由楊氏出庭與語道：「縣令為一邑主，應保汝吏民，但歲滿即遷，與汝等不同。汝等生長此土，田廬在是，墳墓在是，當共同死守，豈忍失身事賊麼？」大眾淒聲許諾。楊氏復下令道：「取瓦石擊賊，賞千錢！持刀矢殺賊，賞萬錢！」眾皆踴躍。遂由侃率眾登城，楊氏親為炊爨，遍餉吏民，俄有一賊將鼓譟而至，楊氏即登陣語賊道：「項城父老，共知大義，誓守此城，汝等得此城，不足示威，不如他去，免得多費心力。」賊眾見是婦人，又聽她言語近迂，忍不住大笑起來，待楊氏下城，便即攻撲。侃率眾抵禦，倉猝間中一流矢，忍痛不住，返身下城，正與楊氏相遇。楊氏道：「君奈何下城？試想吏民無主，何人耐守？就使戰死城上，也得千古留名，比死在床中，榮耀得多了。」勉夫取義，乃有此語，並非祈夫速死。侃乃裹創登陴，麾眾競射。賊將架上雲梯，首先躍上，突被守卒射中面頰，墜死城下，賊眾奪氣，相率散去，項城得全。

刺史列功上聞，詔遷侃為太平令。史稱唐武後時，契丹寇平州，刺史鄒保英妻高氏，率家僮女丁守城，默啜攻飛狐，縣令古玄應妻高氏，亦助夫守城，均得卻敵。及史思明叛亂，衛州女子侯氏，滑州女子唐氏，青州女子王氏，歃血立盟，共赴行營討賊，數婦女皆得受封，但慷慨知義，尚不及楊烈婦，獨封賞只及乃夫，不及楊氏，這還是朝廷失賞哩（事見《唐書．楊烈婦傳》，本編不肯從略，實為女史揚芬）。

希烈因項城小邑，無暇顧及，別遣將翟崇暉圍攻陳州，但也相持不下。嗣聞李希倩伏法，怒不可遏。看官道是何因？希倩是希烈親弟，他為此動怒，遂遣使至蔡州，令殺顏真卿以洩忿。真卿見了使人，問為何事？使人道：「有敕賜死。」真卿道：「老臣無狀，罪固當死，但不知貴使何日發長安？」使人道：「我從大梁至此。」真卿接口道：「照你說來，乃是賊使，怎得稱為敕使呢？」使人遂將他縊死，年七十六。曹王皋駐守江淮，正遣將拔安州，擒斬希烈甥劉戒虛，且進軍厲鄉，擊走希烈將康叔夜，及聞真卿死難，不禁大慟，全軍皆泣，乃表陳真卿大節，請速旌揚。德宗因追贈真卿為司徒，加謚文忠。希烈自督兵攻寧陵，為劉洽將高彥昭所破，遁還汴梁，但日望崇暉攻下陳州，因遣人督促，且派兵幫助崇暉。劉洽遣都虞侯劉昌，與隴右節度使曲環等，率兵三萬，往救陳州。曲環用埋伏計，與劉昌夾擊崇暉，斬首至三萬五千級，連崇暉都擒了回來，於是兵威大振，遠近驚心。偽節度使李澄，焚去希烈所授旌節，舉鄭滑二州歸唐，會同劉洽各軍，進攻汴州。希烈恐不能守，留大將田懷珍居守，自奔蔡州。田懷珍開門迎納官軍，汴州平復。詔授李澄為汴滑節度使，召河南都統李勉入朝。李勉至長安，素服待罪。時李泌復應召入都，受職左散騎常侍，日直西省，專備諮詢。德宗因李勉失守大梁，擬加貶黜，泌獨進言道：「李勉公忠雅正，不過未嫻策略，試看大梁不守，將士願棄妻孥，從勉至睢陽，約有二萬餘人，可見他平時撫馭，尚得眾心。且劉洽實出勉麾下，今洽克復大梁，亦足為勉補過，還乞陛下鑑原！」德宗乃只罷勉都統，仍令同平章事。

浙江東西節度使韓滉，效順唐廷，貢獻不絕，或譖他聚兵修城，陰蓄異志，德宗又未免起疑，密問李泌。泌願百口保滉，且言滉性忠直，不附權貴，因致毀謗交加，幸乞詳察！德宗尚未肯信，經泌再三剖解，力袪主惑，最後復獻議道：「滉子韓皋，現為考功員外郎，今因乃父被謗，幾至不敢歸省，現在關中饑荒，斗米千錢，唯江東尚稱豐稔，若陛下遣皋歸省，令滉速運糧儲，接濟關中，這是朝廷大計，幸陛下俯聽臣言，絕不誤事！」德宗乃賜皋緋衣，遣皋南歸，且諭皋道：「卿父近遭疑謗，朕皆不信，唯關中乏糧，須由卿父趕緊籌給，幸勿延誤。」皋歡躍而去，及與父相見，備述上語，滉感激涕零，即日發米百萬斛，運送關中。皋但留五日，亦即遣他還朝。陳少遊聞滉發糧，也貢米二十萬斛，偏劉洽攻克汴州，得李希烈起居注云：「某月某日，陳少游上表歸順。」這事一傳十，十傳百，少遊也有所聞，免不得羞慚無地，鬱鬱病死。猶有恥心，還算天良未曾喪盡。德宗尚追贈太尉，賻贈如儀。於韓滉則疑之，於少遊則贈之，主德可知。淮南大將王韶，欲自為留後，滉遣使與語道：「汝敢為亂，我即日全師渡江，來誅汝了。」韶懼不敢動。德宗聞知，喜語李泌道：「滉不但鎮定江東，且並能鎮定淮南，真不愧為大臣。但非如卿知人，朕幾誤疑及滉了。」至此才曉得麼？又加滉同平章事，兼江淮轉運使。滉運江淮粟帛，西入關中，幾無虛月，朝廷始安。越年，復改易年號，稱為貞元元年，頒詔大赦。

新州司馬盧杞，遇赦得還，轉任吉州長史，欣然告人道：「我必再得重用。」果然歷時無幾，德宗令給事中袁高草制，擬任杞為饒州刺史。高不肯下筆，奏稱：「杞反易無常，卒致乘輿播遷，海內瘡痍，奈何復用？」德宗不從，顧令別官草制，補闕陳京趙需裴佶宇文炫盧景亮等，聯名上疏，極言杞罪。袁尚又申詞劾奏，德宗乃語李勉道：「廷臣多不直盧杞，朕意擬授他小州，何如？」勉答道：「陛下君臨四海，如欲用杞，就使畀他大州，亦無不可。只惜天下失望，終累聖明呢。」乃只授杞為澧州別駕。杞病死澧州，李泌入見德宗道：「外人或議陛下為桓靈，今觀陛下貶死盧杞，恐堯舜亦有所未及呢。」德宗甚喜，繼又皺著眉頭道：「河中未靖，朕遣孔巢父宣慰，反被李懷光殺死，這卻是一件大患哩。」泌答道：「當今可患的事件，不止一端。若懷光擅據河中，虐殺使臣，為天下所共棄，將來必被大軍梟滅，臣竊謂不足憂呢。」德宗復道：「吐蕃助討朱泚，朕曾許畀安西北庭等地，今吐蕃求如前約，朕不便食言，看來只好割畀了。」泌諫阻道：「安西北庭，民性驍悍，足以控制西域，捍衛邊疆，奈何拱手讓人？況吐蕃曾受逆賂，勒兵觀望，大掠而去，何足言功，陛下絕不宜割地。」（孔巢父被殺，及吐蕃求地，俱借德宗口中敘過，以省筆墨。）德宗乃拒絕番使，遣李晟為鳳翔隴右節度使，進爵西平王，令屯田儲粟，控制吐蕃，再命渾瑊駱元光等，往討懷光。

晟奉命將行，適李楚琳入朝，即請與同往鳳翔，乘便處死，為叛逆戒。德宗以京都新復，反側宜安，不肯遽許，但留楚琳在京，任為金吾大將軍。晟雖未便違敕，心下總不以為然。及馳至鳳翔，查出謀殺張鎰的將士，共十餘人，首惡叫做王斌，剖心祭鎰，餘俱斬首，眾皆股慄。會吐蕃借索地為名，入寇涇州，節度使田希鑑，貽書李晟，乞請濟師。晟語親將史萬歲道：「李楚琳幸得逃生，田希鑑尚在涇原，我絕不使漏網了。」遂命萬歲率精兵三千，作為先行，自率五千騎繼進。虜兵素憚晟威名，聞他到來，陸續退去。及晟至涇州，已是烽煙靜息，塞漠安恬。希鑑出城迎謁，晟與他寒暄數語，並轡入城，下馬登堂，開樽話舊，兩下裡很是投機，並不露一些形跡。希鑑妻李氏，與晟雖是疏族，究系同宗，當由希鑑令她出見，排敘輩分，應呼晟為叔父，晟亦視若姪女，改稱希鑑為田郎。嗣是朝夕過從，屢與歡宴。盤桓了好幾日，晟擬還師，因語希鑑道：「我留此已久，日承款待，未免疚心，今欲歸鎮，亦應具一杯酒，聊報田郎。且諸將多系故人，俱請邀至敝營，舉觴話別。」希鑑唯唯從命。晟營本在城外，返營後暗囑史萬歲，專待明日行事。翌日巳牌，營中已整備酒席，候希鑑等到來，希鑑與諸將鼓興出城，趨入晟營。晟迎他入座，且語涇原諸將道：「諸君到此，請自通姓名爵裡，以便序座。」諸將一一報明，依晟派定座席，鞠躬坐下。忽有一將報畢，晟忽勃然道：「汝實有罪，不應列座。」遂呼史萬歲入帳，指麾軍士，將他推出斬首。軍士持首還報，希鑑不覺心驚，勉強坐在晟側。晟笑語希鑑道：「田郎！汝亦不得無罪。」希鑑正思答辯，已被史萬歲上前拖出，令軍士縛住希鑑。晟復正色道：「天子蒙塵，汝乃擅殺節度使，受賊偽命，今日尚有面目來見我麼？」說得希鑑魂飛天外，不能對答一詞。小子有詩詠道：

> 叛臣竟復握兵符，不死何由伏賊辜。
> 杯酒邀來伸國法，涇原才識有天誅。

未知希鑑性命如何，且至下回說明。

朱泚攻奉天累月，卒不能下，及退還長安，得李懷光之相與連結，復不能分兵四出，略奪唐土，李晟一舉，長安即破，輾轉奔至彭原，仍為部將所殺。泚之無能，可以想見。然亦由去順效逆，自速其禍，人心去而身首即隨之耳。李希烈李懷光等，逆同朱泚，若乘收復京城以後，即命李晟渾瑊等，分軍進討，當可立平，乃回都盛宴，苟且偷安，猶且遣使宣慰，令陷死地，顏真卿效節於前，孔巢父遇害於後，人謂德宗好猜，德宗豈徒蹈好猜之失者？蓋亦猶是祖若考之庸柔，而未克自振也。李楚琳田希鑑等，反覆無常，可討不討，李晟欲誅楚琳，復不見許，唯希鑑為晟所誅；聊快人意，有靖國之忠臣，無靖國之英主，惜哉！

第六十八回　竇桂娘密謀除逆　尙結贊狡計劫盟

卻說田希鑑既被拿住，無可辯罪，即由史萬歲牽入帳後，將他勒死，諸將相顧失色，還有何心飲酒。李晟顧語諸將道：「我奉天子命，來此誅逆，諸君無罪，何妨痛飲數杯。」諸將按定了神，勉盡兩三觥，便即起座告別。晟即同入城，揭示希鑑罪狀，並言除希鑑外，不復過問，將士帖然。乃令右龍武將軍李觀，代為節度，使囑希鑑妻李氏扶櫬回籍，然後從容還鎮，表達朝廷。未免難為姪女。會聞渾瑊等進討懷光，屢戰不利，朝臣議赦懷光罪，遣宦官尹元貞諭慰河中，惹得李晟忠憤填膺，力劾元貞，請即治罪，並自願率兵討懷光。德宗因吐蕃屢擾，不便易帥，乃別命馬燧為河東行營副元帥，援應渾瑊。燧以晉慈隰三州，為河中咽喉，即遣辯士說他反正。於是晉州守將要廷珍，慈州守將鄭抗，隰州守將毛朝敭，皆舉地歸降。有旨令燧兼鎮三州，燧曾舉薦康日知為晉慈隰節度使，因地失無著，未曾涖任，至是仍讓與日知。德宗乃令日知鎮守，燧乃拔絳州入寶鼎，與懷光部將徐伯文相值，掩殺一場，射死伯文，斬首萬餘級，復分兵會合渾瑊，且逼長春宮，連敗逆眾，進圍宮城。懷光諸將，相繼出降。呂鳴嶽也通款馬燧，密約內應，不料為懷光所聞，殺死鳴嶽。燧乃與諸將謀道：「長春宮不下，懷光必不可獲。但長春宮守備甚嚴，亦非旦夕可拔，我當親自往諭，令他來降便了。」遂徑造城下，呼守將答話。

守將乃是徐庭光，曾與燧相識，登城見燧，便率將士羅拜城上。燧料他意屈，便仰語道：「我自朝廷來此，可西向受命。」庭光等復向西下拜。燧復宣諭道：「公等皆朔方將士，自祿山以來，為國立功，已四十餘年，何忍為滅族計，若肯從我言，非止免禍，富貴也可立致呢。」庭光尚未及答，燧又道：「爾等以我為謊語麼？爾若不信我言，何妨射我！」遂披襟袒胸，待他射來。與李抱真釋憾，也用此計。庭光感泣，守卒無不流涕。燧復語道：「懷光負國，於爾等無與，爾等但堅守勿出便了。」庭光等應聲許諾，燧乃回營。次日與渾瑊韓遊環進搗河中，留駱元光屯兵城下，行至焦籬堡，守將尉珪，即率七百人迎降，餘戍望風遁去。燧正欲渡河，忽得元光急報，說是：「徐庭光尚然不服，屢加詬詈。」燧乃再返長春宮，問明原委，系庭光只服馬燧，不服駱元光，因復帶著數騎，呼庭光開城。庭光開門迎入，由燧慰撫大眾，眾皆歡呼道：「我輩復為王人了。」燧即表薦庭光，有詔令試殿中監，兼御史大夫。渾瑊顧語僚佐道：「我始謂馬公用兵，與我相等，今乃知勝我多了。」渾瑊卻也虛心。燧既降服庭光，遂率全軍濟河。懷光聞官軍大集，舉烽召兵，無人肯至，就是部將士，也自相驚擾，忽喧聲道：「西城擐甲了。」又忽嘩噪道：「東城捉隊了。」又過了半刻，將士都改易章飾，自署太平字樣。懷光不知所措，遂自經死。朔方將牛石俊，斷懷光首級出降。燧麾眾入城，捕殺懷光親將閻晏等七人，餘俱不問。獨駱元光為庭光所辱，懷怒未釋，竟把他一刀殺死，乃入城見燧，頓首請罪。燧大怒道：「庭光已降，汝敢擅殺，還要用什麼統帥？」說至此，即顧視左右，欲將他推出斬首。韓遊環忙趨入道：「元光殺一降將，欲將他處死，公殺一節度使，難道天子不要發怒嗎？」燧乃叱退元光，不復加罪。河中兵尚有萬六千人，盡歸渾瑊統轄，即令渾瑊鎮守河中，自是朔方軍分守邠蒲，不再北返了。

先是懷光子璀，曾云隨父俱盡，德宗很是憐惜，不欲令死（應六十六回），且命他再赴河中，勸父歸順。璀往勸不從，未便覆命。適陝虢兵馬使達奚抱暉，鴆殺節度使張勸，自掌軍務，邀求旌節。德宗召泌入商，泌自請赴陝，相機辦理，乃授泌為都防禦水陸運使，經理陝事。泌辭行時，德宗與語道：「卿至陝州，試為朕招諭李璀，毋使彼死。」泌答道：「璀若果賢，必與父俱死，假使畏死偷生，也不足責了。」及泌既至陝，河中平復，懷光已經縊死，璀亦手刃二弟，自刎身亡。事為德宗所聞，很加悲憫，且念懷光舊功，不應無後，特查得懷光外孫燕氏，賜姓為李，名曰承緒，令為左衛率府冑曹參軍，繼懷光後，並歸懷光身首，命懷光妻王氏收葬，賜錢百萬，置田墓側，用備祭享。加馬燧兼侍中，渾瑊檢校司空，餘將卒各有賞賚。就是進討淮西的將士，亦調還本鎮，各守圻疆，算做與民休息，不再用兵的意思。

是時李泌已邀同馬燧，偕赴陝州，陝軍不待抱暉命令，出城遠迎，抱暉料不能抗，亦只好出來迎謁。泌偕燧入城，毫不問罪，但索簿書，治糧儲。有人謁泌告密，泌皆不見，軍中鎮靜如常，乃召抱暉與語道：「汝擅殺朝使，罪應加誅，唯今天子以德懷人，泌亦不願執法相繩，汝且齎著幣帛，虔祭前使，此後慎無入關，自擇安處，潛來接取家屬，我總可保汝無虞了。」抱暉不禁涕泣，唯唯而去，陝州遂定。泌復鑿山開渠，自集津至三門，闢一運道，以便轉漕，數月告成。會關中倉稾告竭，禁軍脫巾索餉，喧擾不休，虧得韓滉運米三萬斛，解至陝州，由泌令從新運道轉給關中。德宗大喜，語太子誦道：「我父子得生了。」隨即遣中使遍給神策六軍，軍士皆呼萬歲。若非信任韓滉，烏能得此。時關中連歲旱荒，兵民多有菜色，及糧既運至，麥又繼熟，市中始見有醉人，相率稱瑞，這也可謂剝極才復呢。

朱滔聞河陝皆平，非常恐懼，上表待罪，嗣即憂死。將士奉劉怦知軍事，怦奏達朝廷，詞極恭遜，乃命怦為幽州節度使。已而怦又病逝，詔令怦子濟知節度事，且調曹王皋為荊南節度使，韋皋為西川節度使，曲環為陳許節度使，招撫流亡，安輯四境。唯李希烈尚負固稱雄，倔強不服，貞元二年正月，遣將杜文朝寇襄州，為山南東道節度使樊澤所擒，三月復發兵襲鄭州，復為義成節度使李澄所破，希烈兵勢日衰，到此也積憂成疾，奄臥床中。他有一個寵妾，本姓竇氏，小字桂娘，系汴州戶曹參軍竇良女兒，貌美能文。希烈入汴，聞桂娘豔名，即遣將士至良家，強劫桂娘以去。桂娘語乃父道：「阿父無戚，兒此去必能滅賊，使大人得邀富貴。」也是一個奇女子。及見了希烈，卻也並不峻拒，竟任希烈摟入幃中，曲盡所歡。希烈日夕相依，愛逾珍寶，即冊桂娘為偽妃。桂娘以色相媚，以才相炫，復以小忠小信，籠絡希烈，因此希烈有事，無論大小機密，均為桂娘所知。及希烈奔歸蔡州，桂娘語希烈道：「妾觀諸將中非無忠勇，但皆不及陳光奇，聞光奇妻竇氏，甚得光奇歡心，若妾與聯繫，將來緩急有恃，可保萬全。」希烈稱善，遂令桂娘結納竇氏，互相往來。桂娘小竇氏數歲，因呼竇氏為姊，日久情暱，肺腑畢宣。桂娘因乘間語竇氏道：「蔡州一隅，怎敵全國？遲晚總不免敗亡，姊應早自為計，毋致絕種。」竇氏頗以為然，轉告光奇。光奇乃謀誅希烈，常欲伺隙下手。湊巧希烈有疾，遂密囑醫士陳山甫，投毒入藥。希烈服藥下去，毒性發作，頃刻暴亡。十載梟雄，一女子即足了之。希烈子祕不發喪，欲盡誅故將，代以新弁，計尚未決，適有人獻入含桃，桂娘復進白道：「請先遣光奇妻，且足免人疑慮。」希烈子依她所囑，即由桂娘遣一女使，賚贈竇氏。竇氏見含桃內，有一格形色相似，卻是一顆蠟丸，外塗硃色，心知有異，俟遣還女使後，與光奇剖丸驗視，中藏一紙，有細小蠅楷云：「前日已死，殯在後堂，欲誅大臣，請自為計。」光奇即轉告僚將薛育，薛育道：「怪不得希烈牙前，樂曲雜發，晝夜不絕，試想希烈病劇，哪有這般閒暇？這明是有謀未定，佯作此狀，倘不先發難，必遭毒手了。」光奇即與育各率部兵，闖入牙門，請見希烈。希烈子倉皇出拜道：「願去帝號，一如李納故事。」光奇厲聲道：「爾父悖逆，天子有命，令我誅賊。」遂將希烈子殺死，並及希烈妻，且梟希烈屍首，共得頭顱七顆，獻入都中，只留桂娘不殺。德宗以光奇誅逆有功，即命為淮西節度使。偏希烈舊將吳少誠，佯與光奇同意，暗中卻欲為希烈報仇，不到兩月，竟糾眾殺死光奇，連兩個竇家少婦，一古腦兒迫入冥途。桂娘已誅希烈，宿願已償，可以遠去，乃留死蔡州，未免智而不智。德宗又授少誠為留後，這真是導人椎刃，貽禍無窮了(伏筆不盡，直注到憲宗時淮蔡之役)。

義成節度使李澄病死，子克寧也祕不發喪，墨衰視事，增兵守城。宣武節度使劉玄佐，就是劉洽改名，他卻出師境上，使人告諭克寧道：「汝敢不待朝命，擅做節度，我當即日進討了。」克寧乃不敢襲位，靜待詔敕。德宗命工部尚書賈耽，繼任義成節度使，出鎮鄭滑，鄭滑自李澄反正後，改稱義成軍，耽既到任，克寧乃去。玄佐歸鎮，適韓滉過境，約為兄弟，聯袂入朝，曲環亦湊便同行。及至都中，正值西寇告警，李晟受謗，朝右訛言四起，又似有變亂情形。看官道為何因？原來吐蕃因索地不與，屢次寇邊，德宗令渾瑊駱元光移屯咸陽，接應李晟。晟遣部將王佖，率驍勇三千人，往伏汧城，授以密計道：「虜過城下，勿遽出擊，俟見有五方旗，虎豹衣，必是虜兵中堅，若突起掩殺，必獲大勝。」佖領計而去。果然吐蕃統帥尚結贊，盛氣前來，麾下親兵旗飾，一如晟言。佖殺將出去，尚結贊驚走，猝死千餘人，退屯數十里。尚結贊語部將道：「唐朝良將，只李晟馬燧渾瑊三人，我當用計除他，方可得志。」乃轉入鳳翔境，禁止擄掠。至直鳳翔城下，大呼道：「李令公召我來，何不出來犒師？」這明是反間計，若非張延賞在內，也是容易瞧破。守將當然不答，他卻經宿退去。晟復遣蕃落使野詩良輔，與王佖合兵追擊，又破吐蕃部眾，攻入摧沙堡，毀去吐蕃蓄積，然後班師。邠寧節度使韓遊環，又邀擊虜兵，奪還所掠貨物。

尚結贊西竄歸國，嗣乘天氣嚴寒，復入陷鹽夏銀麟四州，尚說是李晟召他進來。晟有兩婿：一為工部侍郎張彧，一為幕僚崔樞。彧自恃通顯，看樞不在眼中，偏晟卻特別優待，彧未免介意。給事中鄭雲逵，嘗為晟行軍司馬，被晟訶責，亦挾有夙嫌。最與晟有宿怨的，乃是左僕射張延賞。延賞系故相嘉貞子，曾因父蔭任參軍，累官至西川節度使。德宗初年，吐蕃寇劍南，晟率神策軍往征，擊退虜兵，班師還朝（見六十二回）。延賞正往鎮西川，見晟挈一蜀妓隨行，竟囑吏奪還，李晟亦曾漁色耶？晟因是挾恨。至德宗出奔奉天，延賞貢獻不絕，轉趨梁州，仍然如故，乃召延賞為中書侍郎，同平章事。晟未免不平，竟奏劾延賞，說他不足為相。德宗不得已，罷為尚書左僕射。延賞才度原不足為相，但晟以私意奏劾，究屬非是。延賞懷怨益深，偶聞吐蕃閒言，樂得投井下石，誣毀李晟。再經張彧鄭雲逵等，作為證據，說得這位李西平王，差不多與李希烈李懷光相似，德宗也自然動起疑來。晟得知消息，晝夜悲憤，哭得雙目盡腫，乃悉遣子弟入都，表請為僧。有詔不許，復稱疾入朝，面請辭職，又不見允。韓滉素與晟善，趁著入朝時候，探知啟釁情由，遂面白德宗，願為調人。德宗亦頗樂允，滉乃與劉玄佐左右勸解，令晟與延賞聚飲釋嫌，約為弟昆。晟因復薦延賞為相，前劾後薦，俱可不必。德宗仍拜延賞同平章事，且令兩人同宴禁中，各賜彩錦一端，以示和解。晟有少子未娶，願與延賞女為婚，延賞竟嚴詞謝絕，晟懊悵道：「武人性直，既已杯酒釋怨，即不復介懷，哪知文士難犯，外雖和解，內仍蓄憾，可不懼麼？」

滉陛辭還鎮，臨行時薦兵部侍郎柳渾入相，德宗即令渾同平章事。渾秉性剛正，夙負重名，時論稱為得人，唯與延賞未合。及滉既還鎮，未幾謝世，德宗欲起用白志貞為浙西觀察使，渾謂：「志貞僉壬，不可復用。」偏延賞逢迎上意，竟慫恿德宗，授志貞官。又密奏李晟權重，不應再令典兵，乃留晟在京，冊拜太尉，兼中書令。延賞薦鄭雲逵出鎮鳳翔，還是德宗記晟前功，令他擇賢自代。晟舉都虞侯邢君牙，因授君牙為鳳翔尹，別命陳許兵馬使韓全義，率步騎萬二千人，會邠寧軍趨鹽州。又命馬燧領河東軍擊吐蕃，收降河曲六胡州。吐蕃大相尚結贊，退屯鳴沙，聞馬燧渾瑊等，大舉出擊，未免驚惶，更因雲南王異牟（即閤羅鳳孫），為西川節度使韋皋招撫，自己失一臂助，乃遣使至唐廷乞和。德宗尚未允許，尚結贊又卑辭厚禮，通好馬燧。燧乃留屯石州，上表陳請。李晟入諫道：「戎狄無信，不宜許和。」張延賞獨與晟反對，主張和議。德宗遂遣左庶子崔澣，出使吐蕃。澣與尚結贊相見，責他敗盟，尚結讚道：「中國助討朱泚，未得厚賞，所以東來質問，乃諸州不肯相容，以致用兵。今公前來修好，實所深願。但渾侍中忠信過人，名聞遠近，應請他前來主盟，互昭信實。」澣返報德宗，德宗召渾瑊入朝，命為會盟正使，兵部尚書崔漢衡為副使，都監鄭叔矩為判官。兩下共議會盟地點，約在平涼。瑊出發長安，李晟語瑊道：「此行甚險，一切戒備，不可不嚴。」張延賞得聞晟言，即入白德宗道：「晟不欲兩國聯盟，故戒瑊嚴備，須知我疑人，人亦疑我，盟何由成？」德宗因復召瑊入內，囑他推誠待虜，勿自猜貳，致阻虜情。瑊遵囑而去。

既而遣使入報，謂已訂定盟期，決於五月辛未日。延賞召集百官，執瑊表示眾道：「李太尉謂吐蕃難信，必不易和，今渾侍中有表到來，說是盟期已定，諒渾侍中總不欺上呢。」說罷，甚有得色。休歡喜！晟亦在側，忍不住淚下道：「臣生長西陲，備悉虜情，雖已會盟有日，怎保他不臨時變卦？竊恐朝廷不戒，終不免為大戎所侮呢。」德宗始命駱元光屯潘原，韓遊環屯洛口，遙作瑊援。元光亟往見瑊道：「潘原距盟地約七十里，公若有急，元光何從得聞，請與公同行為妥。」瑊答道：「皇上囑我推誠，若用兵自衛，便是違詔了。」元光道：「事貴預備，一或遇險，後悔無及，他日論罪，寧坐元光。」遂派千騎至瑊營西面，暗地埋伏，又約韓遊環派兵五百騎，相連伏著，且囑語道：「倘或生變，汝等西趨柏泉，作為疑兵，可分虜勢。」韓軍依計而行。瑊之不死，幸有此耳。

尚結贊使人至瑊營，約各遣甲士三千人，列壇東西，四百人穿著常服，得隨至壇下，瑊一一許諾。辛未日辰刻，尚結贊又請各遣遊騎數十名，互相覘察，瑊復應允。瑊為名將，奈何全不知防？哪知吐蕃在大營左右，伏兵至數萬人。唐遊騎往覘虜營，悉數被擄，一個兒沒有放還。虜騎卻梭織唐營，往來無禁。瑊與崔宋兩人，全不知黠虜詭計，反從容趨至盟壇，入幕易服，準備行禮。驀聽得一聲鼓響，萬馬聲嘶，彷彿似廣陵怒潮，震動幕外。宋奉朝方欲出視，不防虜騎突入，先把他拿來開刀。崔漢衡慌忙失措，急欲覓路逃生，已被虜眾追上，把他撳倒，似縛豬般的捆了出去。獨渾瑊從幕後逸出，幸得一馬，即縱身躍上，扯住馬鬣，向前飛馳，背後虜眾追趕，箭鏃從背上擦過，虧得身伏馬上，才免受傷，及奔近營前，已剩得一座空營，那追騎尚緊緊不捨，不由的著急道：「天亡我了！」道言未絕，營西有一大將呼道：「侍中快來！我等在此。」瑊側身西顧，見有一簇官軍，整佇列著，才覺得絕處逢生。小子有詩詠渾瑊道：

百密如何致一疏，虎臣竟被困群狙。
若非良將先籌備，受擊寧徒喪副車。

欲知何人來救渾瑊，待至下回再表。

前半回連敘數事，而標目獨及竇桂娘，為巾幗得標一異採，不得不略彼言此，補前史之所未詳。蓋桂娘以一女子身，為李希烈所劫，大加寵信，女子最易移情，疇肯始終如一，勉踐前言？柔忍如桂娘，殆亦不可多得之女子，宜乎杜牧之為彼立傳也。況懷光困死，而希烈獨存，若無桂娘，幾似亂臣賊子，可以安享天年，無逆報矣。然則桂娘之密謀誅逆，烏得不大書特書耶？若夫李晟渾瑊馬燧，為唐德宗時三大名將，晟知吐蕃之難信，不宜與和，而瑊與燧皆未曾料及，是晟之智燭幾先，固非二人所可逮者。但以一蜀妓故，怨及延賞，互相報復，誤國政，墮虜計，晟亦安得為無咎乎？夫以忠智如李晟，尚為色所誤，況如李希烈之驕侈滅義，其能不為桂娘所制哉？

第六十九回　格君心儲君免禍　釋主怨公主和番

卻說渾瑊奔回故營，營中將士，已皆遁去，幸營西尚列有嚴陣，迎接渾瑊，統將非別，就是駱元光。元光迎瑊入營，即令軍士持械待虜，且促邠寧向西進行，俟虜騎追至，驟見官軍陣勢嚴肅，已是驚心，更瞧著西邊一帶，有官軍馳去，恐他繞出背後，阻截歸路，乃即收軍卻還。瑊與元光招集散卒，檢點傷亡，已不下二千餘人，只好付諸一嘆，怏怏而還。還是天幸。是日德宗視朝，語宰輔道：「今日和戎息兵，好算國家幸福。」柳渾接口道：「戎狄豺狼，恐非盟誓可結，今日事實足深憂。」李晟亦插入道：「誠如渾言。」德宗變色道：「柳渾書生，不知邊計，大臣亦作此言麼？」晟與渾皆頓首謝罪，德宗拂袖退朝。到了傍晚，由韓遊環急奏，報稱狡虜劫盟，入寇近鎮。德宗大驚，即召渾等入議道：「卿本書生，乃能料敵如此，朕適才失言了。但虜入近鎮，都城可虞，究應如何處置？」渾尚未答。李晟趨進道：「臣願出屯奉天，防禦虜兵。」德宗沉吟未決。仍然不忘延賞語。

適渾瑊奏報亦至，備詳一切，因命瑊屯兵奉天，留晟不遣。

看官聽著！那尚結讚的狡計，第一著是離間李晟，已經逞志，第二著是佯和馬燧，謀執渾瑊，欲將兩人一併致罪，因縱兵直犯長安。這策但行了一半，未得成功，尚結贊還是失望，退至故原州，查得擒住將校，最大的是崔漢衡，次為馬燧姪弇，及中使俱文珍。他又想了一策，釋三人縛，引他入座道：「我欲執渾侍中，不意誤致公等，未免抱歉。」又指馬弇道：「君是馬侍中姪兒，前日馬侍中至石州，若渡河掩擊，我軍必覆，幸蒙侍中許和，因得全師而返，侍中為我造福，我怎得拘他子姪？今特遣君歸國，請煩轉謝侍中。」說罷，便縱馬弇俱文珍東還，仍將崔漢衡等拘留。

弇還見燧，述及尚結贊語，燧尚不知是計。及文珍入語德宗，德宗竟信為真言，撤燧副元帥節度使職權，只命為司徒兼侍中。張延賞恰也慚懼，嘗託病不朝。德宗乃召李泌同平章事。泌入都受職，與李晟馬燧等，一同進見。德宗語泌道：「朕今與卿約，卿慎勿報仇。如他人有德及卿，朕當為卿代報。」泌答道：「臣素奉道教，不願與人為仇，從前李輔國元載，均欲害臣，今已皆死去了。就是臣的故友，或早顯達，或已淪亡，臣亦無德可報，唯臣今日亦願與陛下立約，未知陛下肯否俯從？」乘便還他一語，長源畢竟慧人。德宗道：「有何不可？」泌即道：「願陛下勿害功臣！即如李晟馬燧，功高遭忌，若陛下過信讒言，一或加害，恐藩臣衛士，無不憤惋，變亂即從此再生了。陛下誠坦然相待，合保無虞。有事使專征伐，無事入朝奉請，豈不是君臣至樂麼？二臣亦不可自恃有功，恪盡臣道，天下可長保太平，臣等均得受庇呢。」德宗道：「朕始聽卿言，自覺驚疑，及聞卿剖決，實是社稷至計。朕謹當書紳，與二大臣共保全全。」晟與燧俱伏地泣謝。德宗又語泌道：「從今日始，軍旅儲糧事，一概委卿，吏禮委張延賞，刑法委柳渾。」泌答道：「陛下錄臣菲才，使待罪宰相，宰相職兼內外，天下事咸共平章，若各有所主，便成為有司，不得稱為宰相了。」語語中肯。德宗笑道：「朕知誤了，卿言原不錯呢。」嗣是待泌益厚，加封鄴侯。泌又請復吏職，汰宂官，停番使廩給，分隸禁軍，調邊境戍卒，屯田京師，與番賈互市，鬻繒易牛，募邊人輸粟，救荒濟乏，經德宗一一施行，俱足挽救時弊。

德宗喜文雅，恨質直，泌語多文采，尤得主心。唯柳渾素性樸直，常發俚言，為德宗所不悅，且與張延賞屢有齟齬。延賞嘗使人通意道：「公能寡言，相位可久保了。」渾正色道：「為我致謝張公，渾頭可斷，舌不可禁呢。」確是個硬頭子。已而渾竟罷為左散騎常侍，相傳為延賞排擠，乃致免相。延賞又與禁衛將軍李叔明有隙，且欲設法構害，並連及東宮。叔明本鮮于仲通弟，賜姓為李，有子名昇，與郭子儀子曙，令狐彰子建，同為衛士。德宗西奔時，三人皆扈駕有功，及還鑾後，俱得任禁衛將軍，甚邀上寵。昇嘗出入郜國長公主第，致有蜚言。公主系肅宗幼女，夙具姿首，初嫁裴徽，繼適蕭升，升歿役，又與彭州司馬李萬通姦，還有蜀州別駕蕭鼎，澧陽令韋惲，亦嘗私相往來。李昇不知自檢，也去問津，半老徐娘，素饒風韻，恰也無所不容。可謂多多益善。公主女為太子妃，延賞欲構成大獄，先將李昇等私侍公主，入白德宗。德宗命李泌探察虛實，泌徐答道：「臣想此事關係，必有人搖動東宮，來訴陛下，別人無此能力，大約唯張延賞一人。」德宗道：「卿從何處料得？」泌又道：「延賞與昇父有嫌，昇現承恩眷，一時無從中傷，郜國長公主，系太子妃生母，從此入手，就可興一巨案了。」不愧智囊。德宗不禁點首道：「卿料事甚明，一說便著。」泌復道：「昇入居宿衛，既已被嫌，應該罷斥，免得延賞再來生波。」德宗依言罷昇，且漸疏延賞。延賞弄巧反拙，鬱鬱而死。昇自延賞去世，少了一個冤家對頭，樂得與長公主朝夕言歡，親近薌澤。德宗本欲罷昇示戒，不意脫離禁掖，反做了無拘無束的淫夫，鎮日裡在長公主第中。或告長公主淫亂如故，且敢為厭禱事，德宗大怒，把長公主幽錮禁中，流昇嶺表，杖斃李萬，謫戍蕭鼎韋惲，並召入太子訓責一番。太子恐懼，情願與妃蕭氏離婚。

德宗怒尚未息，即召李泌入商，且語道：「舒王近已成立，孝友溫仁，足主大器。」泌答道：「陛下已經立儲，今反欲廢子立姪，臣實不解。」德宗道：「舒王幼時，朕已取為己子，有何分別？」泌又道：「姪終不可為子，陛下原有嫡嗣，反致生疑，難道姪可必信麼？且舒王今日盡孝，倘聞有易儲情事，恐轉未必能孝了。」德宗勃然道：「卿強違朕意，難道不顧家族麼？」泌毫不驚懼，反逼進一層道：「臣唯欲顧全家族，所以今日盡言，若畏憚天威，曲意阿順，恐太子廢黜，他日陛下生悔，必怨臣道：『我任泌為相，不諫我過，害我嫡子，我亦殺泌子洩恨。』臣唯一子，既遭冤死，即致絕嗣，雖有姪輩，恐臣不便血食了。」說至此，嗚咽流涕。悱惻語不可多得。德宗不禁動容。泌又道：「從古到今，父子相疑，多生慘禍，遠事不必論，建寧事非尚在目前麼？」德宗道：「建寧叔實冤死，所以皇考嗣祚，曾追謚為承天皇帝，至今回憶，我祖考肅宗皇帝，也太覺性急了。」（建寧王倓事，見前文，唯代宗追謚建寧，藉此補明）。泌答道：「臣曾為此事，所以辭歸，誓不近天子左右，不幸今日待罪宰相，又睹此事。且當時代宗皇帝，嘗懷畏懼，臣向肅宗辭行時，因誦章懷太子賢《黃臺瓜辭》，肅宗亦悔悟泣下，還願陛下不蹈前愆！」德宗又道：「貞觀開元，俱易太子，何故不生危亂？」泌答辯道：「承乾謀反，事被察覺，由親舅長孫無忌，及大臣數十人，訊問確實，因命廢斥，但言官尚入奏太宗，請太宗不失為慈父，承乾得終享天年。太宗依議，並廢魏王泰。今太子無過可指，怎得以承乾為比？況陛下既知建寧蒙冤，肅宗性急，更宜詳細審慎，力戒前失。萬一太子有過，猶願陛下依貞觀故事，並廢舒王，另立皇孫，庶百代以後，仍然是陛下子孫。至若武惠妃譖死太子瑛兄弟，海內冤憤，可為痛戒，何足效尤？願陛下勿信讒言！即有手書如晉愍懷，衷甲如太子瑛，尚當辯明真偽，難道妻母不法，女夫也宜坐罪麼？臣敢以百口保太子。設使臣如楊素許敬宗李林甫輩，得承此旨，早已私結舒王，密謀佐命了。」詳哉言之！德宗道：「這乃是朕家事，於卿何與，必欲如此力爭？」又是呆話。泌答道：「天子以四海為家，臣今得任宰相，四海以內，一物失所，臣當負責。況坐視太子冤枉，不為力解，臣罪且愈大了。」德宗道：「容朕細思，明日再議！」泌又叩首泣諫道：「陛下果信臣言，父子必慈孝如初，但陛下還宮，當默自審思，勿露微意，倘與左右言及，恐有僉壬窩小，乘隙生風，競為舒王效力，太子從此危了。」這一著更是要緊。德宗點首道：「具曉卿意。」泌乃退歸。

太子密遣人謝泌道：「若必不可救，當先自仰藥。」泌語來使道：「為我好語太子，必無此慮。但願太子起敬起孝，勿存形跡，若泌身不存，此事或未可知呢。」勉太子以孝，尤是正理。來使自去。隔了一日，德宗御延英殿，獨召泌入見，流涕與語道：「非卿切諫，朕今日就要自悔了。太子仁孝，實無他過，從今以後，所有軍國重務，及朕家事，均當與卿熟商了。」泌乃拜賀，且辭職道：「臣報國已畢，驚悸餘魂，不可復用，乞賜骸骨歸裡。」德宗極力慰諭，不准辭官。會吐蕃相尚結贊，遣使送還崔漢衡，及同時被虜的孟日華劉延邕諸人，到了涇原，與節度使李觀相見，再請求和。李觀恐有詐謀，受漢衡等，拒絕和議。尚結贊因再集羌渾部落，大舉入寇，進趨隴州及汧陽間，連營數十里，關中震動，連京城都受影響。所有西陲屯將，多閉壁自守，不敢出戰。隴右民居，盡被擄掠，丁壯婦女，悉作俘囚。見有老弱，輒斷手鑿目，拋棄道旁。邠寧節度使韓遊環，及隴州刺史韓清漇，神策副將蘇太平等，先後遣發奇兵，擊敗虜眾，尚結贊乃大掠而去。李泌欲結回紇大食雲南天竺，共圖吐蕃，因恐德宗記念陜州故事，懷恨回紇，故未敢遽請（陜州故事，見五十八回）會回紇合骨咄祿可汗（見六十六回），遣使貢獻方物，並乞和親。德宗不許，且召泌與商道：「和親事待諸子孫，朕若在位，不願與回紇結婚。」泌即進言道：「陛下不願和親，莫非為陝州遺憾麼？」德宗道：「誠如卿言。朕因天下多難，未能雪恥，怎得議和？」泌又道：「辱韋少華等，乃牟羽可汗，後復入寇，為今可汗所殺，今可汗實有功陛下，奈何怨他呢？」德宗搖首不答。泌乃趨退。會邊將報稱乏馬，德宗又與泌商議，泌答道：「臣有愚策，可使馬賤十倍。」德宗喜道：「卿有此妙策，何勿亟言？」泌又道：「請陛下屈己從人，為社稷計，臣方敢言。」德宗道：「果有良策，朕亦不惜屈己，卿且說來！」泌即答道：「願陛下北和回紇，南通雲南，西結大食天竺，不但馬可易致，就是吐蕃亦為我所困了。」德宗道：「除回紇外，可依卿計。」泌答道：「臣知陛下懷恨回紇，所以未敢早言，但為今日計，回紇最大，應先與連和，三國卻尚可從緩呢。」德宗道：「照卿說來，應先和回紇，但朕與回紇連和，便是負少華諸人了。」泌又道：「臣謂陛下不負少華，少華實負陛下。」德宗驚問何故？泌答道：「從前回紇葉護，率兵助國，臣正為行軍司馬，受命邀宴，未嘗輕入彼營，及大軍將發，先帝始與相見，這正為戎狄豺狼，不得不預防一著呢。陛下持節赴陝，春秋未壯，乃渡河輕入番營，身蹈不測，豈非危甚？少華等若不負陛下，應當與回紇可汗，先定會見禮儀，然後相見，奈何貿然輕赴？陛下試想當日危險情形，是少華負陛下，還是陛下負少華呢？且從前葉護入京，助討逆賊，意欲縱兵大掠，先帝曾親拜葉護馬前，保全京城，當時道旁列觀，約十萬餘人，統稱廣平王真華夷主（應五十四回）。先帝枉尺直尋，且使中外稱許，況牟羽身為可汗，舉國來援，陛下未曾下拜，實足伸威，倘使牟羽留住陛下，不必論意外事，就使與陛下歡飲十日，天下已共為寒心。幸而天助威神，豺狼馴服，仍送陛下回營，陛下尚只感少華，怨牟羽，臣竊以為未可呢。」這是達權之論。德宗聽著，旁顧左右，見李晟馬燧，亦適在側，便與語道：「朕素怨回紇，今聞泌言，亦自覺少理，卿等以為何如？」晟與燧同聲道：「泌言甚是，請陛下採納！」泌又接說道：「臣以為回紇不足怨，向來宰相處事未善，才覺可怨哩。回紇再復京城，今可汗又殺牟羽，尚有何罪？吐蕃陷我河隴數千里，又入京城，使先帝蒙塵陝州，這是百代必報的仇恥，陛下奈何當怨不怨，不當怨反怨哩？」德宗又道：「朕與回紇久已結怨，今往與修和，恐反為夷狄所笑，或且拒我，這卻如何處置？」泌答道：「臣願作書相遣，約用開元故事，如突厥可汗奉表稱臣，來使不得過二百人，市馬不得過千匹，不得攜中國人，及商胡出塞，這五事若皆如約，請陛下即許和親，他日威震北荒，旁懾吐蕃，必能如陛下所願了。」德宗稱善，乃由泌遺書回紇。回紇即遣使上表，一一如命。德宗大喜，乃命將第八女咸安公主，遣嫁回紇可汗，先遣中使齎著公主畫圖，往至回紇，回紇可汗遣使報謝，約定次年禮。

德宗復召入李泌，問及招致雲南大食天竺的計策。泌答道：「回紇稱臣，吐蕃已不敢入犯了。雲南苦吐蕃賦役，前已經韋皋招撫，有意內附。大食在西域為最強，與天竺皆久慕中國，且代與吐蕃為仇，若遣使往撫，當無不輸誠聽命。」德宗乃分選使臣，前往三國，及得還報，果皆如泌所料，各無異言。

會有妖僧李軟奴，私結殿前射生韓欽緒等，潛謀作亂，事發被捕，德宗命內侍省鞫治，李晟聞知此事，大驚倒地，好容易扒將起來，尚流涕不絕道：「此次恐要族滅了。」亟命家人往邀李泌。及泌至晟第，晟無暇寒暄，即倉皇與語道：「晟新罹謗毀，中外有家人千餘，此次妖僧謀逆，倘有家人誤入黨中，必致全家受累，奈何奈何？」泌勸慰道：「不妨！不妨！有泌在朝，斷不使公受禍哩。」

晟慌忙拜謝。泌即歸第，密上一疏，略言：「大獄一起，牽引必多，國家甫值承平，不應輾轉扳引，致失人情，請將李軟奴一案，出付臺官鞫治。」德宗當然俯允，即命把全案移交臺省，至審訊結果，但罪及李軟奴韓欽緒兩人。欽緒系韓遊環子，逃至邠州，由遊環械送京師，與軟奴一併腰斬。遊環且入朝待罪，德宗仍令還鎮，一場巨案，止死二人，朝臣無一連及，這都是李鄴侯暗中挽回，所以迅速了案，爭頌清陰。不略此事，無難記鄴侯功德。

吐蕃聞唐和回紇，卻也知懼，斂兵不進。詔令渾瑊回屯河中，賜駱元光姓名為李元諒，回屯華州。兵馬使劉昌，分眾五千歸汴州，此外防秋兵都退守鳳翔京兆間。未幾為貞元四年，涇原節度使李觀入朝，留官京師，任少府監檢校工部尚書。李觀病逝，改授劉昌為涇原節度使，李元諒為隴右節度使，兩將皆督兵屯田，軍食漸足，涇隴少安。到了秋季，韓遊環因疾卸職，德宗令張獻甫往代，獻甫尚未蒞任，戍卒裴滿等作亂，奏請改任前都虞侯范希朝。希朝素得眾心，因為遊環所忌，奔至鳳翔。德宗召領神策軍，至此得裴滿等奏請，頗欲改授希朝。希朝面辭道：「臣避遊環而來，今往代任，轉似臣與逆卒通謀，臣怎敢受職？」希朝頗知大義。德宗乃授希朝為寧州刺史，令副獻甫。及兩人到任，戍卒裴滿等，已為都虞侯楊朝晟，勒兵誅死，餘眾大定，不必細表。

且說回紇可汗，因婚期已屆，遣妹骨咄祿毗伽公主，及大臣妻五十人，並兵眾千人來迎公主。德宗御延喜門，接見番使。番使奉上表章，內云：「昔為兄弟，今為子婿，陛下若患西戎，子願以兵除患，且請改號回鶻，取捷鷙如鶻的意義。」德宗許諾。嗣欲饗骨咄祿公主，召李泌入問禮儀。泌奏道：「從前敦煌王承寀，嘗妻回紇女（見前文），嗣至彭原謁見肅宗，肅宗與敦煌王，系從祖兄弟，乃呼回紇公主為婦，不稱為嫂。公主亦拜謁庭下，當時國勢艱難，借彼為助，尚不失君臣大節，況今日呢。」於是引骨咄祿公主入銀臺門，由長公主三人延入，謁見德宗，下拜如儀，轉入宴所，乃由賢妃降階相迎。俟骨咄祿公主先拜，然後賢妃答禮。妃與公主邀坐席間，遇帝賜必降拜，非帝賜亦避席才拜，俱由譯史傳導，免至失禮。盛宴兩次，方命設咸安公主官屬，制視王府。授嗣滕王湛然為昏禮正使，右僕射關播護送，偕骨咄祿公主等，一同西行。且命湛然賚給冊書，封合骨咄祿為長壽天親可汗，咸安公主為長壽孝順可敦。公主到了回鶻，合骨咄祿可汗，盛禮恭迎，老夫得了少妻，番酋幸諧帝女，特別歡暱，自不必言。湛然等禮畢東歸，俱得厚贐。可惜長壽不長，老夫竟老，不到一年，天親可汗，竟至病逝，子多邏斯襲位。訃聞朝廷，德宗又命鴻臚卿郭鋒，持節冊封多邏斯為忠貞可汗，且諭慰咸安公主。那知胡俗通例，得妻庶母，公主方值盛年，多邏斯亦當壯歲，兩人從宜從俗，居然你貪我愛，變做了一對好夫妻了。可為咸安公主賀喜。小子有詩嘆道：

胡族原來是聚麀，胡為帝女屢相攸？
和親自古稱非策，只為華夷俗不侔。

回鶻既已和親，李泌自陳衰老，上表辭官。究竟德宗是否允准，容至下回續敘。

本回全為李泌演述，泌歷事三朝，功業卓著，而其最足多者，莫如調護骨肉，善格君心。自玄武門喋血以來，貽謀未善，故太宗高宗玄宗三朝，無不易儲，睿宗時幸有宋王之克讓，肅宗時且有建寧之蒙冤，代宗為張良娣所忌，幸李泌詠《黃臺瓜辭》，隱回上意，順宗為郜國長公主所累，又幸得泌之一再力諫，始得保全，泌可謂清源正本，不愧為社稷臣矣。唯與回紇和親一事，雖若為當時至計，然可與言和，不必定婚帝女，咸安遣嫁，歷配四汗，隋有義成，唐有咸安，非皆足為中國羞乎？著書人隱示抑揚，而褒貶之義，自可於言外得之。

第七十回 陸敬輿斥奸忤旨 韓全義掩敗爲功

卻說李泌自陳衰老，上表辭職，德宗不肯照准，泌又入朝面請，乞更除授一相。德宗道：「朕亦知卿勞苦，但恨未得賢能，為卿代勞。」泌即說道：「天下不患無才，但教陛下留意牧卜，自慶得人。」德宗道：「盧杞忠清強介，人多說他奸邪，朕至今尚未覺悟，究竟奸在何處，邪在何處？」便是真愚。泌答道：「如使陛下知杞奸邪，杞便不成為奸邪了。陛下如能早時覺悟，何至有建中的禍亂呢？杞因私隙殺楊炎，遣李揆害顏真卿，激叛李懷光，幸虧陛下後來竄逐，得慰人心，天亦悔禍，否則禍亂且迭出不窮了。」德宗道：「建中禍亂，非盡關人事，卿亦聞桑道茂語否？」泌復道：「陛下以為是命數注定麼？須知命數二字，只可常人說得，君相卻不便掛口，因為君相有造命的職務，與常人不同，若君相言命，是禮樂政刑，統可不用了。古來暴君莫如桀紂，桀嘗謂我生不有命在天，武王數紂罪惡，亦云謂己有天命，人君以命自解，恐便同桀紂了。」德宗點首，嗣復說道：「盧杞佐治不足，小心有餘，他相朕數年，每遇朕言，無不恭順。」原來為此，所以時常繫念。泌答道：「言莫予違，孔子所謂一言喪邦，據此一端，便可見盧杞的奸邪了。」德宗道：「卿原與杞不同，朕言合理，卿嘗有喜色，朕言不合理，卿嘗有憂色，雖有時卿言逆耳，卻也氣色和順，並沒有傲慢態度，能使朕為卿所化，自然屈服，不能不從，朕所以深喜得卿哩。」泌乃薦戶部侍郎竇參，說他材具通敏，可兼度支鹽鐵使；尚書左丞董晉，人品方正，可處門下侍郎。德宗雖然面允，意中卻不以為然。既而命泌兼集賢殿崇文館大學士，纂修國史。泌辭去大字，但以學士知院事。是年八月，月蝕東壁，泌自嘆道：「東壁圖書府，今遭月蝕，大臣中未免當災，我位居宰相，兼學士銜，恐此災即加在我身上。從前燕國公張說，亦因此逝世，我位置與他相等，應亦難免此禍了。」果然隔了一年，一病不起，竟爾告終。

泌有智略，七歲時即受知玄宗，當召見時，玄宗正與張說觀奕，因使說面試泌才，說令賦方圓動靜。泌即問及要旨，說隨口道：「方若棋局，圓若棋子，動若棋生，靜若棋死。」泌亦信口答道：「方若行義，圓若用智，動若騁材，靜若得意。」說也嘆服，賀得奇童。張九齡與結為小友，後來歷事三朝，數立奇功，唯好談神仙，頗尚詭誕，未免為世所譏，但也好算是一位賢相了。持論平允。泌卒年六十八，得贈太子太傅，未得美謚，德宗亦不免少恩。遺疏仍薦竇參董晉二人可用，德宗乃用二人同平章事，並命參兼度支鹽鐵等使。參為人峭刻，少學術，多權數，每值入朝，諸相皆出，參獨居後，但說是詳核度支，暗中卻曲事逢迎，希邀主寵。又往往援引親黨，分置要地，使為耳目。董晉只備員充位，隨聲附和，不過硜硜自守，慎重自持，比那竇參的營私挾詐，自然較勝一籌，但總不得為宰相器，未識這位足智多謀的李鄴侯，何故薦此二人？這也是令人難解呢。當時朝臣中莫如陸贄，泌獨不為薦引，大約是聰明一世，懵懂一時。

是時前邠寧節度使韓遊環，與橫海節度使程日華，義武節度使張孝忠，宣武節度使劉玄佐，平盧節度使李納，先後病歿。邠寧早由張獻甫接任，餘鎮均由子承襲。日華子名懷直，孝忠子名升雲，玄佐子名士寧，納子名師古，皆由軍士推戴，奏請留後。德宗也得過且過，無不准行；就是回鶻忠貞可汗，為弟與少可敦鴆死，（回鶻國俗，可汗妃妾，號為少可敦）。國人攻殺乃弟，擁立忠貞子阿啜為可汗，遣將軍梅錄告喪，聽候朝命，德宗也未嘗詳問，即遣鴻臚少卿庾鋋，往冊阿啜為奉誠可汗。最可怪的是咸安公主，既配忠貞，復配奉誠，祖父孫同享禁臠，德宗亦聽她所為，但視為胡俗常例，不足深怪。及吐蕃轉寇北庭，回鶻大相頡干迦斯，為唐往援，與戰不利，率兵奔還，北庭陷沒，安西遂絕音問，不知存亡。唯西州尚為唐守，德宗也無暇顧及，置諸度外罷了。慷慨得很。

光陰似箭，寒暑迭更，已是貞元七年，竇參為相，約已三載，權勢日盛，翰林學士陸贄，屢有彈劾，參視若眼中釘，只因贄尚見寵，急切不能捽去，乃奏調為兵部侍郎，解去內職，省得他多來絮聒。德宗尚未察陰謀，會參奏稱福建觀察使吳湊，病風不能治事，應即另選，當由德宗召湊入京，見他體健神清，並沒有什麼疾病，才知參是挾嫌誣奏，有意排擠，隨即任湊為陝虢觀察使，把原任官李翼解職。翼是參黨，一經掉換，中外稱快。參仍怙惡不改，引族子申為給事中，招權受賂，綽號喜鵲。德宗頗有所聞，乃召參入誡道：「卿族子申，所為不法，將來難免累卿，不如黜之為是。」參懇請道：「臣子族無多，申雖疏屬，尚無他惡，乞陛下鑑原！」德宗道：「朕非不欲為卿保全，奈人言藉藉，不可不防。」參仍然固請，德宗方才罷議。參又恐陸贄進用，陰與諫議大夫吳通元兄弟，造作謗書，構得贄罪。偏被德宗察覺，賜通元死，逐申為道州司馬，參亦坐貶為郴州別駕，乃進贄為中書侍郎，與尚書左丞趙憬，同平章事。所有管理度支等事，委戶部尚書班宏代理，宏未幾亦歿。贄請召用湖南觀察使李巽，入判度支。德宗已經允許，忽又變卦，擬用司農少卿裴延齡。贄上言道：「度支司須準平萬貨，吝即生患，寬又容奸，延齡誕妄小人，倘或誤用，適傷聖鑑。」德宗不從，竟任延齡為戶部侍郎，判度支事。又是一個奸臣進來了。

至貞元九年，湖南觀察使李巽，奏稱宣武留後劉士寧，私遺參絹五千匹，德宗大怒，即欲誅參。贄入諫道：「劉晏冤死，罪不明白，至使叛臣藉口有詞。參性貪縱，天下共知，但必說他私交藩鎮，潛蓄異圖，未免太甚。若驟加重闢，轉駭人情。」以直報怨，不愧君子。乃再貶參為驩州司馬，沒入家貲。內侍尚毀參不已，竟賜參自盡，杖殺竇申，諸竇一併謫戍。董晉因與參同事有年，見參得罪，亦自覺不安，乃請免職。有詔罷晉為禮部尚書，召義成節度使賈耽，為尚書右僕射，與尚書右丞盧邁，同平章事。德宗恐相權過重，仍蹈前轍，乃命四人輔政，分權任事。哪知權任不專，遇事推諉，每值有司關白，輒面面相覷，不肯署判。陸贄乃奏請依至德故事（至德系肅宗年號，見前文），宰相更迭秉筆，旬日一易，德宗准如所請。尋復逐日一易，雖案牘不至沉滯，終未免互相顧忌，無所責成。贄先後奏陳治道，不下數十萬言，至論邊防六失，尤中時弊。大略謂：「措置乖方，課責虧度，兵眾致財匱，將多致力分，怨起自不均，機失於遙制，須酌量裁併，慎簡統帥，督墾閒田，自籌兵食」等語。德宗嘗優詔褒答，終究不能施行。

會回鶻擊破吐蕃於靈州，遣使獻俘，雲南王異牟，襲擊吐蕃，取十六城，擒名王五人，亦遣使獻捷，且獻地圖方物，及吐蕃所給金印，請復號南詔。德宗遣郎中袁滋等，往冊異牟為南詔王，賜銀窠金印。異牟至大和城受冊，很是恭順，優待唐使。滋等盡歡而還，詳報德宗。德宗欣慰得很，遂擬大修神龍寺，報答神庥。戶部侍郎裴延齡，奏稱：「同州谷中，有大木數十株，高約八十丈，可供寺材。」德宗驚喜道：「開元天寶年間，在近畿搜求美材，百不得一，今怎得有此嘉木？」延齡即獻諛道：「天生珍材，必待聖君乃出，開元天寶，何從得此。」德宗甚喜。對子孫詆毀祖宗，德宗尚視為可喜，非愚而何？嗣又由延齡上疏，謂：「在糞土中得銀十三兩，緞匹雜貨，百萬有餘，這皆是左藏羨餘，應移入雜庫，供別敕支用。」太府少卿韋少華（與死陝州之韋少華姓名相同，別是一人），劾論：「延齡欺君罔上，請令三司查核左藏，何來此糞土中物，無非延齡移正為羨，恣為詭譎等情。」德宗既不罪延齡，亦不罪少華。延齡所奏，不能欺三尺童子，德宗昏耄已甚，所以麻木不仁。鹽鐵轉運使張滂，司農卿李銛，京兆尹李充，俱因職任相關，常斥延齡謬妄。陸贄更志切除奸，極陳延齡罪惡，略云：

> 延齡以聚斂為長策，以詭妄為嘉謀，以掊克斂怨為匪躬，以靖譖服讒為盡節，可謂堯代之共工，魯邦之少卯，跡其奸蠹，日長月滋，移東就西，便為課績，取此適彼，遂號羨餘。昔趙高指鹿為馬，臣謂鹿之與馬，物類猶同，豈若延齡掩有為無，指無為有？臣以卑鄙，任當臺衡，情激於衷，欲罷難默，務乞陛下明目達聰，亟除奸慝，毋受欺矇，則不勝幸甚！

這疏上後，德宗非但不罪延齡，反待延齡加厚。贄復約宰相趙憬，面奏延齡奸邪，德宗恨贄多言，面有怒色。憬卻一語不發，退朝後反密告延齡，延齡恨贄益深。或謂贄嫉惡太嚴，恐遭讒害，贄慨然道：「我上不負天子，下不負所學，此外非所敢計了。」果然不到數日，有敕頒下，罷贄為太子賓客。越年為貞元十一年，初夏天旱，延齡誣贄怨望，並李充張滂李銛，乘旱造謠，搖動眾心。

德宗竟貶贄為忠州別駕，充為涪州長史，滂為汀州長史，銛為邵州長史。

先是定州人陽城，隱居中條山，以學行著名，李泌薦為諫議大夫，城拜官不辭，未至京師，都人已想望豐採，料他必盡言敢死。及城入京後，獨與二弟及客，日夜痛飲，並無諫章。河南人進士韓愈，作《爭臣論》譏城，他人亦嘖有煩言，城仍不介意，但以杯中物消遣，恍若無聞。至贄等坐貶，主怒未解，中外惴恐，莫敢營救，城獨奮然道：「不可令天子信用奸臣，殺無罪人。」乃公也酒醒了。遂與拾遺王仲舒，補闕熊執易崔錡等，伏闕上書，極陳延齡奸佞，贄等無罪。德宗大怒，欲罪城等，幸太子在旁勸解，乃命宰相出諭，令他退去。金吾將軍張萬福，大聲稱賀道：「朝廷有直臣，天下從此太平了。」因遍拜城等，已而連呼太平萬歲，太平萬歲！萬福武人，年八十餘，自萬福稱賀後，城乃得重名。會聞德宗欲進相延齡，城泣語廷臣道：「果欲用延齡為相，當取白麻撕壞，免他誤國。」（白麻系宣詔用紙）。隨即續草奏稿，盡列延齡罪狀，使李泌子繁繕寫。繁本不端品，城因他是故人子，囑令繕正，哪知他竟私告延齡。延齡亟入見德宗，一一自解。及城疏呈入，德宗遂視為誣妄，擱置不理，虎父生犬子，可為鄴侯一嘆。且改城為國子司業，進延齡為戶部尚書。延齡年已衰老，尚自恨不得相位，居常牢騷鬱憤，嫚罵近臣，至遇疾臥第，擅載度支官物至家，人無敢言。越歲竟死，年六十九，中外相賀。唯德宗悼惜不置，追贈太子太傅。延齡嘗薦諫議大夫崔損，才可大用，適趙憬病歿，盧邁老疾，中書省虛位十日，德宗即令損同平章事。損委鄙無能，入相後毫無建白，母殯不葬，女兄為尼，歿不臨喪。德宗恰喜他唯唯諾諾，倚任了好幾年。

是時太尉中書令西平王李晟，司徒侍中北平王馬燧，相繼去世，晟謚忠武，燧謚莊武。昭義節度使李抱真，也已病終，都虞侯王延貴，奉詔繼任，賜名虔休。魏博節度使田緒，曾在貞元元年，尚德宗妹嘉誠公主（代宗第十女）有庶子三人，幼名季安，公主撫為己子。緒於貞元十二年歿世，左右推季安為留後，德宗即命為節度使（為後文魏博歸朝張本）。由南東道節度使曹王皋，亦已病逝，賜諡為成，接任為陝虢觀察使於頔，各鎮粗報平安。唯宣武軍迭經變亂，宣武節度使劉士寧，淫亂殘忍，為兵馬使李萬榮所逐，奔歸京師。萬榮得受製為留後，用子迺為兵馬使，牙將劉沐為行軍司馬。不到一年，宣武軍又復作亂，都虞侯鄧唯恭，因萬榮寢疾，執迺送京師，並殺萬榮親將數人。這次還算德宗有些主意，特授董晉為宣武節度使，令即赴鎮。又恐晉太寬柔，未能鎮定，更命汝州刺史陸長源為行軍司馬，隨晉東行。既用董晉，不必用陸長源，仍是種一禍苗。晉兼程至宣武軍，萬榮已經病死，唯恭代領軍事，倉猝不及抗命，只好出迎朝使。晉不用兵衛，接見唯恭，辭氣甚和，且仍委以軍政，暗中卻加意防備。等到唯恭謀亂，已是布置綿密，先將亂黨捕誅，然後把唯恭拿住，械送京師。陸長源性剛且刻，最喜更張舊事，經晉從容裁抑，軍中乃安。不意董先生卻有此經濟。後來過了兩年，晉病歿任所。長源知留後，揚言道：「將士弛慢已久，我當振飭法紀，方可掃清宿弊。」軍士聽了此言，不禁恟懼，或勸長源散財勞軍，長源道：「我豈效河北賊，用錢買將士心麼？」未幾變起，長源被殺。監軍俱文珍，急召宋州刺史劉逸準靖難，逸準曾為宣武將，頗得眾心，聞文珍召，引兵入汴州，撫定大眾，請命朝廷。詔授逸準為節度使，賜名全諒，不到數旬，全諒復歿，軍中推玄佐甥韓弘為留後。韓弘曾為兵馬使，至是因宣武軍屢次作亂，特查出亂首，及黨與三百人，歷數罪狀，斬首以徇。一面恭請朝命，受敕為節度使，乃整肅號令，撫循軍士，汴中才無後憂。

偏淮西節度使吳少誠，密謀抗命，遣人陰約韓弘，為弘所殺。少誠知逆謀已洩，索性舉兵發難，掠壽州，襲唐州，殺死鎮遏使謝詳張嘉瑜。會陳許節度使曲環身故，陳州刺史上官涚，繼為留後，少誠乘隙進擊，涚遣將往阻，不幸敗歿，反致寇逼城下。涚方接奉朝旨，進任節度使，驀聞寇至近郊，不禁倉皇欲走。營田副使劉昌裔入阻道：「朝廷方授公節鉞，奈何棄此他去？況城中不乏將士，固守有餘，昌裔不才，願為城守。」涚乃委以軍事，集眾登陴。兵馬使安國寧，謀為內應，被昌裔察出，誘入誅死，然後誓眾拒敵。少誠圍攻累日，昌裔伺他懈怠，鑿城出擊，大破敵兵。又經劉弘發兵三千，來援許州，少誠遁去，許城得全。

德宗聞少誠叛亂，褫奪官爵，令諸道會師進討，於是山南東道節度使于頔，安黃節度使伊慎，知壽州事王宗，與上官涚韓弘聯兵，進討淮西。起初頗稱得利，于頔前驅進行，迭拔吳房朗山，嗣因軍無統帥，號令不一，各軍至小溵水，自相驚駭，紛紛潰散，委棄器械資糧，均為少誠所有，少誠氣勢益強。西川節度使韋皋，聞諸軍失利，表請授渾瑊賈耽為元帥，統轄諸軍，若不願煩勞元老，臣願選精銳萬人，下巴峽，出荊楚，翦除凶逆，否則諭少誠悔罪，加恩赦宥，罷免兩河諸軍，休息兵民，尚不失為次策。如少誠罪惡貫盈，為麾下所殺，仍舉爵位授他麾下，是去一少誠，復生一少誠，禍且無窮云云。末數語，最中時弊。德宗接奏，方在躊躇，忽報中書令咸寧王渾瑊，因病致亡，不由的嗟嘆道：「國家又失一大將了。」遂予謚忠武，另擬擇將討吳少誠，時宦官竇文瑒霍仙鳴，正得上寵，進任護軍中尉，勢傾朝野，內外官吏，多出門下。夏綏節度使韓全義，尤為文瑒厚愛，特地薦引，令為蔡州招討使，統率十七道兵馬，出征少誠。全義素無勇略，唯賄託權閹，得邀超擢。既為大帥，即用閹寺數十人，充作監軍。每議軍事，閹寺高坐帳中，爭論譁然，無一成議。

並且天時溽暑，士卒病歿，全義亦不加撫慰，以致人人離心。行至溵南，淮西將吳秀吳少陽等，驅軍前來，兩下未及交鋒，諸道軍已經潰退。吳秀等乘勢掩殺，全義連忙回走，返保五樓。嗣是三戰三北，逐節退還，直至陳州各道兵多半還鎮，唯陳許將孟元陽，神策將蘇光榮，尚留軍溵水，併力殺退追兵。少誠乃引軍還蔡州，全義尚歸罪昭義將夏侯仲宣，義成將時昂，河陽將權文變，河中將郭湘等，誘至帳中，設伏捕戮，誇示權威，軍心愈覺不服。幸少誠未悉詳情，遣使齎獻書幣，求監軍代為昭雪。監軍欒得代奏，有詔赦少誠罪，仍復官爵，召全義班師。全義至長安，文瑒力為袒護，掩飾敗跡。德宗仍然厚待全義。全義託言足疾，但遣司馬崔放入對，放為全義引咎，自謝無功。德宗道：「全義為招討使，能招徠少誠，也是功勞，何必定要殺人呢？」全義乃謝歸夏州。小子有詩嘆道：

元戎失律咎難辭，誰料庸君反受欺？
功罪不明鋼紀隳，晚唐刑賞早違宜。

吳少誠外，還有餘鎮節度使，互有更替，容至下回再表。

古來計臣，多工心術，裴延齡虛妄無能，尚不足與計臣同列，德宗獨深信之，意者其殆由天性好猜，隱相契合歟？不然，得韋少華之訐發，與陸贄等之極陳，寧有不為之感悟耶？陽城之名，實延齡玉成之，延齡死而中外相賀，德宗獨追惜不置，好人所惡，惡人所好，其不亡也亦幸矣。夫不能斥裴延齡，無怪其用韓全義，溵南之敗，全義實尸其咎，乃復任閹豎播弄，掩敗為功，德宗之德，固若是耶？讀此回不禁為之三嘆焉。

第七十一回 王叔文得君怙寵 韋執誼坐黨貶官

卻說成德節度使王武俊，於貞元十七年歿世，子士真受命為留後，此外如滑亳許節度使（即義成節度使），迭經李復姚南仲盧群李元素等，先後交替，幸無變故。徐泗濠節度使張建封病卒，軍士推建封子愔為留後，德宗命淮南節度使杜佑兼任，偏經軍士抗拒，只好收回成命，令愔為節度使，改名武寧軍。大權已經旁落，改名何益？朔方節度使楊朝晟歿後，由兵馬使高固接任，軍心尚安。昭義節度使，改用盧從史，也是由軍士擁立。總之德宗時代，藩鎮坐大，已成了上陵下替的局面。德宗又專務姑息，過一日，算一日，但教目前無恙，便自以為天下太平。如見肺肝。就是朝中宰輔，亦多用那庸庸碌碌的人物，崔損為裴延齡所薦，入相九年，無一嘉謨，反始終倚畀，直至一病不起，方進太常卿高郢為中書侍郎，吏部侍郎鄭珣瑜為門下侍郎，同平章事，其實這兩人也沒甚用處。還有輔政多年的賈耽（見前回），出將入相，頗負重望，但也遇事模稜，苟全祿位。宰相如此，他官可知。太學生薛約，上書言事，坐徙連州。國子司業陽城，與約有師生誼，出送郊外，被德宗聞知，說他黨庇罪人，亦貶為道州刺史，且飭觀察使隨時考課。城自署道：「撫字心勞，催科政紕。」考下，觀察使遣判官督收賦稅，城自系獄中，判官驚退。又遣他判官往驗，他判官載妻孥同行，中道逸去，城名益盛。獨朝廷視為廢吏，置諸不問。京兆尹李實，為政暴戾，遇旱不准免租，監察御史韓愈，請收徵從緩，被黜為山陽令，朝政昏憒，已可見一斑了。

太子誦操心慮患，頗稱練達，平居有侍臣二人，最為莫逆，一個是杭州人王伾，一個是山陰人王叔文，俱官翰林待詔，出入東宮。叔文詭譎多謀，自言讀書明理，能通治道，太子嘗與諸侍讀座談，論及宮市中事，大眾刺刺不休，獨叔文在側，不發一詞。及侍臣齊退，太子乃留住叔文，問他何故無言？叔文道：「殿下身為太子，但當視膳問安，不宜談及外事。且皇上享國日久，如疑殿下收攬人心，試問將何以自解？」太子不禁感泣道：「非先生言，寡人實尚未曉，今始得受教了。」遂大加愛幸，與王伾相依附。伾善書，叔文善棋，兩人娛侍太子，日夕不離，免不得有所陳議。或說是某可為相，或說是某可為將。既言太子不宜論外事，奈何復引薦將相。看官聽說！他所談述的將相才，並不是因公論公，其實統是他的死友，無非望太子登臺，牽連同進，結成一氣，可以長久不敗呢。當時翰林學士韋執誼，左司郎中陸淳，左拾遺呂溫，進士及第李景儉，侍御史陳諫，監察御史柳宗元劉禹錫程異，司封郎中韓曄，戶部郎中韓泰，翰林學士凌準等，皆與叔文王伾，結為死友，嘗同遊處，蹤跡詭祕，莫能推測。左補闕張正一上書言事，得蒙召見，叔文恐他上達陰謀，即嗾韋執誼參劾正一，說他與吏部侍郎王仲舒，主客員外郎劉伯芻等，私結朋黨，遊寓無度，以致正一坐貶，仲舒伯芻，亦皆遠謫，於是朝右側目。就是各道藩臣，亦或陰進資幣，與為交通。不料太子忽染風疾，甚至瘖不能言，貞元二十一年元日，德宗御殿受朝，王公大臣等，循例入賀，獨太子不能進謁。德宗悲感交乘，且嘆且泣，退朝後便即不豫，日甚一日。過了二十多天，並沒有視朝消息，太子也未聞病癒，中外不通，宮廷疑懼。

一夕，由內廷宣召，傳入翰林學士鄭絪衛次公，令草遺詔。兩學士才知德宗彌留，握筆匆匆，立即定稿。忽有一內侍出語道：「禁中方議及嗣君，尚未定奪。」次公即接口道：「太子雖然有疾，地居塚嫡，中外屬心，必不得已，也應立廣陵王（見後），否則必致大亂。敢問何人能擔當此責？」賴有此人。鄭絪亦應聲道：「此言甚是。」內侍方才入報。宦官李忠言等，料難違眾，方傳言德宗駕崩，立太子誦為嗣皇帝。鄭絪衛次公，繕就制書，即刻頒發。太子知人心憂疑，力疾出九仙門，召見諸軍使，京師粗安，次日即位太極殿。衛士尚有疑議，及入謁，引頸相望道：「果真太子呢。」大眾喜甚，反至泣下。即位禮成，九重有主，是謂順宗，尊謚德宗為神武皇帝。德宗在位二十六年，享壽六十四歲，改元三次。後來奉葬崇陵，以德宗後王氏祔葬。後本順宗生母，德宗貞元三年，由淑妃進冊為後，素來多疾，冊禮方訖，即報崩逝。德宗不再冊后，只有賢妃韋氏，總攝六宮，性敏行淑，言動有法，為德宗所愛重，至是自請出奉園陵。及德宗既葬，遂在崇陵旁居住，守制終身，這才是不愧賢妃了（歷敘德宗後妃，補前文所未及，至稱頌韋賢妃處，尤關名節）。

順宗失音未痊，不能躬親庶務，每當百官奏事，輒在內殿施帷，由帷中裁決可否，令內侍傳宣出來。百官在帷外窺視，常隱隱見順宗左右，陪著兩人，一是順宗親信的宦官，就是李忠言，一是順宗寵愛的妃子，就是牛昭容。外面翰林院中，職掌草詔，主裁是王叔文。出納帝命，便是王伾。叔文有所奏白，往往令伾入告忠言，忠言轉告牛昭容，昭容代達順宗，往往言聽計從，無不照行，因此翰苑大權，幾高出中書門下二省。叔文復薦引韋執誼為相，得邀允准，遂進執誼為尚書左丞，同平章事；伾與叔文，同進為翰林學士。韓泰柳宗元劉禹錫等，競相標榜，不日伊周復出，即日管葛重生，所有進退百官，悉憑黨人評騭，可即進，不可即退。又恐眾心不服，也提出幾種合法的條件，請旨施行，一是命杜佑攝行塚宰，兼掌度支等使；一是罷進奉宮市五坊小兒；一是追召陸贄陽城；一是貶京兆尹李實為通州長史，數道詔命，蟬聯而下，大眾爭頌新主聖明。唯陸贄陽城，未及接詔，已皆病歿貶所，有詔贈贄為兵部尚書，追謚日宣，城為左散騎常侍，各令地方有司，派吏護喪歸葬，中外俱惋惜不置。唯王叔文黨與共慶彈冠，或為御史，或為中丞。侍御史竇群，素來剛直，獨語叔文道：「天下事未可逆料，公亦宜稍自引嫌。」叔文驚問何故？群答道：「李實嘗怙恩挾貴，睥睨一世，當時公逡巡路旁，尚只江南一吏，今李實遭貶，公為後起，怎保路旁無與公相等呢？」恰是忠告。叔文全然不睬。群即退草彈文，劾奏劉禹錫等挾邪亂政，不宜在朝。不明斥叔文，想是尚留情誼。次日呈將進去，禹錫等當然得知，忙與叔文商議，設法逐群。叔文轉告韋執誼，執誼道：「群以直聲聞天下，倘驟加斥逐，我輩必負惡名，還請暫時容忍，待後再議！」叔文面有慍色。執誼終執前說，不欲罷群，群因仍在位。御史中丞武元衡，兼山陵儀仗使，禹錫向元衡前，求為判官，元衡不許。叔文以元衡職操風憲，密遣人誘啖權利，諷使附己，元衡又不從。由是互進讒言，左遷元衡為左庶子。一班干祿市寵諸徒，見他大權見握，不得不昏暮乞憐。叔文與伾，及黨人數十家，都是門庭似市，日夜不絕，且往往不得遽見，多就鄰近寓宿，凡餅肆酒壚中，盡寄宦跡，每夕須出旅資千錢，方准容膝。那熱心做官的人，還管什麼小費，就使要許多賄賂，也不惜東掇西湊，供奉黨人。王伾最號貪婪，按官取賄，毫無忌憚，所得金帛，用一大櫃收藏，伾夫婦共臥櫃上，以防盜竊，好算是愛財如命了。何不喝荸薺湯？

順宗久疾不癒，大臣等罕見顏色，擬請立儲備變。獨伾與叔文等，欲專大權，多方阻撓。宦官俱文珍劉光錡薛盈珍等，陰忌黨人，密啟順宗，速建太子。順宗召入翰林學士鄭絪等，商議立儲事宜，絪並不多言，但書「立嫡以長」四字，進呈御覽。順宗點首示意。絪遂承制草詔，立廣陵王淳為太子，改名為純。原來順宗有二十七子，長子純，系王良娣所出，年已二十有八，夙號英明，德宗時已受封為廣陵郡王，至是立為太子，全由鄭絪一人主持，就中唯俱文珍等幾個近侍，算是預聞，此外沒人參議，連牛昭容都不得知曉。一經詔下，內外驚為特舉，相率稱賀。付畀得人，不可謂順宗非賢，但剏議出自閹宦，終貽後患。唯叔文面帶愁容，獨吟杜甫題諸葛祠詩道：「出師未捷身先死，長使英雄淚滿襟。」二語吟畢，旁人多半竊笑，他益加疑懼，日召黨人謀議，且常至中書省，與韋執誼密談。

一日已值午牌，獨乘車往見執誼，門吏出阻道：「相公方食，不便見客。」叔文怒叱道：「你敢不容我進去麼？」門吏婉言道：「這是向來舊例。」叔文不待說畢，便厲聲道：「有什麼例不例？」門吏乃入白執誼，執誼只好出迎，與叔文同往閣中。杜佑高郢鄭珣瑜三人，本與執誼會食，見執誼入內，彼此停箸以待，良久方有人出報導：「韋相公已與王學士同食閣中，諸相公不必再待了。」佑與郢方敢續食。珣瑜草草食罷，退語左右道：「我豈可復居此位，長做一伴食中書麼？」遂跨馬徑歸，稱疾不出。還有資格最老的賈耽，已有好多時不到省中，一再上表辭職，乞許骸骨歸裡，唯未見詔書下來。執誼妻父杜黃裳，曾任侍御史，為裴延齡所忌，留滯臺閣，十年不遷。及執誼入相，始遷太常卿，因勸執誼率領群臣，請太子監國。執誼驚訝道：「丈人甫得一官，奈何即開口議禁中事？」黃裳勃然道：「我受恩三朝，怎得因一官相屬，遂賣卻本來面目？」說罷，拂衣趨出。執誼因受叔文囑託，特薦陸質為侍讀使，潛伺太子意，並得乘間進言（陸質即陸淳，因避太子原名，改名為質）。質入講經義，免不得兼及外事，太子變色道：「皇上令先生來此，無非為寡人講經，奈何旁及他務？寡人實不願與聞！」質碰了一個釘子，赧顏而退。

叔文又慮宦官作梗，復引右金吾大將軍范希朝，為神策京西行營節度使，即用韓泰為行軍司馬。泰有籌畫，為叔文等所倚重。叔文推薦希朝，明明是借他出面，暗中實恃泰為主，令泰號召西北諸軍，與為聯繫，抑制宦官。宦官俱文珍等，窺透機謀，亟遣人密告諸鎮，慎勿以兵屬人。及希朝與泰，到了奉天，檄令諸鎮將入會，諸鎮將託詞遷延，始終不至，任你韓泰足智多謀，至此也束手無策，只好怏怏回都。叔文得泰還報，正在懊悵，不意制書又下，調他為戶部侍郎，仍充度支鹽鐵轉運等副使，這一驚非同小可，便語諸學士道：「我逐日來翰院中，商量公事，今把我院職撤銷，將來如何到此呢？」說至此，幾乎泣下。王伾代為疏請，乃許三五日一入翰院，叔文方解去一半愁腸。

宣化巡官羊士諤，因事入京，公言叔文罪惡。叔文大怒，即商諸韋執誼，欲請旨處斬。執誼不答。叔文道：「就使免斬，亦當杖死。」執誼仍然搖首。叔文悻悻出去，執誼乃貶士諤為寧化尉。適劍南度支副使劉闢入京，求領劍南三川，且假韋皋名目，語叔文道：「太尉使闢，向公道達誠意，若與闢三川，當效死相助，否則亦當怨公。」叔文怒道：「節使豈可自請？韋太尉也太覺糊塗了。」遂將闢拒退。又與執誼面議，欲斬劉闢，韋執誼仍然不允。闢實可殺。叔文忍無可忍，當面詬責，備極揶揄，執誼無詞可對，及叔文已歸，乃使人謝叔文道：「非敢負約，實欲曲成兄事，不得不然。」

叔文總說他忘恩負義，與為仇隙。未幾叔文母病，將要謝世，叔文卻盛設酒饌，邀請諸學士，及宦官李忠言俱文珍劉光錡等，一同入座。酒行數巡，叔文語眾道：「叔文母病，因身任國事，不得親侍醫藥，未免子道有虧，今擬乞假歸侍。自念在朝數年，任勞任怨，無非為報國計，不避危疑，一旦歸去，謗必隨至，在座諸公，若肯諒我愚誠，代為洗刷，叔文即不勝銜感了。」如此膽怯，何必植黨營私。滿座俱未及答，獨俱文珍冷笑道：「禮義不愆，何恤人言？王公亦未免多心呢。」大眾應聲附和，說得叔文無可措辭，可見宦官勢盛，但斟酒相勸，各盡數杯而散。

越日，叔文母歿，丁憂去位。韋執誼本迫持公議，與叔文常有異同，至此更乏人牽掣，樂得任所欲為，就使叔文密函相托，他亦置諸不理，叔文因此益憤，日謀起復，擬得任原官後，先殺執誼，然後將反對諸人，一律除盡。王伾代為幫忙，常至各宦官處疏通，且與杜佑商議，請起叔文為相，兼總北軍，偏偏沒人答應，再請起叔文為威遠軍使，也是不得奧援。他只得自己出名，接連上了三疏，說得叔文如何通文，如何達武，滿紙中天花亂墜，始終不見綸音。伾知不能濟事，在翰院中臥至夜半，忽失聲自叫道：「王伾中風了！」遂乘車竟歸，不敢再出。

西川節度使韋皋，上表請太子監國，略言：「陛下哀毀成疾，請權令太子親監庶政，俟皇躬痊癒，太子可復歸東宮。」又上太子箋云：「聖上諒陰不言，委政臣下，王叔文王伾李忠言等，謬當重任，樹黨亂紀，恐誤國家，願殿下即日奏聞，斥逐群小，令政出人主，治安天下」等語。荊南節度使裴均，河東節度使嚴綬，箋表繼至，語與皋同。再經俱文珍等，從中慫恿，不由順宗不從，遂許令太子監國，即日頒敕。太子純既攬重權，遂命太常卿杜黃裳為門下侍郎，左金吾大將軍袁滋為中書侍郎，並同平章事，罷鄭珣瑜為吏部尚書，高郢為刑部尚書。太子出蒞東朝堂，引見百官，百官入朝拜賀，太子逡巡避席，掩袖拭淚。大眾知太子憂父，交相稱頌。過了半月，由順宗禪位太子，自稱太上皇，制敕稱誥，改元永貞，循例大赦。越五日，太子純即位太極殿，是為憲宗，奉太上皇居興慶宮，尊生母王氏為太上皇后，貶王伾為開州司馬，王叔文為渝州司戶。昇平公主（即郭曖妻）入賀，並獻入女伎數人，憲宗道：「太上皇尚不受獻，朕何敢違例？」遂將女伎卻還。荊南表獻毛龜，憲宗又下詔道：「朕所寶唯賢，嘉禾神芝，統是虛美，不足為寶。所以春秋不書祥瑞，從今日始，勿再以瑞兆上聞，所有珍禽奇獸，亦毋得進獻！」於是天下向治，共仰清明。

劍南西川節度使韋皋，鎮蜀已二十一年，服南詔，摧吐蕃，威德及民，功勛無比，累加官階，至檢校太尉，爵南康郡王。憲宗即位，因他表請監國，有定策功，當然再沛恩綸，厚加寵遇，不意恩詔尚未到蜀，太尉率爾歸天，生榮死哀，全蜀悲悼，到處繪像立祠，享祭不絕。皋本是京兆人氏，氣宇軒昂，性度豁達，張延賞為女擇婚，苦無當意，延賞妻苗氏，系故相苗晉卿女，夙善風鑑，既見韋皋，即語延賞道：「此人後必大貴，可選作東床。」延賞尚未允許，經苗氏再三慫恿，乃贅皋為婿。皋時尚微賤，隨延賞出鎮劍南，倜儻不羈，傲睨一切。延賞漸加白眼，連婢僕也瞧他不起，他也不以為意，唯苗氏待遇如常。張女泣語皋道：「韋郎！韋郎！七尺好男兒，學兼文武，乃常沉滯兒家，貽人笑罵麼？」勖夫上達，卻也是個奇女。皋投袂而起，即向延賞處辭行。張女摒擋妝奩，盡作贐儀。延賞喜皋他往，亦贈以七馱物。皋出門東去，每過一驛，即遣還一馱，行經七驛，七馱物悉數璧還，唯挈妻所贈，及布囊書策，徑至京師，投入帥府幕中；輾轉推薦，得擢監察御史，出知隴州行營留事。德宗奔奉天，皋斬牛雲光，誅朱泚使，遣使上聞，因超遷奉義節度，鎮守西陲（見六十五回）。貞元初年，加任金吾大將軍，持節西行，往代張延賞職。他卻改易姓名，以韋作韓，以皋作翱，疾馳至天回驛，去西川城僅三十里。延賞聞韓翱到來，正因他素不相識，未免滋疑，忽有屬吏入報導：「今日來代相公，系是韋皋將軍，並不是韓翱呢。」苗夫人在旁道：「若是韋皋，必系韋郎。」延賞笑道：「天下豈沒有同姓同名的官吏？似韋生不通音問，已越數年，我料他早填溝壑，怎得來代我位呢？可笑你婦人家，太沒見識，致誤女兒。」苗夫人道：「韋郎前雖貧賤，妾觀他氣凌霄漢，每與相公接談，從未嘗一言獻媚，因致見尤，今日立功任重，舍彼為誰？相公莫笑妾無目哩。」延賞仍然不信，到了次日，新使入府，果然是張門快婿韋皋，延賞無顏出迎，但自嘆道：「我不識人。」遂從西門竊出，揚長自去。皋入謁外姑苗夫人，下拜甚恭，與張女相見，歡然道故，自不消說。唯見了張家婢僕，免不得惹起前嫌，立即提出數人，痛加杖責，有一兩個暴死杖下，竟將遺屍投棄蜀江。小人何足深責，皋後來亦致暴死，恐是冤魂為厲。乃大開盛宴，替苗夫人餞行，隨派兵吏護送出境。自是撫御將士，整飭邊防，迭破吐蕃驍帥，威震西南；南詔稱臣，群蠻內附。年六十一暴卒，由憲宗追贈太師，予謚忠武。

支度副使劉闢，竟自稱西川劍南留後，表求旌節。憲宗派袁滋為安撫大使，考察全蜀情形，另任尚書左丞鄭餘慶同平章事。既而賈耽復歿，再進中書舍人鄭絪同平章事。一面追究王叔文餘黨，連貶韓泰韓曄柳宗元劉禹錫等為遠州刺史，嗣又因議罰太輕，再貶韓泰為虔州司馬，韓曄為饒州司馬，柳宗元為永州司馬，劉禹錫為朗州司馬，陳諫為臺州司馬，凌準為連州司馬，程異為郴州司馬。唯陸質已死，李景儉適居母喪，得免嚴譴。著末一詔，乃是將同平章事韋執誼，迭降了好幾級，黜為崖州司馬；越年且賜王叔文自盡。王伾韋執誼凌準，相繼憂死。小子有詩嘆道：

漫誇管葛與伊周，朝值槐堂暮遠流。
試看八人同坐貶，才知富貴等雲浮。

叔文餘黨，貶黜無遺，天時已值殘冬，朝廷又要改元了。

欲知憲宗元年時事，容待下回表明。

王叔文非真無賴子，觀其引進諸人，多一時知名士，雖非將相才，要皆文學選也。王伾與叔文比肩，較為貪鄙，招權納賄，容或有之，亂政誤國，尚未敢為，觀其貶李實，召陸贄陽城，罷進奉宮市五坊小兒，舉前朝之弊政，次第廓清，是亦足慰人望，即欲奪宦宮之柄，委諸大臣，亦未始非當時要著，閹寺禍唐，已成積習，果能一舉掃除，寧非大幸？誤在材力未足，誇誕有餘，宦官早已預防，彼尚自鳴得意，及叔文請宴自陳，王伾臥床長嘆，徒令若輩增笑，不待憲宗即位，已早知其無能為矣。韋執誼始附叔文，終擯叔文，卒之同歸於盡。八司馬相繼貶竄，數腐豎益長權威，加以韋皋裴均嚴綬等，上表請誅伾文，復開外重內輕之禍，自是宦官方鎮，迭爭權力，相合相離，以迄於亡，可勝慨哉！故史稱順憲二宗，俱英明主，讀此回而未敢盡信云。

第七十二回　擒劉闢戡定西川　執李錡蕩平鎮海

卻說順宗改元永貞，因關係一代正朔，所以就貞元二十一年間，即已改行。至憲宗禪位，應復改元，當下將永貞二年，改為元和元年。正月朔日，憲宗帶領百官，至興慶宮朝賀順宗，奉上尊號，稱為應乾聖壽太上皇，禮畢還朝，方受群臣慶賀。過了數日，太上皇病體增劇，醫藥罔效，竟爾升遐，享年四十六歲，在位僅閱半年，總算作為一年。憲宗侍疾治喪，連日無暇，偏劉闢不肯用命，居然造起反來。闢欲繼韋皋後任，因憲宗不許，特阻兵自守。憲宗已遣袁滋為安撫使，尋又命充西川節度使，徵闢為給事中。闢仍不肯奉詔，滋畏闢不進，為憲宗所聞，貶滋為吉州刺史，本擬發兵討闢，但念履位方新，力未能討，只好再事羈縻，授闢為西川節度副使，知節度事。右諫議大夫韋丹上疏，謂：「釋闢不誅，外此無不效尤，恐將來朝廷命令，不能出兩京以外。」憲宗頗以為然，因命丹為東川節度使，防制西川。哪知闢氣焰益驕，又表請兼領三川。憲宗不允，闢竟發兵攻梓州。推官林蘊極力諫阻，惹動闢怒，將蘊械繫起來，且屢囑軍士持刀威嚇，刃擬蘊頸，已非一次。蘊怒叱道：「豎子！要斬便斬，我頸豈汝礪石麼？」闢不禁旁顧道：「此人真忠烈士，饒他去罷！」公道自在人心，即叛賊猶知忠義。乃黜為唐昌尉，復益兵東向，將梓州圍住。

東川節度使韋丹，尚未到任，前節度使李康，督眾拒守，一面飛章告急。憲宗召集群臣，會議討逆事宜，大眾謂蜀地險固，不易進兵。獨杜黃裳奮然道：「闢一狂妄書生，得良將往取，譬如拾芥，有什麼難事？」原來闢曾舉進士，參入戎幕，累經韋皋信任，厚自儲藏，因潛謀不軌，致遭此變。韋皋亦大不識人。黃裳知闢無能，決計主討，特薦神策軍使高崇文，勇略可用，並請憲宗勿置監軍，以專責成。翰林學士李吉甫，亦勸憲宗從黃裳言，憲宗乃命高崇文，率步騎五千，作為前軍，神策行營兵馬使李元奕，率步騎二千，作為次軍，並會同山南西道節度使嚴礪，同討劉闢。當時宿將尚多，各自命為征蜀統帥。哪知詔命一下，偏用了一個高崇文，頓令他驚異不置。崇文方屯長武城，練兵五千，常如寇至，一經受詔，即日啟行，器械糗糧，均無所闕，在途嚴申軍律，秋毫無犯。有一兵士就食逆旅，折人已箸，被崇文察覺，立斬以徇。將吏相率股慄，奉命唯謹。崇文出斜谷，李元奕出駱谷，同趨梓州，途次接得警報，梓州已經失守，李康被擒，崇文引兵亟進，從閬中入劍門，正值闢將邢泚，乘勝前來，崇文也不與答話，立即擂鼓，驅軍猛擊。邢泚慌忙對仗，戰不數合，已殺得旗靡轍亂，無力抵敵，沒奈何返奔梓州。崇文追至城下，懸賞攻城，自己親冒矢石，限期登陴。泚已經過第一次厲害，自知非崇文敵手，不如趁早逃生，遂引眾夜出後門，一溜煙的去了。崇文入屯梓州，休息一日，擬再行進兵，可巧闢送歸李康，為闢代求昭雪。崇文叱道：「汝敗軍失守，已負死罪，尚敢替逆賊求免麼？」康尚欲乞情，怎奈崇文鐵面無私，立命左右推出，把康斬首。嗣接嚴礪軍報，也已攻克劍州，斬賊吏文德昭，當下覆告嚴礪，聯名奏捷，憲宗得報甚喜。又接韋丹自漢中遞奏，請命崇文知蜀中事，乃即以崇文為東川節度副使。

不意西川尚未告靖，夏綏又復稱戈，幾乎有銅山西崩，洛鐘東應的狀態。虧得河東節度使嚴綬，表請討賊，不待朝廷發兵，已遣牙將阿跌光進（阿跌系複姓），及弟光顏，率兵戡亂。兩將勇冠河東，聯鑣並進，足令逆軍喪膽。夏州兵馬使張承金，斬了首逆，傳首京師，夏綏復安。究竟首逆為誰？原來是韓全義甥楊惠琳。倒戟而出，筆墨一新。全義自溵水敗還，不朝而去（見七十回），憲宗時在藩邸，即斥他不盡臣節，至憲宗嗣位，全義頗自戒懼，拜表入朝。杜黃裳勒令致仕，全義只好歸休，獨全義甥楊惠琳，乘全義入朝，權知留後。憲宗簡將軍李演為夏綏節度使，反為惠琳所拒，因此嚴綬遣將往討，不匝月而亂平。高崇文聞光顏名，調令至蜀，自督兵攻鹿頭關，關距成都百五十里，倚山帶川，非常雄險。闢連築八柵，分兵屯守，嚴拒官軍，闢將仇良輔，與闢子方叔，婿蘇強，統領屯兵，出戰崇文，大敗而還。崇文督兵攻柵，也不能下，復因天雨連綿，未便猛撲，他卻想了一計，令驍將高霞寓專突破瓶頸左的萬勝堆。堆在鹿頭山上，高出關城數仞，原有賊將駐守，霞寓招募死士，扳緣而上，任他矢石如雨，只管冒死上去，前隊僕，後隊繼，且縱火焚柵，煙焰薰天，賊眾無處逃遁，不是焚死，就是殺死。既奪得萬勝堆，俯瞰鹿頭關，一一可數，瞭如指掌。屯兵先後出戰，官軍無不預曉，八戰八捷，賊心始搖。崇文復分兵破賊於德陽，又敗賊於漢州，嚴礪亦遣將嚴泰，進拔綿州石牌谷，會河東將阿跌光顏，與崇文約期會師，途中為天雨所阻，遲了一日。光顏聞崇文軍律，很是嚴厲，自恐誤期得罪，乃深入鹿頭關西面，斷賊糧道，賊眾大懼。鹿頭守將仇良輔，與綿江柵將李文悅，依次請降。崇文遂收鹿頭關，擒住闢子與婿，長驅指成都，所向崩潰，軍不留行。闢恃鹿頭關為封鎖，驀聞關城失守，嚇得魂不附身，即與親將盧文若，率數十騎西走，擬奔吐蕃。崇文令高霞寓領兵追捕，到了羊灌田，見前面躑躅西行，正是劉闢文若等人，便鼓譟直進。闢倉猝投江，尚未得死，霞寓偏將酈定進，亟下馬泅水，把闢擒住。文若先殺妻子，自系石縋入江心，徒落得葬身魚腹，屍骨無存，霞寓囚闢還報，崇文即檻闢送京師，自入成都安民，市肆不擾，雞犬無驚，所有投降諸將，一律優待。唯闢將邢泚，館驛巡官沈衍，已降復貳，乃飭令梟首。軍府事無巨細，命一遵韋南康故事（韋南康即韋皋），從容指揮，全境皆平。

闢有二妾，皆具國色，監軍請獻入朝廷，崇文道：「天子命我討平凶豎，安撫百姓，並未囑我採訪婦女，我怎得獻女求媚呢？」遂查得軍中鰥夫，給為配偶。不知哪兩個鰥夫，得消受此豔福。知邛州崔從，曾貽書諫闢，闢發兵往攻，從嬰城固守，卒全邛州。崇文上表推薦，並及唐昌尉林蘊，還有韋皋舊吏，房式韋乾度獨孤密符載郗士美段文昌等，陷入城中，俱素服麻屨，啣土請罪，經崇文一律釋免，優禮相待，且具錄入薦書，唯語段文昌道：「君他日必為將相，未敢奉薦。」乃特具厚贐，遣送京師。劉闢被俘至都，尚冀不死，途次飲食如常。及既近都門，神策兵出系闢首，牽曳而入。闢始驚懼道：「奈何至此？」呆鳥。憲宗御興安樓受俘，詰問反狀。闢答辯道：「臣不敢反，五院子弟作亂，不能制服，因此被逼為非。」憲宗又詰他：「遣使賜詔，如何不受？」闢不能答。乃獻諸廟社，徇諸市曹，誅死城西南獨柳樹下，子婿等一併伏誅。盧文若族黨，亦皆夷滅。韋皋子行式，嘗娶文若女弟，按例當沒入掖庭，憲宗以皋有大功，悉命赦宥，隨即敘功論賞，宰相以下入賀。憲宗瞧著黃裳道：「這統是卿的功勞呢。」遂進高崇文為西川節度使，嚴礪為東川節度使，另授將作監柳晟，為山南西道節度使。晟至漢中，適府兵平蜀還鎮，有詔仍遣戍梓州，軍士怨怒，共謀作亂。晟疾驅入城，好言撫慰，並問道：「汝輩為何事得功？」軍士答道：「為誅反賊劉闢，因得成功。」晟接入道：「闢不受詔命，因致汝輩立功，豈可復令他人誅汝，轉為彼功呢？」眾皆拜謝，願奉詔共詣戍所，軍府遂定。

杜佑以年老乞休，先舉李巽為度支鹽鐵轉運等使，自解兼任各職，然後表辭相位。憲宗因佑年高望重，拜為司徒，封岐國公，令他每月一再入朝，三五日入中書省，商議大政。佑不得已應命，後來復上表固辭，乃准令致仕，仍飭入朝朔望，累遣中人顧問，錫予甚隆。佑京兆人，生平好學，雖貴猶讀書不輟，嘗搜補劉秩政典，參益新禮，成二百篇，號為通典，奏行於世。為人平易遜順，與物無忤，人皆樂與親近，故得以功名終身。至元和七年乃歿，年七十八，追贈太傅，予諡安簡。佑雖無甚功績，然學術甚優，故詳敘始末。杜黃裳與佑同裡，具有經濟大略，平蜀定夏，實出彼力，但不修小節，未能久安相位。元和二年，即出為河中節度使，封邠國公，越年病歿任所，年七十歲，追贈司徒，諡曰「宣獻」。

憲宗特擢武元衡為門下侍郎，李吉甫為中書侍郎，同平章事。吉甫即贊皇公李棲筠子，曾為太常博士，故相陸贄，疑他有黨，出為明州長史，及贄貶忠州，裴延齡與贄有嫌，獨起吉甫為忠州刺史，令得報復。吉甫卻與贄結歡，毫不提及前事，人已服他雅量，特揭此事，以風世人。及憲宗召為翰林學士，參議平蜀，因得邀結主知，升任宰輔。

先是浙西觀察使李錡，厚賂權幸，得領鹽鐵轉運等使，吉甫嘗入諫道：「韋皋蓄財甚多，劉闢因是構亂，李錡已有叛萌，若再得徵榷鹽鐵，憑倚長江，豈不是促令速反麼？」憲宗乃調錡為鎮海節度使，撤去鹽鐵轉運等差委，令歸李巽統轄。錡雖失利權，尚得節鉞，所以逆謀未發。嗣因夏蜀迭平，藩鎮多畏威入朝，李錡亦內不自安，表請入覲。憲宗授錡左僕射，即遣使至京口慰撫，訊問行期。錡佯署判官王澹為留後，表示行狀，但只是逐日延挨，今日不行，明日又不行，拖延了好幾日，仍然不行。澹與敕使再三催促，他反動起怒來，託詞有疾，請至歲暮入朝。相臣武元衡入白憲宗道：「錡求朝得朝，求止得止，可否在錡，如何號令四海？」憲宗乃徵錡入朝。錡無詞可說，即欲興兵造反，且因王澹通同敕使，制置軍務，心下很是不平，乃遣心腹將五人，分鎮部屬五州。蘇州屬姚志安，常州屬李深，湖州屬趙唯忠，杭州屬邱自昌，睦州屬高肅，伺察刺史動靜，作為預備，一面選練兵士，募集丁壯，有力善射的士卒，叫做挽強，胡奚雜類，叫做蕃落，給賜十倍他卒，留充帳下親兵。

會歲晚天寒，例須給發衣服，錡與親兵定就密計，高坐帳中，森列甲仗。王澹與敕使入謁，錡尚作歡語狀，及澹等出帳，忽有軍士數百名，露刃大嘩道：「王澹何人，擅主軍務？」澹尚未及答，已由軍士砍翻，臠割而食。牙將趙琦，未與密謀，尚冒冒失失的出去諭止，又被軍士臠食，且用刀擬敕使頸，謾罵不休。錡佯作驚惶，自出救解，乃將敕使囚繫室中，於是令李鈞主挽強兵，薛頡主蕃落兵，再派公孫玠韓運等，分統各軍，出戍險要，並密飭五州鎮將，各殺刺史，反抗朝廷，表面上還想掩飾，奏稱兵變啟釁，致殺留後大將。一味欺飾，難道常瞞得過去？哪知常州刺史顏防，早瞧破機關，用門下客李雲計，矯制稱招討副使，誘斬李深，且傳檄蘇杭湖睦，請同進討。湖州刺史辛祕，也潛募民兵數百人，夜襲趙唯忠營，將唯忠拖出殺死，嚴守州境。唯蘇州刺史李素，為姚志安所執，械送李錡，錡把素懸系船舷，示眾聲威。當下派兵馬使張子良李奉仙田少卿等，率精兵三千，往襲宣州。

是時詔命已下，因李錡為宗室子孫，削去屬籍及官爵，遣淮南節度使王鍔為招討處置使，統率諸道行營兵馬，徵調宣武義寧武昌淮南宣歙及浙東西各軍，由宣杭信三州進討。宣州向稱富饒，錡欲先行占據，因特遣張子良等襲擊。偏子良等知錡必敗，潛與牙將裴行立商議，謀執錡送京師。行立本系錡甥，錡有謀劃，無不預聞，此次見官軍四逼，也欲為免禍計，乃與子良等訂定密約，裡應外合，討逆圖功。子良等領兵出發，才至數十里外，即召士卒宣諭道：「僕射造反，官軍四集，常湖二鎮將，已懸首通衢，大勢日蹙，必至敗亡，今乃使我輩遠取宣城，我輩何為隨他族滅？計不如去逆效順，還可轉禍為福，汝等以為何如？」大眾應聲道：「願聽將令。」子良便命大眾乘夜趨還，潛至城下。裴行立已在城上探望，見子良等領兵回來，即舉火為應，內外合噪，響震全城。行立且引兵攻牙門，錡從睡夢中驚醒，駭問左右。左右據實通報，錡復問道：「城外兵馬，是何人統帶？」左右答是張中丞。錡又問門外兵馬，是何人主使？左右答是裴侍御。錡驚墮床下，並撫膺大慟道：「行立尚且叛我，我還有何望呢？」汝要叛君，何怪甥兒叛汝！遂跣足而起，走匿樓下。親將李鈞，引挽強兵三百名，趨出庭院，與行立格鬥。行立伏兵邀擊，俟李鈞出來，四面兜截，把鈞手下三百人，衝得七零八落。鈞不及遮攔，被行立一槊刺倒，梟了首級，傳示城下。錡舉家皆哭。子良曉諭城中，說明順逆禍福，且呼錡束身歸朝。兵士遂趨入執錡，用幕裹住，縋出城外，系送京都。

神策兵自長樂驛接著，押送至闕，憲宗仍御興安門問罪。錡答道：「臣初無反意，張子良等教臣為此。」至此還想誣賴，可恨可笑！憲宗道：「汝為元帥，子良等謀反，何不將他斬首，然後入朝？」錡理屈詞窮，遂並錡子師回，腰斬伏罪。群臣聯翩入賀，憲宗愀然道：「朕實不德，以致海內多事，叛亂迭起，自問不免懷慚，何足言賀？」數語頗得大體。宰相武元衡等，議誅錡大功以上親族，兵部郎中蔣乂道：「錡大功以上宗親，均系淮安靖王後裔（淮安靖王名神通，見前文。錡系神通六世孫），淮安王曾有佐命功，陪陵享廟，怎得因末孫為惡，累及同宗？」宰相等又欲誅錡兄弟。乂又道：「錡兄弟皆故都統國貞子，國貞殉難絳州，忠烈卓著，亦不應令他絕祀。」（事見前肅宗時代）。乃一律貸死，但將錡從弟宋州刺史李銛等，貶謫有差。有司籍錡家產，輸送京師。翰林學士裴洎李絳，上言：「李錡僭侈，剝削六州人民，斂財致富，陛下痛民無告，所以興師問罪，申明國法，今乃輦取金帛，輸入京中，恐遠近失望，轉滋疑議，臣請將逆人資財，分賜浙西百姓，俾代今年租賦，庶幾聖德及人，萬民悅服。」云云。憲宗覽疏嘉嘆，依言施行。擢張子良為左金吾將軍，封南陽郡王，賜名奉國，田少卿為左羽林將軍，封代國公，李奉仙為右羽林將軍，封邠國公，裴行立為泌州刺史，追贈王澹給事中，趙錡和州刺史，李素從賊中救出，仍還原官。鎮海軍帖然就範，無庸瑣敘。

唯高崇文鎮蜀期年，屢次上表，謂：「西川為宰相迴翔地，臣未敢自安，且川中安逸，無所陳力，情願移戍邊陲，報恩效死」等語。憲宗乃出武元衡為西川節度使，調崇文為邠寧節度使。崇文尋卒，予謚威武。憲宗有意求才，策試制舉，得元稹獨孤鬱白居易蕭俛沈傳師等人，各授拾遺校書郎等職。居易字樂天，尤有才名，嘗作樂府百餘篇，規諷時事，流傳禁中，憲宗特擢為翰林學士。尋又策試賢良方正，直言極諫舉人，牛僧孺皇甫湜李宗閔等，直陳時政得失，毫不避諱。考官楊於陵韋貫之署為上第，獨李吉甫恨他切直，泣訴憲宗，並言：「湜為翰林學士王涯甥，涯與學士裴垍，覆閱策文，不自引嫌，實屬有心舞弊」云云。憲宗不得已罷垍，貶涯為虢州司馬，於陵為嶺南節度使，貫之為巴州刺史。既而吉甫遇疾，留醫士夜宿診治，御史中丞竇群，劾吉甫交通術士，憲宗查訊不確，貶竇群官。吉甫亦上書求免，乃出吉甫為淮南節度使，再起裴垍同平章事。垍絳州人，器局嚴峻，人不敢以私相干。嘗有故人自遠方來，與垍相見，垍款待甚優，及故人求為京兆判官，垍恰正色道：「公才不稱此官，垍何敢因私害公，他日有盲相當道，若肯憐公，公或可得此任。今垍在相位，願公勿言！」故人才赧然別去。人人如垍，何至情弊百出。嗣是內外僚吏，益自戒慎。憲宗嘗問垍治要，垍舉大學先正其心一語，引為箴規。凡諫官敢言闕政，尤為垍所稱賞。給事中李藩，抗正不阿，垍入白憲宗，謂藩有宰相器。憲宗正因鄭絪太尚循默，有易相意，鄭絪前頗敢言，豈閱官已久，亦學作琉璃蛋耶？既聞垍言，因即罷絪相藩。元和四年春季大旱，李絳白居易上陳數事，第一條是減輕租稅，第二條是簡放宮人，第三條禁諸道橫斂，免他進奉，第四條是飭南方各道，不得掠賣良人，充作奴婢。垍與藩極力贊成。憲宗乃一一准行。制敕甫下，即日大雨。會因成德節度使王士貞病死，子承宗自為留後，承宗叔父士則，與幕客李棲楚，恐延禍及己，均歸京師。憲宗令士則為神策大將軍，另擬簡人往代，若承宗抗命，當興師往討，好把河北諸鎮世襲的積弊，乘此廓清。偏同平章事裴垍，及翰林學士李絳，先後奏阻。右軍中尉吐突承璀，獨自請將兵往討承宗，兩下裡各執一說，免不得齟齬起來。正是：

老成持重謀休戰，腐豎懷私慾弄兵。

究竟如何處置承宗，且看下回續敘。

肅代以後，節度使由軍士擅立，已成積弊，至劉闢李錡，自恃多財，相繼生變，微杜黃裳之定策於先，武元衡之贊謀於後，則狂妄書生，尚思構逆，貪婪計吏，且得稱戈，彼擁強兵，嫻武略者，幾何而不欲坐明堂，朝諸侯乎？高崇文一出而劉闢喪膽，雖有鹿頭之險，不能阻堂堂正正之師，棄城投水，卒就擒誅。取戇書生如拾芥，黃裳之言驗矣。李錡無能，視闢尤甚，張子良等倒戈相向，如縛犬豕，此而欲盜弄潢池，何其不知自量歟？楊惠琳一起即滅，更不足道，本回依次敘述，有詳有略，筆下固自斟酌也。

第七十三回　討成德中使無功　策魏博名相定議

卻說王承宗自為留後，無非是積習相沿，看人榜樣。最近的就是平盧節度使李師道，師道即李納庶子，李納死，長子師古襲職，師古死，判官高沐等，奉師古異母弟師道為節度副使，杜黃裳時尚為相，請設官分治，免致後慮。憲宗因夏蜀迭亂，不宜再激他變，乃命師道為節度使。至是承宗擅立，憲宗反欲進討，裴垍乃面奏道：「師道父李納，跋扈不恭，承宗祖王武俊，有功國家，陛下前許師道，今奪承宗，教他如何心服？不如待釁而動為是。」憲宗又轉問李絳，絳答道：「河北不遵聲教，莫不憤嘆，但欲今日削平，恐尚未能。成德軍自武俊以來，父子相承，已四十餘年，今承宗又總軍務，軍士看成習慣，不以為非，今若遣人往代，恐彼未必奉詔。況范陽魏博易定淄青，人地相傳，與成德同例，成德搖動，諸鎮寒心，勢必結連拒命，朝廷不能坐視，須遣將調兵，四面攻討，彼將吏各給官爵，士卒各給衣糧，按兵玩敵，坐觀勝負，國家轉因此勞敝了。且關中旱荒未靖，江淮又報大水，公私交困，兵事不應輕試，且待他日。」按情度勢，言之甚明，並非姑息之談。憲宗頗也心許。偏左軍中尉吐突承璀，由宦官入為黃門，嘗侍憲宗潛邸，以機警得幸，至此欲陰奪相權，力請統兵往討，憲宗又未免狐疑。還有昭義軍節度使盧從史，因父喪守制軍中，未曾起復，他卻附會承璀，願率本軍討承宗。有詔起復從史為金吾大將軍，統兵如故。承宗聞朝廷有意加討，恰也驚懼，因累表自訴，特別恭順。憲宗乃遣京兆尹裴武，詣真定宣慰。承宗下拜庭前，跪接詔命，起語裴武道：「承宗何敢擅為留後？只因三軍見迫，不暇恭俟朝命，今願獻德棣二州，聊表微誠。」說罷，即盛宴裴武，挽他善達憲宗。裴武一力擔承，歡宴數日，才辭歸覆命。憲宗乃命承宗為成德節度使，兼恆冀深趙州觀察使，即授德州刺史薛昌朝為保信軍節度使，兼德棣二州觀察使。

昌朝為故節度使薛嵩子，又系王氏門婿，與承宗親戚相關，所以特加任命。哪知魏博節度使田季安，獨遣人語承宗道：「昌朝陰結朝廷，故得驟受節鉞，足下奈何不察！」承宗被他一激，立遣數百騎馳入德州，把昌朝拘至真定，囚繫獄中。反覆若此，卻也應討。憲宗以裴武欺罔，欲加嚴譴，虧得李絳替他救解，方得免罪。乃再遣中使往諭承宗，令釋昌朝還鎮。承宗不肯受命，於是憲宗削奪承宗官爵，命吐突承璀為神策河中東道行營兵馬使，兼諸軍招討處置等使，北伐承宗。翰林學士白居易上疏極諫，略云：

國家征伐，當責成將帥，近歲始以中使為監軍，自古及今，未有徵天下之兵，專令中使統領者也。今神策軍既不置行營節度使，則承璀乃制將也，又充諸道招討處置使，則承璀為都統也。臣恐四方聞之，必輕朝廷，四夷聞之，必笑中國，陛下忍今後代相傳，謂以中官為制將都統，自陛下始乎？臣恐劉濟（即盧龍節度使）張茂昭（張孝忠子，任易定節度使，亦稱義武軍節度使）范希朝（時調任河東節度使）盧從史等，以及諸道將校，皆恥受承璀指揮。心既不齊，功何由立？此是資承宗之計，而挫諸將之勢也。陛下念承璀勤勞，貴之可也；憐其忠誠，富之可也。至於軍國權柄，動關理亂，朝廷制度，出自祖宗，陛下寧忍徇下之情，而自隳法制，從人之慾，而自損聖明，何不審慎於一時之間，而取笑於萬代之後乎？臣願陛下另簡良將，毋任近臣，申國威，肅軍紀，則立法無闕，而成效可期矣。

疏入不省。度支使李元素，鹽鐵使李鄘，京兆尹許孟容，御史中丞李夷簡，諫議大夫孟簡，給事中呂元膺孟質，右補闕獨孤鬱等，更伏闕奏對，大旨如居易言。憲宗不得已改承璀為宣慰使，削去諸道兵馬使職權，仍令會同諸鎮，即日進討。

承璀才出都門，田季安先已聞知，便聚眾計議道：「王師不越大河，已是二十五年，今一旦越魏伐趙，趙若受擒，魏亦被虜，如何是好？」有一將超伍出言道：「願假騎兵五千，為公除憂？」季安大呼道：「壯哉勇士！願如所言。」忽旁座又閃出一人道：「不可不可。」季安正欲叱責，因見他是幽州來使譚忠，只好暫時耐氣，問明情由。譚忠說道：「王師伐趙，公出兵相阻，是先為趙受禍，恐趙未被兵，魏已糜爛了。忠有一計，令彼為鷸蚌，公為漁人。」季安問是何計？忠抵掌道：「往年王師討平蜀吳，算不一失，是皆相臣謀畫，與天子無關。今天子專任中使，不用老臣宿將，是明明欲誇服臣下，自顯威武，倘一入魏境，即遭挫衄，且必任智士，畫長策，仗猛將，練精兵，畢力再舉，與魏從事，公不是為趙受禍麼？為今日計，王師入境，公且厚給犒賞，整頓甲兵，陽稱伐趙，一面陰遣趙書，但說伐趙是賣友，不伐趙是叛君，兩名都不願受，執事若能貽魏一城，俾魏有詞奏捷，不必再入趙境，庶西得對君，北得對友，如此說法，趙若果不拒我，是魏得兩利，並可藉此圖霸了。」彷彿戰國策士。季安不禁大喜道：「好計好計！先生此來，實是天助魏博哩。」遂一面歡迎承璀，一面致書承宗。承宗覆書照允，竟將當陽縣贈魏。譚忠以魏策已成，乃辭行還鎮，季安厚贈而別。

及忠還幽州，正值劉濟會議軍情，濟宣言道：「天子命我伐趙，趙亦必防我往伐，究竟伐趙好呢，不伐趙好呢？」忠入內應聲道：「天子未必使公伐趙，趙亦未必防公往伐，忠謂公可緩日出師。」濟怒道：「我豈可與承宗同反麼？」遂不待忠再說，便將忠下獄繫住。已而使人探視趙境，果不增防，唐廷有詔旨到來，亦止令濟護北邊，毋庸伐趙。濟不覺驚訝，遂釋忠出獄，問他何故先知？忠答道：「盧從史外雖親我，內實聯趙，他必為趙畫策，故意弛防，一示趙不欲抗我，二使我獲疑天子，暗中必遣告朝廷，只說是燕趙相聯，忠所以知趙不備燕，天子亦不願燕伐趙呢。」料事如神。濟復問道：「前事被君料著，我究應若何處置？」忠又道：「天子伐趙，君據全燕地，擁兵坐糧，若一人未渡易水，適墮從史詭計，公懷忠受謗，天子以為不忠，趙人又不見德，徒落得惡聲嘈雜，請公自思便了。」遣將不如激將，忠兩次進言，統用此術。濟奮袂起座道：「我知道了！」遂下令軍中道：「五日畢出，落後者斬！」乃自統兵七萬，出攻趙境，連拔饒陽束鹿。

各道兵會集定州，承璀亦至行營，軍無統帥，號令不專，只有張茂昭一軍，還算紀律嚴明。盧從史雖派兵與會，暗地裡恰與承宗通謀，因此人各一心，威令不振。左神策大將軍酈定進，頗稱驍勇，率部兵輕進，被承宗設伏截擊，竟致敗死，全軍奪氣，大家觀望不前。會淮西節度使吳少誠，寵任大將吳少陽，呼為從弟，出入如至親。少誠有疾，少陽殺死少誠子元慶，竟將少誠軟禁起來。

少誠憂病交迫，遂致死去，少陽自為留後。憲宗方用兵河北，不能顧及淮西，沒奈何加以任命，且待河北平定，再作計較。怎奈河北敗多勝少，日久無功。白居易又復疏請罷兵，諫陳利害，憲宗仍然不許。適盧從史遣牙將王翊元入都奏事，宰相裴垍與言君臣大義，激動翊元。翊元遂將從史陰謀，一一告知，並言有計可取，當為國除患。垍乃囑使還鎮，聯繫將士，俟謀定後，再來京師。翊元往而復返，報稱兵馬使烏重胤等，均願歸誠，但教王師一到，即可下手。裴垍乃入白憲宗道：「從史必將為亂，今聞他與承璀對營，視承璀似嬰兒，毫不裝置，幸有烏重胤王翊元等，願歸朝廷，失今不取，後雖興師動眾，恐非歲月可平呢。」恰是機會。憲宗熟思良久，方才允行，亟遣使密告承璀。承璀與行營兵馬使李聽定議，先日邀從史過宴，盛陳珍玩，問他所欲，立即移贈。從史大喜，常相往來。一日，復由承璀邀與同博，俟從史入帳，擲局為號，有數十壯士突出，把從史擒住，牽至帳後，打入囚車，飛送京師。從史營中，士卒爭出，欲與承璀拚命。烏重胤擋住軍門，拔刀指叱道：「天子有詔，命承璀執送從史，我已早聞密旨，從命有賞，不從命有誅。」士卒方斂兵歸伍，不敢逆命。及從史解到京師，入謁憲宗，惶恐謝罪，憲宗從輕發落，貶為歡州司馬，且因重胤有功，擬即令為昭義節度使。承璀亦馳奏入都，謂已牒知重胤，使權充留後。獨翰林學士李絳抗疏道：

昭義五州，據山東要害，向為從史所據，使朝廷旰食，今幸而得之，承璀復以與重胤，臣聞之實為驚心。昨國家誘執從史，雖為長策，已失大體，今承璀又擅移文牒令為留後，並敢代求旌節，無君之心，孰甚於此？陛下昨日得昭義，人神同慶，威令再立，今日忽以授本軍牙將，物情頓沮，綱紀大紊。校計利害，更不若從史為之。何則？從史雖蓄奸謀，已是朝廷牧伯，重胤出於列校，以承璀一牒代之，竊恐河南北諸侯聞之，無不憤怒，恥與為伍。且謂承璀誘重胤，使逐從史而代其位，彼人人麾下，各有將校，能毋自危乎？倘劉濟張茂昭田季安韓弘李師道等，繼有章表，陳其情狀，並指承璀專命之罪，不知陛下何以處之？若皆不服，則眾怨益甚，若為之改除，則朝廷之威重去矣。臣意謂重胤有功，可移鎮河陽，即令河陽節度使孟元陽，調鎮昭義，如此則任人之權，仍在朝廷，重胤得鎮河陽，已為望外之福，豈敢更為抗拒？況重胤所以能執從史，本以仗順成功，一旦自逆詔命，安知同列不襲其跡而動乎？重胤軍中，等夷甚多，必不願重胤獨為主帥，移之他鎮，乃愜眾心，何憂其致亂乎？幸陛下採擇焉！

憲宗覽奏，不覺稱善，乃調孟元陽為昭義節度使，烏重胤為河陽節度使。唯王承宗失一臂助，不免焦急，更因范希朝張茂昭兩軍，進逼木刀溝，累戰失利，不得不上表謝罪，把從前過失，都推到盧從史身上。但說是誤信間言，今始覺悟，乞許自新等語。李師道又代為申請，憲宗亦因師久無功，決計罷兵，仍令承宗為成德節度使，給還德棣二州，令諸道兵各歸原鎮，分賜布帛二十八萬匹，加劉濟為中書令。濟有數子，長子緄為副大使，次子總為瀛州刺史，濟出軍瀛州，適患重疾，不能遽歸，總與判官張玘等，密謀弒父，偽使人從京師來，入白濟道：「朝廷責相公逗留無功，已除副大使為節度使了。」濟已有怒意。次日，又使人報濟道：「使節已至太原了。」旋又使人走呼道：「副大使已過代了。」全軍皆驚，即欲潰歸。濟憤不可遏，竟殺主兵大將數十人，且召緄詣行營，令玘兄皋代領軍事。濟自朝至日昃，未得飲食，乃召總使吏唐弘實入室，向索酏漿。弘實陰受總囑，置毒漿中，濟一飲而盡，毒發暴死。及緄至涿州，總矯傳濟命，逼緄自盡。可憐劉濟父子，統死得不明不白，那弒父殺兄的劉總，為父發喪，但說是有病身亡，表奏朝廷。憲宗不知是詐，即命他承襲父職，尋且加封楚國公。弒父殺兄之逆賊，反得加官封爵，朝廷豈尚有紀綱耶？

吐突承璀自行營還朝，有旨仍令為左衛上將軍，充左軍中尉。裴垍入諫道：「承璀首倡用兵，疲敝天下，卒無成功，陛下即顧念舊恩，不加顯戮，怎得全不貶黜以謝天下？」給事中段平仲呂元膺，且請誅承璀。李絳亦奏言：「不責承璀，他日將帥失律，如何處置？」憲宗撤去承璀中尉，令充軍器使，中外始相率稱賀。張茂昭奉詔班師，得加官檢校太尉，兼太子太傅。茂昭願舉族還朝，乞另簡後任，表至數上，乃詔從所請，令左庶子任迪簡為行軍司馬，乘驛往代。茂昭悉舉簿書管鑰，授與迪簡，立挈妻子就道，且囑語道：「人人貪戀旌節，試看節使子孫，有幾家能保全過去？我使汝等還朝，正不欲子孫習染汙俗，同歸淪亡。汝等毋謂我迂拘呢。」見機而作，不俟終日者，君子之謂乎？都虞侯楊伯玉張佐元，相繼作亂，為將士所誅，共奉迪簡主持軍務。迪簡與士卒同嘗甘苦，軍心感附，易定皆安。憲宗命頒綾絹十萬匹，犒賜二州將士，即授迪簡為節度使。至茂昭入覲，面加慰諭，晉拜中書令，復授河中節度使。茂昭奉命往鎮，越年首上生疽，竟至暴歿，年止五十，冊贈太師，謚曰獻武。茂昭公忠卓著，乃享年不永，反致病疽暴亡，天道豈真無知麼？茂昭弟茂宗，曾尚德宗女義章公主，茂宗出任兗海節度使，官至左龍武統軍，茂和亦仕至諸衛將軍，茂昭子克勤，後亦官左武衛大將軍，子弟世貽令名，如茂昭言。

河東節度使范希朝，出屯河北。憲宗命王鍔為河東節度使，鍔有吏才，頗善完聚，進奉甚優，且嘗納賂中官，求加相銜，中人競為揄揚，憲宗亦頗心動，密詔中書門下道：「鍔可兼宰相。」同平章事李藩，遽取筆濡墨，抹去「宰相」二字，再從左方寫著「不可」二字，呈還憲宗。時太常卿權德輿，正入任同平章事，見藩所為，不禁失色道：「詔書如不可行，亦當另疏諫阻，奈何用筆塗詔呢？」藩從容道：「勢已迫了，一出今日，便不可止，我不能不破例上陳。」德輿因亦入奏道：「向來方鎮得兼相職，必有大忠大功，否則為羈縻計，不得已權給兼銜。今鍔無忠勛，朝廷又非不得已，何為遽假此名？」憲宗乃止。裴垍適患風痺，乞假養痾，三月不癒，乃罷為兵部尚書，再召李吉甫為相。吉甫自淮南入都，常欲修怨，因裴垍與史官蔣武等，上德宗實錄，遂上言垍已引疾，不宜冒奏，乃徙垍為太子賓客，罷蔣武等史官。垍竟病歿，不得追贈。給事中劉伯芻，表稱垍忠，始追封太子太保。李藩由垍引進，吉甫既已傾垍，復欲去藩，密白憲宗道：「臣還都時，道逢中使，持印節與吳少陽，臣竊為陛下深恨哩。」憲宗不覺變色，退朝自忖：少陽前為留後，今加任節度使，藩曾贊議，彼不容王鍔，獨請任少陽，恐未免有私弊等情，遂竟下手詔，罷藩為太子詹事。吉甫可謂善譖。

李絳嘗面奏吐突承璀專橫，語極懇切，憲宗尚未肯信，已而弓箭庫使劉希光，受羽林大將軍孫璹錢二萬緡，為求方鎮，事覺賜死。承璀亦與有干連，出為淮南監軍。承璀坐貪賕重案，僅出為監軍，憲宗之寵幸寺宦，於此可見。因進李絳同平章事。京兆尹元義方，為承璀心腹，李吉甫欲自託承璀，因擢為京兆尹。吉甫初次入相，德望已損，及再相時，更倒行逆施，令人不解。絳入相，奏請外謫義方，憲宗但調義方為鄜防觀察使，吉甫已是不悅。絳又素與吉甫爭論殿前，益為吉甫所忌。幸憲宗尚有微明，嘗語左右道：「吉甫專為諛悅，不及李絳忠直，如絳才算真宰相呢。」既已辨明直枉，何不罷去吉甫？吉甫乃稍稍斂束。會魏博事起，吉甫與絳，又有一番爭議，吉甫主討，絳獨奏阻，究竟孰是孰非，待小子敘述出來。魏博節度使田季安，襲父遺職，差不多將二十年。他嘗娶洺州刺史元誼女，生子懷諫，為節度副使，用族人田興為兵馬使。興父庭玠，當田悅抗命時，曾為節度副使，勸悅謹守臣節，悅不肯從，庭玠憂死（事見前文）。興幼通兵法，夙嫻騎射，承嗣嘗目為奇童，語庭玠道：「他日必興吾宗。」因名為興。及為兵馬使，操行循謹，與人無爭。季安淫虐好殺，興屢次進規，季安非但不從，反疑他籠絡眾心，出為臨清鎮守，意欲伺罪加戮。興佯為風痺，灼艾滿身，臥家不出，才得免禍。未幾，季安病死，懷諫年只十一，母元氏，以興得眾心，召還舊職。唐廷聞季安已歿，欲乘勢收取魏博，特遣左龍武大將軍薛平，為鄭滑節度使，伺察動靜。李吉甫請即興兵往討，李絳獨謂魏博不必用兵，自能歸順朝廷。兩下裡爭執多時，尚未決議。過了數日，吉甫又極言用兵利便，且謂芻糧金帛，均已有備，憲宗乃復問絳。絳答道：「兵不可輕動，他事不必論，即如上年北討承宗，四面發兵，近二十萬，又發左右神策軍，自京師出發，天下騷動，費用約七百餘萬緡，迄無成功，徒為人笑。今瘡痍未復，人皆憚戰，田懷諫一乳臭小兒，何能統軍？將來必有別將崛起，代為主帥，那時妥為處置，自可不戰屈人。今即欲以詔敕驅迫，恐非徒無功，反生他變，願陛下勿疑。」憲宗至此方悟，便奮身撫案道：「朕決計不用兵了。」絳又道：「陛下雖有是言，恐退朝後，尚未免有淆亂聖聽，幸陛下勿再為所惑？」憲宗正色道：「朕志已決，誰敢惑朕？」絳乃拜賀道：「這乃是社稷幸福呢。」於是按兵不發，專候魏博消息。過了月餘，即得魏博監軍奏報，魏博軍士，推田興為留後，把懷諫徙出牙門，興坐待詔命，聽候處置，果然不出李絳所料。小子有詩贊絳道：

談兵容易用兵難，功效虛懸兵力單。
幸有宰臣能料事，頓教內外盡熙安。

憲宗接了此奏，又召宰相等入商，欲知後來如何解決，俟至下回表明。

憲宗之待藩鎮，忽寬忽嚴，忽撫忽討，毫無定見，殊為可笑。李師道之自為留後，與王承宗相等，繩以祖父功罪，則師道可以先討，而承宗次之，乃師道加封，承宗受討，已非情理之正，又任中官為統帥，徒勞動數十萬眾，無功而還，威令果安在乎？盧從史之執，功出裴垍，與承璀無與，且誘而執之，亦失大體。李絳之論，實為明允，何憲宗之漠不加察，始終為奄人所熒惑也？吳少陽逼死主帥，擅殺元慶，其罪已甚，劉總弒父殺兄，其罪尤大，不聲罪而致討，反概加任命，且進總公爵，非特勸人不臣，抑且教人不孝不友，而於魏博田氏，獨欲從李吉甫言，興師致討，匪李絳之一再辯白，幾何而不蹈承璀之覆轍也。文中陸續敘述，而憲宗之喜怒無常，顯然若揭，褒貶不在多言，善讀者自能體會得之。

第七十四回　賢公主出閨循婦道　良宰輔免禍見陰功

卻說憲宗得魏博消息，即召李吉甫李絳等，入商大計，且顧李絳道：「卿料魏博事，若合符契，可謂先見，但此事將如何辦法？」說至此，便將原奏遞示二李。二李瞧罷，才悉魏博詳情。原來田懷諫幼弱，軍政皆委家僮蔣士則主持。士則不問賢否，但憑私愛私憎，調易諸將，眾皆憤怒，朝命又久未頒到，愈覺人心不安。田興淩晨入府，將士數千人，環拜興前，請為留後。興驚惶僕地，徐起語眾道：「汝等能勿犯副大使，謹守朝廷法令，申版籍，清官吏，然後可暫任軍務。」大眾唯唯聽命。興乃率軍士馳入牙門，誅蔣士則等十餘人，遷懷諫母子，出外安居，即託監軍表聞，靜候朝命。吉甫請遣中使宣慰，再行觀變。絳力言不可，且白憲宗道：「田興奉土地，輯兵眾，坐待詔命，不乘此時推心招撫，結以大恩，必待魏博將士，表請節鉞，然後給與，是恩出自下，非出自上，將士為重，朝廷為輕，恐他未必誠心感戴呢。」憲宗意尚未決，轉問樞密使梁守謙。守謙本吉甫舊交，當然如吉甫言。且謂中使宣勞，乃是故例，今不能無故翻新。憲宗遂遣中使張忠順，為魏博宣慰使。忠順已行，絳復入諫憲宗道：「朝廷恩威得失，在此一舉，奈何自失機會？臣計忠順行期，今日才得過陝，乞明旦即除白麻，除興為節度使，尚或可及哩。」憲宗且欲命為留後，絳復道：「興恭順如此，非恩出不次，無以示感，願陛下勿再遲疑！」憲宗乃復遣使持節，授興為魏博節度使。忠順未還，制命已至魏州，興感激涕零，士眾無不鼓舞。至中使還報情狀，絳又上言：「魏博五十餘年，不沾皇化，一旦舉六州版籍，守聽朝命，不有重賞，如何能慰服人心，使鄰鎮勸慕？請發內帑錢百五十萬緡，賜給魏博將士。」憲宗亦將從絳，偏中官以為賞給過多，後難為繼，於是憲宗復欲酌減。絳因申諫道：「田興不貪地利，不顧鄰患，即毅然歸命聖朝，陛下奈何愛小費，失大計，俾彼觖望？試想錢財用盡，他日再來，機會一失，不能復追。設如國家發十五萬眾，往取六州，踰年始克，寧止費百五十萬緡？」憲宗點首道：「卿言甚是。朕平時惡衣菲食，蓄聚貨財，正為平定四方起見，否則徒貯庫中，亦有何用？」既知此道，何尚為宦官所蔽？乃遣司封郎中知制誥裴度，持錢百五十萬緡，宣慰魏博，頒賞軍士，六州百姓，免賦一年。軍士受賜，歡聲如雷。適有成德兗鄆各使，均在魏州，見將士均得厚賞，也相顧驚嘆道：「倔強無益，究不如恭順為宜哩。」裴度為興陳君臣大義，興久聽不倦，並請度遍行所部，宣布朝命。又奏所部缺官九十員，請有司簡任；奉法令，輸賦稅，舊有正寢，僭侈無度，避不敢居，另就採訪使廳署治事。河北各鎮，屢遣遊客多方間說，興終不為動。李師道傳語宣武節度韓弘道：「我世與田氏約，互相保援，今興非田氏本支，又首變兩河舊約，想亦公所惡聞，我當與成德合軍往攻，公肯出援一臂否？」弘復答道：「我不知利害，但知奉詔行事，若汝軍朝出渡河，我當暮取曹州。」師道乃不敢動，魏博大定。田興既葬田季安，送懷諫至京師，憲宗命懷諫為右監門衛將軍，進興檢校工部尚書，兼魏博節度使，賜名弘正。

轉瞬間已是元和八年，憲宗以權德輿簡默不言，有虧相職，出德輿為東都留守，召西川節度使武元衡還朝，入知政事。既而李絳因疾辭相，罷為禮部尚書，別用河中節度使張弘靖同平章事。弘靖系故相張延賞子，少有令名，至是入相。張氏自嘉貞延賞弘靖，三世秉政，當時稱他裡第，為三相張家。但自李絳罷職，此後無論何人，都不及李絳忠直。獨嘆憲宗既已知絳，乃仍令罷相，不能久用，且相絳時曾出吐突承璀，絳罷相，即召承璀為神策中尉，這可見憲宗任相，反不如待遇宦官，較為信用，怪不得閹人橫肆，好好一代大皇帝，後來反死在閹寺手中呢！直注下文。

翰林學士獨孤鬱，為權德輿女婿，貌秀才長，憲宗長嘆道：「德輿選婿得人，難道朕反不及麼？」原來憲宗頗多子女，長子名寧，為紀美人所出，曾封鄧王，元和四年，由李絳奏請立儲，因立寧為皇太子，越二年病歿，繼立三子遂王恆為太子。恆母為郭貴妃，貴妃是郭子儀孫女，父曖尚昇平公主，有女慧美，因納入憲宗潛邸。憲宗嗣位，冊為貴妃，群臣請立為後，並不見報。當時後宮多寵，美不勝收。憲宗恐妃得尊位，致受鉗掣，所以終不立後。後主陰教，如何不立？這也是一大誤(借選婿事，補敘帝眷，是行文連綴法)。郭貴妃頗循禮法，也未嘗覬覦中宮，他既生太子恆，後生岐陽公主，公主秉性賢淑，女道淑嫻，母女皆賢，不愧郭氏家風。憲宗乃暦命宰相，揀擇公卿子弟，視有才貌清秀，即選為快婿。諸家多不合式，或得了一二人，恰恐帝女非耦，不願尚主，但託疾告辭，唯太子司議郎杜悰應選。悰祖杜佑，以門蔭得官，憲宗召見麟德殿，視悰彬彬有文，遂許尚岐陽公主，擇吉成婚。屆期這一日，憲宗親御正殿，遣主下嫁，由西朝堂出發，再由憲宗御延喜門，顧送主輿，大賜賓從金錢，開第昌化裡，疏鑿龍首池為沼，且命闢公主外祖家，就尚父大通裡亭，作為別館。杜氏向系貴閥，復遇尚主隆儀，當然竭力張皇，備極豐腆。獨公主不挾尊貴，一入杜門，毫無驕倨狀態，孝事舅姑，敬事尊長，杜家老少長幼，不下數百人，公主俱以禮相待，肅雍和順。人無閒言，成婚才數日，即語悰道：「主上所賜奴婢，恐未肯從命，倘有偃蹇，轉難駕馭，不如奏請納還，另市寒賤，入供驅使，較為易制。」悰依計而行。自是閨門靜寂，喧噪無聞。悰升任殿中少監駙馬都尉，旋出為澧州刺史，公主隨悰蒞任，僕從止十餘人，奴婢悉令乘驢，不准肉食。州縣所具供張，悉拒絕受。悰亦廉潔自持，未敢驕侈。既而悰母寢疾，公主日夕侍奉，夜不解衣，所有藥靡，非親嘗不進。及遇舅姑喪，哭泣盡哀。總計在杜家二十餘年，無一事不循法度，無一人不樂稱揚，唐朝宮壼，生此賢女，真足令彤史生光，得未曾有呢。大書特書，垂作女箴。這且按下慢表。

且說淮西節度使吳少陽，駐節蔡州，嘗陰聚亡命，牧養馬騾，又隨時抄掠壽州茶山，劫奪商旅，以濟軍需。子名元濟，攝蔡州刺史，元和九年，少陽病死，元濟祕不發喪，自領軍務。少誠有婿董重質，勇悍知兵，為元濟所倚重，重質代為籌畫，勸元濟乘間興兵，聯李師道，逐嚴綬，規取中原。元濟尚費躊躇，獨判官蘇兆楊元卿，大將侯唯清，素主效順。元濟殺兆，囚唯清，幸元卿先時入都，奏事未歸，才得免禍。至是聞元濟抗命，遂將淮西虛實，及平蔡計策，詳告宰相李吉甫。吉甫乃奏調河陽節度使烏重胤，徙治汝州，兼充懷汝節度使，陰防元濟。寧州刺史曹華，為重胤副，且入白憲宗道：「淮西跋扈多年，久失臣節，國家常屯數十萬大兵，控御淮西，勞費已不可勝計，今日有機可圖，正應聲罪致討，一舉蕩平，過此恐無好機會呢。」剏議平蔡，實由吉甫，故筆下不沒其功。同平章事張弘靖，謂不如遣使弔贈，乘便伺察，果有逆跡，然後加兵。憲宗因遣工部員外郎李君何弔祭，贈少陽為右僕射，元濟不迎敕使，反驅兵四出，屠舞陽，焚葉縣，掠魯山襄城，關東震駭。君何不得入蔡州，馳還京師。李吉甫正詳繪淮西地圖，預備進討，適遇疾暴卒，未及獻圖。憲宗敕吉甫子呈覽，追贈吉甫為司空，賜謚忠懿，進授韋貫之同平章事。貫之自巴州召還（應七十二回），入為中書舍人，遷授禮部侍郎，取士務先實行，不尚浮華，尋進尚書右丞，至此復得入相，亦請討伐淮西，乃任李光顏為忠武軍節度使，嚴綬兼申光蔡等州招撫使，會集諸道兵馬，討吳元濟。

魏博節度使田弘正，遣子布率兵三千，隸嚴綬軍，宣武節度使韓弘，亦遣子率兵三萬，隸李光顏軍。嚴綬進至蔡州西鄙，稍得勝仗，夜不裝置，為淮西兵所襲，潰敗磁邱，退還五十餘里，保守唐州。壽州刺史令狐通，方受任防禦使，出與淮西兵接仗，亦被殺敗，還保州城。境上諸柵，一概失陷。有詔貶通為昭州司戶，令左金吾大將軍李文通代任，並飭鄂嶽觀察使柳公綽，發兵五千，授安州刺史李聽，使討元濟。公綽奮然道：「朝廷以我為白面書生，不知軍旅麼？」遂自請督兵效力，復旨准行。公綽馳至安州，署李聽為都知兵馬使，選卒六千，歸聽節制，且囑部校道：「行營事盡屬都將，爾等休得違令！」聽感恩畏威，如出麾下。公綽號令嚴肅，威愛兼施，所乘馬忽踶殺圉人，他竟殺馬以祭，不少寬假。因此人人自奮，每戰皆捷。李光顏（即阿跌光顏，見七十二回）因積功賜姓，得授節鉞，部下將士，無不精煉，到了臨潁，一鼓即克，再戰南潁，又敗蔡軍。元濟頗憚光顏，因遣使向恆鄆告急。恆州為王承宗所駐，鄆州乃李師道所居，兩人見了蔡使，願為營救，各上表請赦元濟。憲宗不從，且促諸道兵會攻蔡州。師道發兵二千人，往屯壽春，陽言協助官軍，暗實援應元濟，且收養刺客奸人，商就狡計，遣攻河陰轉運院，毀去錢帛三十餘萬，谷二萬餘斛。河陰為接濟官軍要區，驟遭此劫，遂致人情惶惶，不勝恟懼。當下在廷諸臣，多請罷兵。憲宗不從，但遣御史中丞裴度，宣慰淮西行營，並察用兵形勢。度往返甚速，極言淮西可取，且陳李光顏有勇知義，為諸將冠，必能立功。果然不到數日，光顏捷書到來，大破蔡軍。原來光顏進軍溵水，列營時曲，淮西兵凌晨壓陣，光顏毀柵突出，自率數騎衝入敵中，往來數次，身上集矢如蝟，有子攬轡勸阻，被光顏舉刃叱去。部將見主帥效死，自然爭奮，殺死叛眾數千人，餘皆遁去。光顏乃派使報捷，憲宗覽表，稱度知人，遂大有用度意。

度字中立，籍隸聞喜，形體眇小，不入貴格，少年時每屈名場。洛中相士，說他形神獨異，恐致餓死，度亦坦然不校。一日，出遊香山寺，見一素衣婦人，拜佛甚虔，匆匆出去，遺落包裹一件。度初時不甚留意，及拾得包裹，知為婦人遺失，自料追付不及，乃留待來取，日暮不至，方才攜歸。翌晨復往寺守候，寺門甫闢，即有婦人踉蹌奔來，且尋且泣。度問為何事？婦人道：「老父無罪被系，昨向貴人處假得玉帶二條，犀帶一條，值千餘緡，往賂要津，替父求免，不幸到此禱佛，竟致遺忘，可憐我父親從此難免了。」此婦人太不小心，但非入寺禱佛，當不至遺失，可見迷信神佛，多損少益。說至此，淚下如雨，痛不欲生。度出包裹啟視，果如婦言，乃悉數繳還。婦人拜謝，願留一贈度，度笑道：「我若貪此，何容今日再來守候呢？」婦人再拜而去。後來相士復見度面，大驚道：「君必有陰德及人，所以神色迥殊，前程萬里，不可限量了。」度因將前事略告，相士嘆道：「修心可以補相，此語果不誣呢。」度即於是年登進士，累官顯要。百忙中敘入此事，勸醒世人不少。及淮蔡事起，遂邀大用。

同平章事武元衡，由憲宗囑使專握兵權，師道門客定計道：「天子銳意討蔡，想是元衡一力贊成，若刺死元衡，他相不敢主張，必爭勸天子罷兵，是即救蔡的良策呢。」師道因給發厚資，遣令入都。適平盧牙將尹少卿，奉王承宗密命，為元濟遊說都中，入見武元衡，辭多不遜，被元衡叱出，返報承宗。承宗又上書詆元衡，朝廷不答。會當盛暑，元衡特別早朝，出所居靖安坊東門，天色未明，不能遠視，忽有一箭射來，正中元衡頰上，元衡忍不住痛，正在驚呼，突遇數盜撲至，擊滅火炬，持刀亂砍，僕從奔散，元衡無處躲避，竟被殺死，取一顱骨而去。裴度家住通化坊，亦於是時入朝，被賊擊傷頭顱，墜入溝中。侍從王義，抱賊大呼，賊刃斷義臂，尚欲上前殺度，忽度首上現出金光，似有金甲神護著，方才驚遁。度雖受傷，幸帽中裹氈，不致損腦，得免大害。非有陰佑，恐亦難免。京城大駭，憲宗命金吾將軍及京兆尹以下，嚴索凶犯，一面詔宰相出入，各加衛士，張弦露刃，作為護從，所過坊門，呵索甚嚴。朝士未經天曉，不敢出門。那金吾署中及府縣各處，都經刺客遺紙，內書二語，有「毋急捕我，我先殺汝」二語，所以有司不敢急捕。兵部侍郎許孟客，面奏憲宗道：「從古以來，未有宰相橫屍道旁，尚不能獲一盜，這是朝廷大辱，應該若何加嚴？」憲宗點首。孟客復詣中書省，請亟進裴中丞為相，大索賊黨，乃詔內外搜捕，懸賞獲盜，如有庇匿，罪至族誅。有司不敢玩旨，隨處搜尋。查有複壁重垣，無不入尋，就使閥閱名家，亦不得免。神策將軍王士則等，捕得恆州張晏等數人，由京兆尹裴武，監察御史陳中師，嚴刑鞫問，未得正凶。詔令出王承宗前後三表，頒示百寮，證明張晏等入京，定由承宗主使，於是裴陳二人，陰承意旨，奏稱：「張晏等已經具服，應按律伏誅。」張弘靖疑非真犯，勸憲宗慎刑，憲宗不以為然，批令置諸重闢，一時李代桃僵，竟將晏等十數人，一併殺死，不留一個，那刺客實已遁去。應為張晏等呼冤。

裴度病創，臥養兼旬，憲宗命衛兵值宿裴第，且屢遣中使訊問安否。或請罷度官以安恆鄆，憲宗怒道：「若罷度官，正中奸計，朝廷還有什麼綱紀？我用度一人，足破二賊。」遂授度同平章事。度力疾入朝，面奏憲宗道：「淮西如腹心大病，不得不除。況朝廷已經命討，怎得中止？兩河諸鎮，視淮西為從違，一或因循，各鎮均要離心了。」憲宗道：「誠如卿言，此後軍事，委卿排程，朕誓平此賊，方准班師。」度奉命而出，即傳旨促諸道進兵。李師道聞元衡雖死，命討愈急，乃變計進襲東都。他嘗在東都置留後院，兵役往來不絕，吏不敢詰，及淮西兵犯東畿，防兵悉屯伊闕，守禦益疏。師道潛遣賊眾數百，混入東都院中，為焚掠計。留守呂元膺，尚未察悉，幸有一小卒馳入告變，元膺亟追還伊闕屯兵，圍攻留後院，賊眾突出，向長夏門遁去。東都人士，相率惶駭，經元膺坐鎮皇城門，從容指使，不露聲色，民賴以安。都城西南，統是高山深林，民不耕種，專以射獵為業，彼此團聚，叫做山棚。元膺特出賞格，購令捕賊，山棚民鬻鹿遇盜，致為所奪，乃急召儕類，並引官軍共同追捕，獲住數人。盜魁是一個老僧，嘗住持中獄寺，名叫圓淨，年已八十有餘，從前本是史思明部將，史氏敗滅，亡命為僧，至是復為師道羅致，陽治佛光寺，結黨定謀，擬入城為亂，此次由兵民圍捕，刺擊多時，方得擒獲，尚恐他中途脫走，用錘擊脛，竟不能折。圓淨睜目叱道：「汝等鼠子，欲斷人脛，尚且不能，還敢自稱健兒麼？」汝雖是健，難逃一死，亦豈遂足稱健兒？乃置脛石上，教使擊斷。至由元膺審驗，立命處斬，圓淨卻自嘆道：「誤我大事，不能使洛城流血，真是可惜。」百姓與汝何仇？元膺復窮治盜黨，共得數千人，連自己部下防禦二將，及驛卒八人，亦已受師道偽職，陰作耳目，迭經捕訊，才知刺死武元衡，實師道門下的暗殺黨，並不是承宗所為，乃把二部將檻送京師，且拜表請討師道，外此俱就地正法，無一漏網，東都才得平安。小子有詩嘆道：

罪人已得伏奸謀，才悉當時誤錄囚。
看到鄆州函首日，誤人自誤向誰尤。

欲知憲宗曾否東征，且至下回敘明。

本回敘魏博淮西事一順一逆，前後相對，就中插入岐陽下嫁，及裴度還物二條，本是隨筆帶敘，無關大體，而標目偏以此命題，似覺略大計小，不知個人私德，實為公德之造端，唐室之公主多矣，問如岐陽之循婦道者有幾人乎？唐朝之宰輔亦多矣，問如裴度之著陰功者有幾人乎？是書為通俗教育起見，故於史事之足以風世者，特別表明，垂為榜樣，即以本回之大端論之，魏博事是承上次，淮西事是啟下回，本為過脈文字，不必定成片段，非真略大計小也。

第七十五回　卻美妓渡水薄郾城　用降將冒雪擒元濟

卻說呂元膺表請東征，憲宗亦欲加討，但當時已將元衡被刺，列入王承宗罪案中，嚴詔譴責，拒絕恆州朝貢，此次既不便改詞，且因討元濟，絕承宗，南北並營，不暇東顧，乃將師道事暫行擱置。裴度以淮西各軍，日久無功，屢上書歸咎嚴綬，乃特命宣武節度使韓弘，為淮西諸軍都統，兼同平章事職銜，俾專責成。不料弘竟變易初志，亦欲倚賊自重，不願淮西速平。李光顏勇冠一時，威震淮蔡，弘欲結他歡心，特向大梁城中，覓一美妓，遣使贈送，使人先致書光顏。光顏開筵宴使，並大饗將士，置酒高會，正歡飲間，那美妓已輕移蓮步，姍姍而來，先至光顏前屈膝叩見，再向各座中道了萬福，闔座都刮目相看，恍疑是西施復出，洛女重生，而且珠圍翠繞，玉質金相，除美人價值不計外，就是滿身妝飾，也值數百萬緡。來使復令她歌舞，繼進絲竹管絃，無一不中腔合拍，應節入神，座中多目眩神迷，嘖嘖稱羨。光顏獨顧語來使道：「相公憫光顏羈旅，賜以美妓，感德誠深。但戰士數萬，俱棄家遠來，冒犯白刃，光顏忝為統將，寧忍自娛聲色麼？」說至此，涕淚滿頤，四座不禁駭服，也忍不住流下淚來。推誠動人，竟忘色相。光顏即命左右取出金帛，厚贈來使，且命將美妓帶還，俟來使謝別，復申囑道：「為光顏致謝相公，光顏以身許國，誓不與逆賊同戴日月，雖死無貳心了。」好德勝於好色，不意於光顏得之。韓弘接使人還報，也頗起敬，表請增兵益械，合攻淮西。

憲宗再命戶部侍郎李遜為襄復郢均房節度使，右羽林大將軍高霞寓為隨鄧節度使。霞寓專任攻討，遜專任餉輸。會田弘正為王承宗所攻，屢戰不勝，累表請討承宗。憲宗乃命出軍貝州，兼發振武義武各軍，會同助擊。承宗尚縱兵四掠，幽滄定三鎮，均為所苦，亦各請出征，憲宗擬從所請。張弘靖謂：「兩役並興，恐國力不支，請先平淮西，後徵恆冀。」憲宗不從。弘靖乃自請免相，出為河東節度使。越年正月，幽州節度使劉總，奏稱攻克武彊，俘斬成德兵數千。憲宗遂削承宗官爵，命河東幽州義武橫海魏博昭義六道進討。韋貫之進諫道：「陛下不聞建中遺事麼？初不過討魏及齊，乃蔡燕趙發兵抗命，卒致朱泚內亂，糜爛都城，前鑑不遠，願陛下勿求速效，毋事兼營。」憲宗仍然不省，但促六道進兵。昭義節度使郗士美，義武節度使渾鎬，橫海節度使程執恭，與田弘正劉總等，陸續出師，雖屢次告捷，總未免誇張聲勢，所報多虛。還有淮西各軍，也是遇勝張皇，遇敗掩飾，遷延到了六月，高霞寓到了鐵城，為淮西兵所乘，全軍盡覆，僅以身免，一時無從掩蓋，只好據實奏聞，但仍推在李遜身上，說他應接不至，因致大潰。憲宗貶霞寓為歸州刺史，遜亦坐謫，另調荊南節度使袁滋，為申光蔡唐隨鄧觀察使，駐節唐州。滋抵鎮後，比高霞寓還要懦弱，反將斥候撤去，禁兵入淮西境。元濟分眾圍新興柵，滋卑辭厚幣，求他緩攻，元濟因不以為意。唯李光顏與烏重胤，屢敗淮西兵士，力拔溵水西南的陵雲柵。這柵據陳蔡要道，元濟恃為險阻，屯置重兵，此次被光顏重胤，兩次夾攻，好容易占據了來，淮西兵大為奪氣，李師道也聞風喪膽，表請輸款。憲宗因力未能討，暫事籠絡，特加師道檢校司空。師道陽為拜命，其實仍通好淮西，作壁上觀。上下都是姑息，師道亦非真梟雄。

時諸軍進討淮西，數近九萬，只柳公綽入為京兆尹，他將俱在軍前，曠日持久，未見成功，乃再命中使梁守謙監軍，授給空名告身五百通，並金帛數萬，勸勵將士。始終不離中官。更置淮潁水運使，餉饋各軍，貶袁滋為撫州刺史，改任太子詹事李愬，為左散騎常侍，出任唐隨鄧節度使。愬系西平王李晟子，即安州刺史李聽兄，表字元直，少有孝行，晟歿時，廬墓終喪，服闋入官，歷任晉坊二州刺史，治績課最，加官金紫光祿大夫，進任太子詹事。淮西事未有起色，愬疏請自效，憲宗尚未識愬才，不敢輕用。會韋貫之請罷北討，隱忤上旨，致左遷吏部侍郎。知貢舉李逢吉，晉授同平章事。逢吉知愬具將略，特為保薦，乃授他旌節，出討淮西。愬至唐州，聞士卒憚戰，因下令軍中道：「天子知愬柔弱，故使愬拊循爾曹，若戰勝攻取，非愬所能，但教爾曹靜守疆場，愬也便足報命了。」將士等以為真言，安心聽令。愬巡閱士卒，厚加撫卹，不尚嚴威。或以軍政未肅為戒，愬微笑道：「袁尚書專以恩惠懷賊，賊不復注意，今聞我來代任，必然戒備，我守袁公故轍，令他仍不加防，然後可出奇制勝了。」元濟果輕視李愬，依然弛防。愬卻推誠待士，日勤搜練，並暗察淮西地勢，盡知虛實。賊或來降，問有父母妻孥，輒給與粟帛，遣使還省，面加慰諭道：「汝亦皇帝子民，毋棄親戚！」降眾聞言，亦皆感泣。

居鎮半年，知士卒可用，遂於元和十二年仲春，謀襲蔡州，表請益兵。詔益河中鄜坊兵二千騎，乃繕鎧厲兵，出攻淮西，步步進逼。賊將丁士良前來偵探，被愬將馬少良，設伏擒住，押至軍門。營將都大喜道：「士良系元濟驍將，屢擾我境，今為我擒，好剖心洩忿了。請節帥俯順眾心。」愬點首許諾。及見了士良，詰責數語。士良毫無懼色，愬不禁嘆道：「好一個大丈夫，可惜汝不明順逆，死且汙名，汝若肯誠心歸降，為國立功，不但可蓋前愆，並足流芳千古。」士良乃跪伏請降，自言「貞元中為安州屬將，被吳氏擒去，釋置不殺，反得重用，因為吳氏父子效力。今復受擒，又沐重生，願盡死報德。」愬即命釋縛，給他衣服器械，署為帳下親將。自古名將克敵，必先使敵為我用，然後可以致勝，愬素得家傳，故獨能用敵。愬欲進攻文城柵，士良入帳獻計道：「文城柵為賊左臂，賊將吳秀琳擁兵三千，據柵自固，秀琳才具尋常，全仗陳光洽為謀主，光洽輕佻好戰，士良當為公先擒此賊。秀琳失助，不降何待？」愬聞言大喜，便撥銳騎千人，令士良率領，往攻文城柵，自己靜坐以待。不到半日，士良果將光洽擒歸，獻諸帳下。愬亦不加誅，勸光洽降。光洽願致書秀琳，邀令投誠。秀琳復報如約，愬即遣唐州刺史李進誠，率甲士八千，至文城柵下，徑召秀琳。不意守兵迭發矢石，把官軍前隊，傷斃了好幾十名。進誠忙即退回，報稱秀琳詐降。愬怡然道：「彼待我招撫，我至自降。」遂盛氣前行。將到柵前，秀琳果率眾出迎，匍伏馬下。愬下馬扶起秀琳，好言撫慰，即由秀琳導愬入城。愬檢閱守兵，三千兵不少一個，仍令留守文城，但將兵士妻女，遷居唐州，嗣見秀琳副將李憲，具有材勇，獨賜名忠義，令隸麾下。於是士氣復振，各有鬥志。變弱為強，確是名將作用。

會各道官軍，陸續渡過溵水，進逼郾城。李光顏率部軍先進，遇賊將張伯良，驅殺過去。伯良不能抵敵，大敗而逃。郾城令董昌齡，系蔡州人，由元濟令守郾城。留他母楊氏為質，楊氏曾囑昌齡道：「從逆得生，不如從順致死，汝肯去逆效順，我亦雖死無恨，否則生何足戀呢？」不愧賢母。

昌齡受教而出。至光顏圍攻郾城，李愬又進搗青陵，截斷郾城後路。守將鄧懷金謀諸昌齡，昌齡勸他歸國，懷金乃通使光顏道：「城中將士，俱已願降，但父母妻子，統在蔡州，計唯請公攻城，由城中舉烽求救，蔡兵來援，由公兜頭痛擊，俾他敗去，然後舉城歸降，庶父母妻子，或可保全了。」光顏允諾。待蔡兵到來，早已布置妥當，殺得蔡兵紛紛敗北。昌齡懷金乃出降光顏，光顏仍命昌齡為郾城令，昌齡母幸得不死，後來受封北平郡太君。有善心者有善報。李愬亦得拔青陵城，又分派部將破西平，襲朗山，據青喜城，乃謀取蔡州。吳秀琳語愬道：「公欲取蔡，非得李祐不可。」愬答道：「李祐守興橋柵，我亦聞他驍悍，當設計擒他便了。」忽有偵騎入報，賊兵至張柴村割麥。愬問賊首為誰？偵騎說是李祐。愬大喜道：「我正要擒他，他卻自來上鉤麼？」遂召廂虞侯史用誠入帳，囑他如此如此。用誠依計出發，先就村旁叢林中，伏騎兵三百，乃搖旗入村，徑擊賊眾。賊眾已將麥割完，正要捆載而歸，突見官軍到來，即由李祐當先躍出，持刀相迎。用誠略與交鋒，佯作力怯，曳兵而走。祐撥馬追來，漸漸的到了林間，見前面林蔭蓊蔚，也疑有伏，竟停住不追。恰也乖刁。用誠恐他瞧破兵謀，卻故意的回馬叫道：「李祐狡賊！我有精兵數千，伏住林中，汝敢來麼？」激之使來，用計尤妙。祐素輕官軍，又被他一激，索性策馬復追，才入林中，已被絆馬索絆倒。部眾急來相救，已是不及，早由官軍捆縛了去。用誠回殺一陣，賊眾四逸，因將祐執送軍營，推前。愬佯叱用誠道：「我教汝往請李將軍，如何把他拘來？快替他解縛罷！」全是智謀。用誠不好違慢，將祐鬆去了綁，便延祐上座，待以客禮。祐感愬厚意，也竭誠願效。愬遂用為謀士，與李忠義同作幕賓，時常召入密商，甚至夜半方休。他人不得預聞，往往恐祐為變，屢次諫愬。愬待祐益厚，將士越加疑忌，譭謗甚多，甚至別軍亦移牒至愬，謂不應用祐。愬恐謗語上聞，反受朝廷詰責，因握祐手泣語道：「天豈不欲平淮蔡麼？何為我二人相知甚深，獨不能掩眾口呢？」乃與祐附耳數語，然後出語大眾道：「汝等既以祐為疑，請令歸死朝廷。」因出祐械送京師，先遣使密奏，謂殺祐不能成功。憲宗時方向愬，釋令歸還。愬遂置祐為散兵馬使，令佩刀巡警，出入帳中。有時留祐同宿，密語不寐，帳外有人竊聽，但聞祐感泣聲。諸將漸釋嫌疑，乃遵令如初。

愬派將再攻朗山，淮西兵數萬來援，擊退官軍。敗將奔回請罪，愬獨欣然道：「我亦知朗山難下哩。勝負兵家常事，何足介意？」語語有意。大眾聞敗，統覺悵恨，偏見愬談笑自若，又不知他有什麼高見。他唯募敢死士三千人，親自教練，號為突將，一時嫻習未熟，更因天雨連綿，到處積水，暫且按兵不動。吳元濟聞兵勢日蹙，未免焦灼，乃上表謝罪，情願束身歸朝。憲宗命中使賜詔，待他不死。元濟便欲入覲，怎奈左右相率勸阻，大將董重質願出守洄曲，力任捍護，決保無虞。元濟乃悉發親兵，及守城銳卒，盡歸重質帶去。重質夙負勇名，官軍頗帶三分畏怯，相戒不敢近前。

總計自元和九年冬季，飭諸道兵進討淮西，到了十二年秋月，尚無成效，饋運疲敝，兵民困苦。憲宗宵旰焦勞，亦頗厭兵，乃召問宰輔諸臣。李逢吉等俱言師老力竭，不如罷兵為是。獨裴度不發一言，憲宗因向度問計。度答道：「臣知進不知退，若慮諸軍無功，臣願自往督戰。」成算在胸。憲宗道：「卿肯為朕一行，足見忠忱，但淮西究能平定否？」度又道：「臣近觀元濟表文，勢實窮蹙，只因軍心不一，未肯併力進攻，所以至今乏效。若臣自詣行營，諸將恐臣分功，必爭往破賊了。」憲宗大悅，遂命度以平章事兼節度使，仍充淮西宣慰處置招討使。度因韓弘已為都統，不願更為招討，面辭招討二字，奏調刑部侍朗馬總為宣慰副使，韓愈為行軍司馬，指日啟程。臨行時，陛見憲宗，慨然道：「臣若滅賊，庶朝天有期，否則歸闕無日，臣誓不與此賊俱生。」憲宗不禁流涕，親御通化門送行。度既出發，進授戶部侍郎崔群同平章事，出李逢吉為東川節度使，專意用度，督促進兵。

度至郾城，適李愬進攻吳房，斬淮西驍將孫獻忠，是日據陰陽家言，乃是往亡日，諸將勸愬勿出。愬笑道：「正因今日為往亡日，彼不備我，我乃往擊，彼亡我不亡，何必多慮？」遂乘銳攻克吳房外城，即日收軍折回。孫獻忠率驍將五百，奮勇追來，當由愬返旆力戰，梟獻忠首，仍徐徐還營。諸將請乘勝取城，愬卻以為城未可取，不從眾言。又伏一層疑團。到了冬季，愬決計襲蔡，遣書記鄭澥至郾城，密白裴度。度語澥道：「兵非出奇不勝，常侍良謀，度很贊成，請常侍便宜行事！」澥辭歸報愬，愬與李祐李忠義二人，又密商了好幾次。一日，天氣甚寒，陰霾四合，愬獨升帳調兵，命李祐李忠義率突騎三千為前驅，自與監軍率三千人為中軍，李進誠即唐州刺史。率三千人斷後，留都虞侯史旻等守文城，既出城門，乃下令東向，疾行約六十里，至張柴村。村中有淮西兵居守，統因天寒入帳，毫不備防，被突騎殺將進去，好似切瓜削菜一般。有幾個逃出帳外，外面又似天羅地網，圍得水洩不通，沒奈何只好自盡。連守住烽堠的賊吏，也殺得乾乾淨淨，一個不留。

愬據住村柵，命士卒少休，食乾糧，整韁鞍，留五百人屯守，截住朗山來兵，復派兵堵塞洄曲，及諸道橋梁。布置已畢，時已天晚，風聲獵獵，雪片飄飄，四面都是寒氣籠住，大眾瑟縮得很，偏帳內傳出號令，乘夜進兵，諸將入請所向。愬正色道：「入蔡州去擒吳元濟。」大眾面面相覷，但又不敢違令，只好硬著頭皮，持械起行。監軍泣下道：「果墮李祐奸計，奈何奈何？」愬又傳令啣枚疾走，不得聲張，可憐各軍冒寒前進，兩旁被雪所蒙，融成一片白光，途次不辨高低，就是手中火炬，也為冷風所吹，十有九滅。軍中旗幟，亦多吹裂，人馬偶然失足，便致僵僕。夜半風雪愈大，吃了無數苦楚，才走得六七十里，遠遠的望見巖城。愬又下令道：「蔡州城就在前面，須特別寂靜，喧噪者斬！」軍士相率箝口，只滿肚中懷著怨苦。又行裡許，見有一個方池，中伏鵝鴨。愬遠遠望見，恰令軍士用槊攪擊，那鵝鵝喋喋的聲音，頓時紛起，大眾又不免驚惶。處處為下文返照。城內守卒，統畏寒睡著，擁絮熟寐，就是有幾個更夫，也以為鵝鴨苦冷，因此喧擾，哪個願巡城瞭望，到了四鼓，愬軍盡集城下，李祐李忠義，令突騎鑿牆為坎，逐節攀援，猱升而上，直達城樓。守兵兀自睡著，被官軍一一殺死，但把更夫留著，仍命照舊擊柝，遂下城開門，招納眾軍。到了內城，也是這般做法，兩城俱拔。

愬入居元濟外宅，元濟尚高臥未起。美哉睡乎！有人入告元濟道：「官軍到了。」元濟朦朧開眼，不禁大笑道：「何事慌張，大約是俘囚為盜囉，天明當盡殺了罷。」不到一刻，又有人入報導：「官軍已入內城了。」元濟披衣方起，呵叱道：「城外不到官兵，已三十多年，哪能無端飛至？想是洄曲子弟，向我求寒衣呢。」彷彿做夢。乃徐徐出室，但聽外面傳官軍口號，一呼百應，接續不休，方驚問左右，探知是李常侍號令，始大駭道：「何等常侍，能神速至此？」乃率左右登牙城拒戰。時已天曉，俯視城下，已由官軍圍住，忍不住觳觫起來，唯尚望董重質來援，勉力拒守。愬督攻半日，城上矢石如雨，急切不能得手，因按兵罷攻，召語眾將道：「董重質家屬何在？快去查明，好好撫慰。」將士領命而去，一查便獲，且將重質子傳道，帶了前來。傳道入見，向愬下拜，愬面諭道：「汝父也是好漢，汝去傳報，教他不得再誤，速即投誠，我絕不虧待，否則幸勿後悔。」語至此，即給與手書，令往諭重質。傳道去不多時，即與重質同至，入帳乞降。愬歡顏相待，遂令重質招降元濟。元濟見重質已降，半晌說不出話，只有淚下似絲，唯尚不肯遽降。愬因令李進誠等再攻牙城，接連射箭，矢集城垣，幾似蝟毛。復縱火焚南門，百姓爭負薪芻，幫助官軍，霎時間火勢炎炎，南門已經焦灼，任你吳元濟猖狂跋扈，到此也智術兩窮，不得不束手成擒了。小子有詩贊李愬道：

兵法留言攻不備，將臣致勝在多謀。
試看雪夜行軍日，大好巖城一旦休。

畢竟元濟如何被擒，容至下回說明。

是回以李愬為主，李光顏為輔。光顏卻還美妓，為將帥中所僅見，觀其對韓弘使語，寥寥數言，能令四座感泣。人孰無情，有良將以激厲之，自能收有勇知方之效，見色不動，見利不趨，此其所以可用也。郾城一役，董昌齡舉城請降，雖平時得諸母教，然亦安知非聞風畏慕，始稽首投誠乎？若李愬之忠勇，不亞光顏，而智術尤過之。當其籠絡降將，駕馭將士，處處不脫智謀，至雪夜往取蔡州，亢能為人所不能為。出奇方能致勝，但非平日拊循有道，紀律素嚴，則當風雪交下，宵深奇冷之時，孰肯冒死急進？恐文城未出，亂幾已先發矣。智者沉機觀變，養之有素，故能好謀而成，非侈談謀略者，所可同日語也。

唐史演義——從馬嵬殞命到勘定西川

作　　者：蔡東藩
發 行 人：黃振庭
出 版 者：複刻文化事業有限公司
發 行 者：複刻文化事業有限公司
E-mail：sonbookservice@gmail.com
粉 絲 頁：https://www.facebook.com/sonbookss/
網　　址：https://sonbook.net/
地　　址：台北市中正區重慶南路一段 61 號 8 樓
8F., No.61, Sec. 1, Chongqing S. Rd., Zhongzheng Dist., Taipei City 100, Taiwan
電　　話：(02)2370-3310
傳　　真：(02)2388-1990
印　　刷：京峯數位服務有限公司
律師顧問：廣華律師事務所 張珮琦律師
定　　價：350 元
發行日期：2024 年 07 月第一版
◎本書以 POD 印製

國家圖書館出版品預行編目資料

唐史演義——從馬嵬殞命到勘定西川 / 蔡東藩 著 . -- 第一版 . -- 臺北市：複刻文化事業有限公司 , 2024.07
面；　公分
POD 版
ISBN 978-626-7514-08-5(平裝)
857.4541　　113010074

電子書購買

爽讀 APP

臉書